SUTTON
VERLAG

Mara Laue

SCHWARZE DAME TOD

SUTTON KRIMI

Über die Autorin

Mara Laue, 1958 in Braunschweig geboren, lebt heute als freie Schriftstellerin in Kleve. Seit ihrer Jugendzeit eine begeisterte und fantasiereiche Geschichtenerzählerin hat Mara Laue ihre Leidenschaft im Jahre 2004 zur Profession gemacht. Die vielbeschäftigte und erfolgreiche Autorin von Science-Fiction- und Mystery-Serien engagiert sich bei den „Mörderischen Schwestern“ und hat noch viel vor mit ihrem Kommissar Ralf Zell.

Sutton Verlag GmbH
Hochheimer Straße 59
99094 Erfurt
www.sutton-belletristik.de

ISBN: 978-3-86680-755-6
Gestaltung: Markus Drapatz

Druck: CPI books GmbH, Leck

Robert Asmund fluchte, als er im Laufschritt um die Ecke bog und den Taxistand an der Hannoverschen Straße leer vorfand. Ausgerechnet in der einzigen Nacht im Jahr, in der er ein Taxi brauchte, musste es in Strömen regnen. Er hätte besser Nickis Angebot annehmen sollen, ihm vom Lokal aus ein Taxi zu rufen, das ihn direkt vor der Tür abgeholt hätte.

Doch er hatte es vorgezogen, noch ein bisschen frische Sommernachtsluft zu tanken, ehe er sich in ein Auto setzte, das ihn wieder nach Hause brachte. Dort würde Isabella bloß wieder mit einer Eifersuchtsszene auf ihn warten und ihn mit lautstarken Vorwürfen überschütten. Deshalb hieß er jede Verzögerung willkommen, die dieses unangenehme Ereignis noch ein bisschen hinausschob.

Asmund spurtete zum Wartehäuschen der nahen Bushaltestelle, um erst mal aus dem Regen herauszukommen. Anschließend zog er sein Handy aus der Jackentasche und wählte die Nummer der Taxizentrale, die auf einem Werbeplakat an der Innenseite des Wartehäuschens prangte. Er bekam sofort Anschluss, und man sicherte ihm zu, in wenigen Minuten einen Wagen zu schicken.

Asmund hatte kaum sein Handy wieder eingesteckt, als ihn ein heftiger Schlag gegen die Brust traf. Er stolperte einen Schritt zurück und blickte überrascht an sich herab. Ungläubig sah er, dass sich auf der rechten Brustseite seines Hemdes ein dunkler Fleck bildete. Dass das sein eigenes Blut war, begriff er erst, als er darüberstrich und seine Finger mit einer klebrigen, roten Nässe überzogen wurden. Er bekam nicht mehr richtig Luft, hustete zu seinem Entsetzen Blut, und seine Beine gaben nach. Mit einem dumpfen Laut stürzte er zu Boden, versuchte, wieder hochzukommen und schaffte es nicht. Blut rann ihm aus dem Mund. Er röchelte und konnte nicht fassen, was mit ihm geschah. Panik stieg in ihm auf, gefolgt von einer entsetzlichen Kälte. Sein Blick trübte sich und ließ die Straße vor seinen Augen verschwimmen.

Undeutlich erkannte er, dass sich ihm eine schlanke Gestalt näherte, die vollkommen in Schwarz gekleidet war. Asmund glaubte sogar, einen schwarzen Gesichtsschleier zu erkennen und einen Goldreif um den Hals, wie Nicki ihn immer trug. In der Hand hielt sie etwas silbrig Glänzendes, das sich beim Näherkommen in ein Sichelmesser verwandelte. Asmund wimmerte leise, als ihm klar wurde, dass der Tod leibhaftig vor ihm stand.

Das vermummte Gesicht der schwarzen Gestalt erhellte sich jetzt zu einer leeren, weißen Fläche mit den Konturen eines Gesichts, aus dem zwei stechende Augen ihn mitleidlos anblickten. Asmund wollte zurückzucken, als die Gestalt sich zu ihm herabbeugte und nach ihm griff, um ihn mit sich ins Jenseits zu nehmen, doch seine Muskeln gehorchten ihm schon nicht mehr. Er spürte die kalte Berührung von Händen, die seinen Körper herumwälzten, und wunderte sich, dass er keine Schmerzen fühlte.

Sein letzter Gedanke, bevor sein Geist verlosch, war, dass diese schwarze Dame, die ihm den Tod brachte, nicht das gütige Wesen war, das er erwartet hatte, sondern ein gnadenloser Scharfrichter, der ihn wahrscheinlich direkt in die Hölle beförderte.

•

»… schwarze … Dame … Tod …«

Die geflüsterten Worte, die kaum das Rauschen des Regens übertönten, erstarben. Gregor Jelinski tätschelte dem Mann mit der flachen Hand die Wange. »He, Mann! Bleiben Sie bei mir!

Sterben Sie mir doch bloß nicht weg!« Er sah sich suchend um. »Wo zum Teufel bleibt denn der Krankenwagen?« Er klatschte dem Mann die Hand etwas kräftiger ins Gesicht. »Kommen Sie, halten Sie durch! Der Arzt ist gleich hier!«

Doch er fühlte, dass der Verletzte ihn nicht mehr hörte. Er würde nie wieder irgendetwas hören. Der Notarzt konnte nur noch seinen Tod feststellen. Dafür hatten die wenig später auftauchenden Polizisten tausend Fragen.

Nachdem er gerade einen Sterbenden gefunden hatte, dessen Blut noch an seiner Kleidung klebte, wollte Gregor Jelinski nur schnellstmöglich nach Hause, irgendwas Hochprozentiges trinken und sich so lange in seiner Wohnung verbarrikadieren, bis er dieses schreckliche Erlebnis wieder aus seinem Kopf bekommen hätte. Deshalb war er auch unendlich dankbar, dass die Polizei einen Notfallseelsorger kommen ließ, der ihn, nachdem die Fragerei endlich aufhörte, nach Hause brachte. Der Seelsorger blieb bis zum Morgengrauen bei ihm und redete mit ihm, bis Jelinski endlich in der Lage war, ein bisschen zu schlafen.

Der Anblick des sterbenden Mannes, der röchelnd auf dem nackten Asphalt sein Leben aushauchte, verfolgte ihn trotzdem bis in seine Träume.

Kriminalhauptkommissar Ralf Zell trat an seinen Schreibtisch im Gebäude des Braunschweiger Zentralen Kriminaldienstes und schob schlecht gelaunt zwei Aktenhaufen zur Seite, ehe er seinen frisch gefüllten Kaffeebecher auf dem jetzt freien Platz abstellte. An seinem ersten Arbeitstag nach einem ausgiebigen Urlaub hätte seine Stimmung deutlich besser sein müssen, besonders da er regelrechte Traumferien hinter sich hatte.

Zell liebte lange Wanderungen in Gegenden, die möglichst weit von Touristikzentren entfernt lagen, ebenso sehr wie die Besuche volkskundlicher Museen und Theateraufführungen. Das Einzige, was ihm diesmal wirklich zu schaffen gemacht hatte, war, dass er all das alleine genießen musste. Seit dem Scheitern seiner letzten Beziehung vor über zehn Jahren, war er keiner Frau mehr begegnet, mit der er sich wohl genug gefühlt hätte, um eine Partnerschaft mit ihr aufzubauen oder auch nur einen gemeinsamen Urlaub zu verbringen. Er hatte sich notgedrungen damit arrangiert; schließlich lebte er keineswegs im Zölibat, und sein Beruf war für ihn nicht nur Broterwerb, sondern auch Berufung.

Aber es gab Zeiten, in denen ihm bewusst wurde, dass in seinem Leben doch etwas Gravierendes fehlte. Urlaube sowie traditionelle Familienfeiertage wie Weihnachten waren am schlimmsten. Dass die Luft heute Morgen schwül von dem sintflutartigen Regen war, der in der Nacht heruntergegangen war und der erst vor einer Stunde aufgehört hatte, trug auch nicht dazu bei, dass er sich besser fühlte.

Er hängte seine Windjacke an den Garderobenständer. Sein Polohemd klebte unangenehm auf der schweißfeuchten Haut, ebenso seine Jeans. Zell setzte sich an seinen Platz, stützte die

Ellbogen auf die Tischplatte, legte das Kinn auf die gefalteten Hände, starrte aus dem Fenster und wartete darauf, dass sein Geist aus der Provence endlich in den Alltag zurückkehrte. Als er auf dem Gang Schritte hörte, zog er eine der Akten vom Stapel und schlug sie auf, um sich wenigstens den Anschein zu geben, schon mit der Arbeit begonnen zu haben.

»Fröhlichen guten Morgen, Ralf!« Zells Kollege und Freund Uwe Seifert betrat beschwingt das Büro, das sich die beiden Männer mit der Computerspezialistin Silvia Schneider teilten. »Schön dass du wieder da bist! Und vielen Dank für deine Postkarte.«

»Hm«, brummte Zell unbestimmt. »Möchte wissen, was an diesem Morgen gut sein soll, geschweige denn fröhlich.«

Bevor Seifert darauf antworten konnte, ging die Tür erneut auf, und Silvia Schneider kam singend herein. Für Zells Begriffe tanzte sie beinahe. Sie war Mitglied in einem Gospelchor und nutzte jede sich bietende Gelegenheit zum Singen.

»Morgen, Jungs!«, trällerte sie und warf ihre Schultertasche schwungvoll auf ihren Stuhl. »Willkommen zurück, Ralf! Und danke für deine Karte.«

Zell schüttelte den Kopf. »Wie kann man nur an einem Montagmorgen derart widerlich gute Laune haben«, beschwerte er sich knurrend. »Kann man sich nicht mal in Ruhe akklimatisieren, ohne von eurer Fröhlichkeit erschlagen zu werden?«

»Welche Laus ist dir denn über die Leber gelaufen?«, fragte Silvia Schneider missbilligend.

»Er hat den üblichen Nach-Urlaubs-Koller«, erklärte Seifert grinsend, »weil ihm bewusst wird, dass der Urlaub verschwendete Zeit war, da er ihn nicht mit uns und vielleicht auch mit ein paar saftigen Mordfällen verbringen konnte. Deshalb bereut er schwer, ihn überhaupt genommen, geschweige denn angetreten zu haben. *Same procedure as every year*«, zitierte er einen Satz aus dem Silvestersketch »Dinner for One«.

Zell knüllte wortlos einen leeren Post-it-Zettel zusammen und warf ihn Seifert an den Kopf. »Ja, ja, macht euch nur lustig über mich«, beschwerte er sich. Er deutete aus dem Fenster. »Ich komme aus dem sonnigen Süden zurück, hinein in ein typisch deutsche Regenwetter – und das mitten im Sommer und an meinem ersten Arbeitstag. Da soll ich keine schlechte Laune haben?«

»Deine Laune wird sich gleich bessern«, war Silvia überzeugt. Sie legte ihm eine offensichtlich neue Akte auf den Schreibtisch, die sie in der Hand hielt. »Der Fall wurde gerade reingereicht. Ein Toter auf der Hannoverschen Straße letzte Nacht. Ist erschossen worden. Soll ich dir ein frisches Croissant holen, Ralf, damit die Diskrepanz zwischen der Provence und Niedersachsen zumindest kulinarisch nicht allzu krass ist?« Die Frage klang ausgesprochen spöttisch.

Zell winkte ab und schlug die Akte auf. »Nein danke.«

»Die Dienstbesprechung hat unser Obermufti für neun Uhr dreißig in Raum 144 angesetzt«, ergänzte Silvia. »Und rate, wen man zum Leiter der Ermittlungsgruppe ernannt hat: einen gewissen Ralf Zell.« Sie warf einen Blick auf die Uhr. »Du hast also noch knapp anderthalb Stunden Zeit, um dich geistig darauf vorzubereiten. Allerdings«, fügte sie gespielt nachdenklich hinzu, »*könnte* man die Leitung vielleicht noch anderweitig vergeben, bevor deine schlechte Laune uns alle ansteckt und unseren Ermittlungseifer lähmt.«

Zell warf auch ihr eine Zettelkugel an den Kopf, und sie ließ ihren Vorgesetzten in Ruhe, damit er sich mit dem neuen Fall vertraut machen konnte.

»Na toll«, brummte der missmutig, nachdem er die ersten Zeilen gelesen hatte. »Ein Toter ohne Ausweispapiere, von dem wir nicht mal den Namen wissen.« Er nahm das in der Akte zuoberst liegende Foto des Toten und hielt es Silvia hin. »Das Übliche zur Identitätsklärung.«

Seifert nahm Zell das Foto aus der Hand. »Ich kenne den Mann.«

»Im Ernst?« Silvia eilte zu ihrem Computer. »Name, Straße, Hausnummer«, verlangte sie. »Und alles, was du sonst noch über ihn weißt.«

»Nichts von alledem«, gestand Seifert. »Aber ich kenne jemanden, der ihn kennt.« Er tippte mit dem Finger auf das Bild. »Der ist Stammgast im *Magic Song*, und ich glaube, er ist mit Nicki befreundet.«

»Wer oder was ist *Magic Song*?«, fragte Zell. »Und wer ist Nicki?«

»*The Magic Song* ist ein Lokal, das vor gut einem halben Jahr in Lehndorf eröffnet hat. Vegetarisches Essen vom Feinsten und von zwanzig bis zweiundzwanzig Uhr Livemusik einer Band, die sich ebenfalls ›The Magic Song‹ nennt. Sie singen eine besondere Form von Folksongs.« Er grinste. »Mein Lieblingslied ist eine kurze Ballade, die darüber spekuliert, was wäre, wenn Schneewittchen eine Vampirin wäre.«

Silvia Schneider musste lachen. »In dem Fall wäre Schneewittchens Stiefmutter wohl arm dran«, vermutete sie.

Seifert nickte lächelnd. »Genau das meint auch der Text des Liedes.« Er wurde wieder ernst. »Besagte Nicki ist jedenfalls die Sängerin der Gruppe, und ich sage euch, sie hat eine Stimme, der man einfach zuhören muss, selbst wenn man kein Fan von Folk ist.«

»Das erklärt deine Begeisterung«, stellte Zell ironisch fest. »Ich wusste nämlich noch gar nicht, dass du vegetarisches Essen magst und Folksongs liebst. Wie bist du überhaupt auf das Lokal gekommen?«

»Ich darf dich mal daran erinnern, dass ich in Lehndorf wohne. Halina liebt diese Musik. Deshalb hat sie mich zur Eröffnungsfeier in das Lokal geschleppt. Seitdem sind wir Stammgäste. Ich gebe zu, ich gehe auch manchmal ohne sie hin, wenn sie ihren Yoga-Abend hat. Ist einfach eine überaus angenehme Atmosphäre dort.«

»Ja, das glaube ich«, sagte Silvia schnippisch. »Immerhin bist du mit der Sängerin per Du. Weiß deine Frau davon?«

Seifert winkte ab. »Sie duzt sich mit vielen Leuten.« Er dachte nach. »Ehrlich gesagt, ich weiß gar nicht, wie sie mit Nachnamen heißt.«

»Haben wir gleich!«, war Silvia überzeugt und tippte etwas in den Computer. »Das Lokal gehört einer Frau Veronica Ravenhorst.« Sie blickte Seifert an. »Veronica – könnte deine Nicki sein.«

»Sie ist nicht *meine* Nicki«, protestierte Seifert. »Ich bin überaus glücklich mit *meiner* Halina verheiratet.«

»Andererseits«, schränkte Silvia ein und ignorierte Seiferts Einwand, »gibt es eine Website der Gruppe ›The Magic Song‹, und deren Sängerin heißt: Nicki Raven. – Ist sie das?«

Sie drehte den Bildschirm so herum, dass Seifert das Bild darauf sehen konnte. Eine dunkelhaarige Frau Mitte bis Ende dreißig lächelte gewinnend in die Kamera. Sie trug einen fingerdicken goldenen Halsreif nach Art der keltischen Torques und eine mit keltischen Mustern bestickte schwarze Bluse.

»Das ist Nicki«, bestätigte Seifert.

»Und ich vermute mal stark, dass ›Nicki Raven‹ der Künstlername von Veronica Ravenhorst ist«, meinte Silvia.

»Dann haben wir ja schon mal einen Anhaltspunkt«, stellte Zell fest, griff zum Telefon, um sich beim Leiter des Zentralen Kriminaldienstes – dem »Obermufti«, wie Silvia ihn respektlos nannte – zu erkundigen, wen der bereits mit in die Ermittlungsgruppe genommen hatte und eventuell noch ergänzende Vorschläge zu deren Besetzung zu machen.

•

Die eine gute Stunde später stattfindende Einsatzbesprechung der neu gebildeten »EG Hannoversche Straße« beschränkte sich weitgehend darauf, die Aufgaben zu verteilen. Bis zur Klärung der Identität des Toten mussten in erster Linie Anwohner befragt werden, obwohl sich Zell durchaus darüber im Klaren war, dass wahrscheinlich niemand etwas gesehen hatte, das ihnen weiterhelfen konnte.

»Was teile ich der Presse mit?«, wollte Wilko Kerbeck wissen, der als Pressesprecher an jeder Lagebesprechung teilnahm.

»Nur dass ein Toter auf der Hannoverschen gefunden wurde, der einem Gewaltverbrechen zum Opfer fiel, und dass etwaige Zeugen sich bei uns melden sollen. Wir haben einen Hinweis auf jemanden, der ihn identifizieren kann und kümmern uns darum. Näheres kannst du morgen rausgeben, wenn wir die Identität geklärt haben.«

Zell machte sich allerdings keine Illusionen bezüglich der Zeugen. Der Tote war um 23.48 Uhr gemeldet worden, und zu der Zeit hatte es in Strömen geregnet – kein Wetter um sich draußen aufzuhalten. Abgesehen davon lagen die meisten Menschen an einem Sonntagabend um diese Zeit bereits im Bett und schliefen der neuen Arbeitswoche entgegen.

Allerdings gaben die Tatumstände Zell und auch den Kollegen vom Raubdezernat zu denken, die mit zur Ermittlungsgruppe gehörten. Das Ganze sah wie ein Raubmord aus, denn dem Toten fehlten nicht nur die Brieftasche und Ausweispapiere. Sämtliche Taschen seiner Kleidung waren komplett geleert worden, und sogar seine Uhr war weg. Normalerweise fanden Raubüberfälle in der Regel zielgerichtet und geplant statt und nur sehr selten spontan, weil sich eine Gelegenheit ergab. Außerdem hatte Uwe Seifert, der in der Teichstraße wohnte und die Gegend gut kannte, Zell versichert, dass die Hannoversche Straße auch ohne den Platzregen an Sonntagabenden kurz vor Mitternacht vergleichsweise ausgestorben war.

Dazu kam, dass die Kleidung des Toten – Sommerhose und Sportjacke – in keiner Weise auffallend oder gar protzig wirkte, sodass ein zufällig des Weges kommender Räuber ihn als lohnende Beute angesehen hätte. Und Junkies, die dringend Geld für ihren nächsten Schuss brauchten, trieben sich bis jetzt ausschließlich in der Braunschweiger Innenstadt herum und nicht im eher ländlichen Lehndorf. Das alles führte Zell und die Kollegen vom Raub zu der Überlegung, dass die Tat möglicherweise einen persönlichen Hintergrund hatte, den der Raub nur verschleiern sollte.

Er wurde aus seinen Gedanken gerissen, als der Beamte an der Pforte ihm meldete, dass ein Herr Gregor Jelinski zur

Protokollunterzeichnung gekommen war. Zell nahm das Protokoll, das die Kollegen vom Kriminaldauerdienst bereits angefertigt und der Akte beigelegt hatten, und überflog es noch einmal. Wieder stolperte er über etwas Merkwürdiges, und hoffte, dass Gregor Jelinski zur Aufklärung beitragen konnte.

Wenig später saß Zell dem Mann gegenüber und sah ihm an, dass der nicht nur schlecht geschlafen hatte, sondern auch nicht ganz nüchtern war. Verständlich, denn es war sicher nicht leicht zu verkraften, so plötzlich mit einem Toten konfrontiert zu werden. Außerdem hatte Jelinski Angst, die sich unter anderem darin äußerte, dass er nervös seine Hände knetete und ständig zur Tür blickte, als fürchtete er, dass jeden Moment uniformierte Beamte hereinkommen und ihn verhaften könnten. Die »Übermacht« der Polizeigewalt durch Seiferts und Silvias Anwesenheit verunsicherte ihn ohnehin.

Zell bot ihm erst mal einen Kaffee an und plauderte mit ihm ein wenig über das seltsame Wetter und die Arbeit als Taxifahrer, um dem Mann die Angst zu nehmen, ehe er zur Sache kam. »Das muss schrecklich für Sie gewesen sein, plötzlich einen Toten zu finden«, sagte er mitfühlend.

»Das können Sie laut sagen, Herr Kommissar!«, bestätigte Jelinski. »Aber als ich ihn gefunden hab', da war er noch nicht tot.«

»Ja, er soll noch etwas gesagt haben.« Zell blickte auf den Ausdruck vor sich und zitierte: »*Schwarze Dame Tod.*« Er sah Jelinski in die Augen. »Sind Sie sich sicher, dass er genau das gesagt hat und nicht vielleicht etwas, das nur so ähnlich klang?«

Jelinski zuckte mit den Schultern. »Ich glaub' schon. Aber ihm kam Blut aus dem Mund, und er hat gehustet, und der Regen war so laut, und das Funkgerät in meinem Taxi hat geplärrt, ich soll mich melden …« Er zuckte erneut mit den Schultern. »Beschwören kann ich's nicht. Es hörte sich jedenfalls so an. Auch wenn's für mich keinen Sinn macht.«

»Für uns auch nicht«, stimmte Zell ihm zu. »Herr Jelinski, Sie haben alles zwar schon unseren Kollegen erzählt, aber Sie würden mir einen persönlichen Gefallen tun, wenn Sie mir die ganze Sache noch einmal berichteten.« Er lächelte gewinnend. »Ich möchte ausschließen, dass man Sie falsch verstanden hat.«

Jelinski verlor angesichts von Zells Freundlichkeit etwas von seiner Nervosität und kam dessen Wunsch bereitwillig nach. »Ich fahr' Taxi, wie Sie ja schon wissen, und ich hatte die Nachtschicht. Ich kam grade von einer Tour nach Lamme raus und wollte mich am Taxistand in der Hannoverschen postieren, um«, er grinste verlegen, »'ne kleine Pause zu machen und 'n Schluck Kaffee zu trinken. Hab' immer welchen in der Thermoskanne dabei. Da kam die Meldung von der Zentrale, dass ich einen Fahrgast an der Bushaltestelle aufnehmen soll, die ein Stück vom Stand weg ist. Ich fahr' also hin, und da liegt der Typ am Boden. Erst dacht' ich, der ist total besoffen, aber ich konnt' ihn ja nicht einfach so im Regen liegen lassen. Also hab' ich angehalten, bin ausgestiegen und hab' nachgesehen, was mit ihm los ist. Und da hab' ich gemerkt«, Jelinski schluckte und wurde bei der Erinnerung blass, »dass der blutet wie 'n Schwein. Ich hab' sofort 'n Krankenwagen gerufen und die Bullen, äh, die Polizei und dann versucht, Erste Hilfe zu leisten. Aber ich wusste nicht, was ich da tun sollte. Und dann war er auch schon tot.«

»Wann genau hat er seine letzten Worte gesagt?«

Jelinski dachte kurz nach. »Also, nachdem ich den Krankenwagen gerufen hab' und nachgesehen hab', ob ich was für ihn tun kann. Da hat er das gesagt. Und dann …« Er verstummte.

Zell nickte ihm beruhigend zu. »Haben Sie zufällig nachgesehen, ob er Papiere bei sich hatte?«

Der Taxifahrer blickte Zell ehrlich erschrocken an. »Also nee, daran hab' ich gar nicht gedacht! Hätt' ich das tun müssen, Herr Kommissar?«

»Nein, Sie haben alles richtig gemacht«, versicherte Zell. »Herr Jelinski, die nächste Frage ist jetzt sehr wichtig. Haben Sie, als Sie bei der Bushaltestelle angekommen sind oder während Sie auf den Krankenwagen warteten, irgendjemanden gesehen? Oder ist Ihnen sonst irgendwas aufgefallen?«

Jelinski schüttelte den Kopf. »Nee, ehrlich nicht. Da war niemand. Na ja«, schränkte er sofort ein, »ich hab' mich ja um den … den, äh, Toten gekümmert, und wenn da irgendwo einer war, dann hätt' ich den eh nicht bemerkt.«

»Verständlich«, versicherte Zell. »Eine letzte Frage. Wie viel Zeit ist vergangen zwischen dem Moment, als Sie den Einsatz erhielten, und Ihrem Eintreffen an der Haltestelle?«

Jelinski wackelte unschlüssig mit dem Kopf. »Ich würd' sagen, nicht mehr als ein paar Minuten. Fünf vielleicht. Höchstens. Eher etwas weniger.«

Nur fünf Minuten, in denen der Mörder sein Opfer erschossen und ausgeraubt hatte. Das war ungewöhnlich.

»Vielen Dank, Herr Jelinski, das war es auch schon. Sie können jetzt hier unterschreiben. Aber bitte lesen Sie sich das Protokoll vorher noch einmal durch, ob alles richtig ist.« Zell legte ihm den Ausdruck vor.

Gregor Jelinski las mit für Zells Begriffe quälender Langsamkeit, ehe er nickte, unterschrieb und sichtbar erleichtert das Büro verließ.

»Hm«, machte Zell, als er gegangen war.

»In der Tat«, stimmte Seifert ihm zu. Er kannte Zell seit fast zwanzig Jahren. In dieser Zeit hatten sie beide gelernt, die einsilbigen Lautäußerungen des jeweils anderen richtig zu deuten. »Nach dem Bericht des KDD ist der Mann an einem Schuss gestorben, der die rechte Seite des Brustkorbs und damit die Lunge durchschlagen hat. Mit einer solchen Verletzung lebt man nicht mehr allzu lange. Das heißt, dass der Schütze sich mit dem Ausrauben verdammt beeilt haben muss, um schon wieder verschwunden zu sein, bevor das Taxi auftauchte.«

»Oder der Tote hatte gar nichts bei sich, was man rauben konnte«, überlegte Silvia laut.

Zell und Seifert überdachten das einen Moment.

»Unwahrscheinlich«, meinte Zell schließlich. »Mal ganz abgesehen davon, dass er vor seinem Tod in jedem Fall ein Handy gehabt haben muss, andernfalls hätte er kein Taxi rufen können. Außerdem glaube ich nicht, dass er nicht mal eine Uhr bei sich hatte. Und nicht zuletzt«, er überprüfte noch einmal den Bericht des KDD, »wird er wohl kaum ohne Hausschlüssel seine Wohnung verlassen haben, denn die hat man auch nicht bei ihm gefunden.«

»Was uns darauf schließen lässt«, ergänzte Seifert, »dass der oder die Räuber auch noch vorhaben, die Wohnung des Toten auszuplündern.«

Zell nickte. »Falls es sich wirklich um einen gewöhnlichen Raubmord handelt.«

Es gab genug Einzeltäter und Banden, die einem Opfer außer der Barschaft und etwaigen Kredit- und Bankkarten ganz bewusst Hausschlüssel und Ausweis stahlen, um zu der darauf angegebenen Adresse zu fahren und in aller Ruhe die Wohnung auszurauben. Idealerweise bevor das Opfer dort wieder eintraf, weshalb sie auch dessen Autoschlüssel und Wagenpapiere mitnahmen. Sie gingen davon aus, dass ein derart Beraubter als Erstes die nächstgelegene Polizeidienststelle aufsuchte, um Anzeige zu erstatten. Das gab den Räubern eine gute Stunde oder noch mehr Zeit, um zumindest alle Wertsachen einschließlich hochwertiger Elektrogeräte aus der Wohnung zu stehlen.

»Ich frag mal unsere Raubkollegen, ob die schon was entdeckt haben«, sagte Silvia und griff zum Telefon.

»Mensch, Silvia, lass denen doch mal ein bisschen Zeit«, forderte Seifert. »Das Hexen haben die noch nicht gelernt.«

Silvia warf einen Blick auf die Uhr. »Die hatten seit dem Ende der Dienstbesprechung exakt eine halbe Stunde Zeit. Das sollte für erste Ergebnisse reichen.«

Zell besah sich noch einmal die Tatortfotos und besonders die Nahaufnahme der Schussverletzung. Auf den Mann war nur ein einziges Mal geschossen worden. Die Eintrittswunde war normal groß, die Austrittswunde aber erheblich größer. Demnach war der Schuss aus einiger Entfernung abgefeuert worden. Wahrscheinlich von der gegenüberliegenden Straßenseite aus. In dem Fall hatte der Tote seinen Mörder – oder seine Mörderin –

vielleicht sogar gesehen. Seine letzten Worte ließen durchaus die Vermutung zu, dass eine schwarz gekleidete Frau ihm den Tod gebracht hatte. *Schwarze Dame Tod.*

Zell schüttelte den Kopf. Das erschien ihm zu weit hergeholt. Mal ganz abgesehen davon, dass der Tatbestand »Raubüberfall mit Schusswaffengebrauch« fest in männlicher Hand war. Frauen traten bei solchen Delikten allenfalls als Komplizinnen auf, obwohl Zell unlängst von einer Frauengang in München gehört hatte, die sich diesem Spezialgebiet widmete. Die bildete allerdings eine noch seltene Ausnahme.

Wie dem auch sei, ohne die Identität des Toten und einen handfesten Hinweis auf ein mögliches Motiv, blieb alles fruchtlose Spekulation. Zell würde sich als Nächstes den Tatort ansehen. Zwar hatten die Kollegen vom KDD den bereits fotografiert, doch da war es Nacht gewesen, und es hatte in Strömen geregnet. Außerdem hatten sie die gegenüberliegende Straßenseite nicht sofort überprüft. Die in Augenschein zu nehmen, hielt Zell für überaus wichtig.

»Interessant«, fand Silvia Schneider und legte den Telefonhörer nach Beendigung ihres dritten Gesprächs auf. »In der Vermisstenstelle ist keine Meldung eingegangen, auf die die Beschreibung unseres Toten passt. Laut Jelinskis Taxizentrale hat unser Toter um dreiundzwanzig Uhr vierzig angerufen und einen Wagen zu der Bushaltestelle bestellt. Leider hat er keinen Namen genannt. Das heißt, dass unser Unbekannter um dreiundzwanzig vierzig noch gesund und munter war. Jelinski hat gesagt, er hätte ungefähr fünf Minuten bis zur Haltestelle gebraucht, eher weniger, und sein Notruf bei der Polizei ist um dreiundzwanzig Uhr achtundvierzig eingegangen.«

»Aber zuerst hat er den Krankenwagen gerufen«, erinnerte Seifert.

Silvia nickte. »Wir haben also ein Zeitfenster von maximal drei Minuten, höchstens vier, in denen der Täter den Mann erschossen und ausgeraubt hat und ungesehen verschwunden ist.«

»Verdammt knapp«, fand Zell. »Das deutet auf einen Profi hin. Ein Anfänger hätte sicher länger gebraucht, um die Taschen zu durchwühlen und hätte sein Opfer wohl auch nicht gleich erschossen.« Er seufzte und schüttelte den Kopf. »Komm, Uwe. Sehen wir uns den Tatort an.«

Silvia Schneider begann wieder mit ihrer klaren Sopranstimme zu singen, irgendeinen munteren Gospelsong, den Zell nicht kannte. Er schnappte sich seine Jacke und flüchtete mit Seifert im Schlepptau vor ihrer ihm immer noch unerträglichen Fröhlichkeit.

•

Der Erkennungsdienst war noch bei der Arbeit, als die beiden in der Hannoverschen Straße eintrafen. Schließlich dauerte die Untersuchung eines Tatorts mindestens einen ganzen Tag, bis alle möglichen Beweismittel gesichert, katalogisiert, fotografiert und beschrieben waren. Gerade an einer Bushaltestelle, die von unzähligen Menschen frequentiert wurde, die alle irgendwelche Spuren hinterlassen hatten, gab es eine Menge zu sichern – einschließlich des stinkenden, unappetitlichen Inhalts des von Wespen umschwärmten Abfallkorbes, der dort hing. Leider hatte der nächtliche Regen bereits einen Teil der Spuren vernichtet. Jenseits des rot-weißen Absperrbandes hatte sich eine Menge Schaulustiger versammelt, die mit morbider Neugier die Arbeit des Erkennungsdienstes verfolgten.

Das Team hatte nicht nur die Bushaltestelle weitläufig abgesperrt, sondern auch die gegenüberliegende Straßenseite, weil sie aus der Lage des Toten und seiner Wunde ebenfalls gefolgert hatten, dass der Schuss von der anderen Straßenseite abgefeuert worden war.

»Perfekte Deckung«, fand Seifert und deutete auf die Sträucher und Bäume, die drüben wuchsen. »Außerdem war es dunkel. Unser Unbekannter hat den Schützen nicht sehen können.«

»Immerhin war er noch eine Weile bei Bewusstsein, nachdem er getroffen wurde«, erinnerte Zell ihn. »Er hat sicherlich gesehen, wer ihn ausgeraubt hat.«

Seifert nickte. »Nur schade, dass er uns das nicht mehr erzählen kann. Oder hältst du seine kryptischen letzten Worte für einen Hinweis?«

»Durchaus möglich. – Janna!«, wandte sich Zell an die Leiterin des Ermittlerteams. »Habt ihr drüben schon irgendwas gefunden?« Er nickte mit dem Kopf zur der Absperrung auf der anderen Straßenseite.

Janna Arnold schüttelte den Kopf. »Nichts Verwertbares bis jetzt. Keine Patronenhülse oder so etwas Herrliches wie einen Zigarettenstummel mit DNA daran. Es gibt nur ein paar verwischte Fußspuren. Genau genommen sogar eine ganze Menge, die aber wohl nichts mit dem Fall zu tun haben. Es sieht jedenfalls so aus, dass jemand im Laufschritt den Grünstreifen überquert hat, der, wenn wir die Spur im Geiste fortsetzen, von ungefähr hier gekommen sein müsste. Wenn er auf dem Asphalt nicht die Richtung gewechselt hat, ist er wahrscheinlich In den Rosenäckern verschwunden.«

Sie machte ein leidgeprüftes Gesicht. »Beim Friedhof, wo sich nachts eh kein Mensch mehr herumtreibt, geschweige denn bei so einem Wetter wie letzte Nacht. Der Täter konnte ganz bequem und ungesehen verschwinden. Natürlich sind die Fußspuren durch den Regen zu aufgeweicht, als dass wir darin noch ein Profil erkennen oder gar abnehmen könnten. Aber wir stehen ja auch erst am Anfang unserer Untersuchungen. Du bekommst die Ergebnisse so schnell es nur geht, Ralf.«

»Danke, Janna.« Zell wandte sich an Seifert. »Wann öffnet dieses Lokal eigentlich, in dem der Tote verkehrte?«

»Um fünf Uhr nachmittags, und sie schließen um halb zwölf.«

»Dann werden wir pünktlich um fünf dort vorstellig werden und uns mal umhören«, entschied Zell. »Oder haben die montags geschlossen?«

»Nein, dienstags. Und ich kann dir den ›Feuerteufel‹ wärmstens empfehlen. Einfach köstlich!« Er leckte sich genießerisch die Lippen.

»Erstens gehen wir nicht zum Essen dorthin, und zweitens glaube ich nicht, dass ich ein Gericht essen möchte, das ›Feuerteufel‹ heißt.«

Seifert grinste. »Willst du garantiert«, versicherte er. »Außerdem müssen wir irgendwann mal was essen, und da wir beide für die nächste Zeit zum Abendbrot nicht zu Hause sein werden, gedenke ich für meinen Teil die Gunst der Stunde zu nutzen. Davon abgesehen werden wir uns wohl eine Weile dort aufhalten, und mit knurrendem Magen arbeite ich schlecht, wie du weißt.«

Zell gab nach. »Ich lasse mich von dem Laden mal überraschen.«

•

»Der Laden« entpuppte sich als ein gediegenes Fachwerkhaus nahe der Kreuzkirche, als Zell und Seifert entgegen ihrem ursprünglichen Plan erst kurz nach sechs Uhr dort eintrafen. Ein auf Alt getrimmtes Hängeschild sowie das Stirnschild über dem Eingang verkündeten: *The Magic Song – Das magische Lied. Treten Sie ein und lassen Sie sich verzaubern!* Daneben prangte eine Zauberin mit einem pfiffigen Gesicht, aus deren Zauberstab leuchtend silberne Sterne entwichen, die sich zu Noten formten und über den Buchstaben schwebten.

Das Innere war ähnlich ansprechend gestaltet. Eine Theke aus rustikalen Holzbalken, in die ein Relief von Feen eingearbeitet war, die zum Flötenspiel eines Satyrs tanzten, bildete gegenüber der Eingangstür den ersten Blickfang. Ein Stück nach hinten versetzt schloss sich links daneben die Bühne an, die mit Natursteinen – oder täuschend echt aussehenden Imitaten – eine Höhle simulierte. Unmittelbar vor der Bühne waren bequeme

Stühle mit kleinen Tischplatten an den Lehnen aufgestellt für die Gäste, die nur kamen, um die Musik zu hören und etwas zu trinken. In dem Raum davor waren acht runde Holztische spiralförmig angeordnet, deren Platten aus riesigen, polierten Baumscheiben bestanden.

Auf denen thronten dicke Stumpenkerzen auf unterarmlangen Kerzenhaltern, die verschiedene Märchen- und Sagenfiguren darstellten. Grinsende Wichtel, Drache, Einhorn, Hexen, Troll, Zauberer, Schwertkämpfer und ein schlangenbewehrter Medusen-Kopf erweckten den Eindruck, in eine verzauberte Welt eingetaucht zu sein. Auch die Decke vermittelte dieses Bild, denn sie war dunkelblau gestrichen und mit Sternen gesprenkelt, deren Anordnung eine maßstabsgetreue Nachbildung des realen Sternenhimmels darstellte. Die Sterne waren kleine Lampen, die neben den Tischkerzen die einzige Lichtquelle bildeten. Auch der Mond befand sich an seinem Platz am Himmel, der in demselben fahlen Licht leuchtete wie das Original.

Die Wände waren mit einer Waldlandschaft bemalt, in der Feen tanzten, Wichtel im Gras lagen und ein Einhorn zwischen den Bäumen hervorlugte. Im Hintergrund ertönte leise Harfenmusik.

Obwohl Zell nicht unbedingt ein Freund von mystischen Umgebungen war, musste er zugeben, dass er sich in der Atmosphäre dieses Lokals auf Anhieb wohlfühlte. Möglicherweise lag das an dem heimelnden Honigduft, den die ausnahmslos aus echtem Bienenwachs gefertigten Kerzen verbreiteten.

»Der Drachentisch ist noch frei«, stellte Seifert zufrieden fest und bugsierte Zell zu einem Tisch, dessen Kerzenhalter einen Drachen darstellte. »Hier sitzen Halina und ich immer.« Er winkte im Vorbeigehen einer dunkelhäutigen Kellnerin zu. »Hallo Moshila. Wo ist denn Nicki?«

»Die kommt heute erst kurz vor sieben«, antwortete die Frau und reichte ihm und Zell die Speisekarten, nachdem die beiden Männer Platz genommen hatten.

»Prima!«, fand Seifert. »Dann können wir noch in Ruhe essen.«

»Ich empfehle die ›Zauberschnecke‹ als kleinen Snack oder das ›Medusenhaupt‹ für den großen Hunger. Wir haben heute frische Nudeln gemacht, und frisch schmecken sie am besten. Was darf es zu trinken sein?«

»Zweimal *Sundowner*«, bestellte Seifert, ohne Zell zu fragen.

Die Bedienung nickte ihnen lächelnd zu und überließ die beiden Männer in Ruhe der Auswahl ihrer Mahlzeit. Zell schlug die Speisekarte auf und stellte fest, dass offenbar alle Gerichte »zauberhafte« Namen besaßen. Jedes war neben einer detaillierten Beschreibung der Zutaten einschließlich einer nicht minder exakten Nährwerttabelle mit einem überaus verführerisch wirkenden Foto versehen.

Die »Zauberschnecke« entpuppte sich als ein mit verschiedenen Gemüsesorten gefüllter und zu einer Schnecke zusammengerollter Nudelteig. Das »Medusenhaupt« bestand aus Spaghetti, die als schlangenähnliche »Haarpracht« um ein Bett aus grünen Erbsen drapiert waren, in dessen Mitte zwei Spiegeleier die Augen und ein vegetarisches Würstchen den grinsenden Mund eines Gesichts darstellten. Der von Seifert vorgeschlagene »Feuerteufel« bildete ebenfalls ein Gesicht aus roten Bohnen mit Paprikastreifen, Reis, zwei kleinen Gemüsefrikadellen als Augen und zwei Tofuwürstchen als »Hörnern«. Ein rot gedruckter Vermerk warnte: *Vorsicht! Höllisch scharf!*

Da Zell gern scharf Gewürztes aß, entschied er sich für den »Feuerteufel« als die Bedienung mit ihren Getränken kam und genoss wenig später das wahrhaft delikate – und feurige – Gericht.

Während sie aßen, beobachtete Zell unauffällig die Angestellten. Zwei Dinge fielen ihm dabei auf. Von den sieben Leuten, die er sah – fünf Frauen und zwei Männer – waren fast alle ausländischer Herkunft, und zwischen ihnen herrschte eine ausgesprochen entspannte, fast schon heitere Atmosphäre, die auch auf die Gäste ausstrahlte. Zell stellte jedenfalls fest, dass er sich hier nicht nur willkommen fühlte, sondern sich auch unwillkürlich entspannte und zumindest während des Essens den Mordfall ausblenden konnte, der sie hergeführt hatte.

Kurz vor sieben Uhr, als Zell gerade mit dem Essen fertig war, betrat eine Frau das Lokal, in der er sofort die Sängerin erkannte, deren Bild Silvia im Internet gefunden hatte. Sie grüßte freundlich lächelnd in die Runde und strahlte dabei eine ruhige Heiterkeit aus.

»Nicki!« Seifert winkte ihr, an ihren Tisch zu kommen.

»Hallo Uwe!«

Sie begrüßte Seifert mit einem Handschlag und reichte auch Zell die Hand. Ihr Händedruck war überraschend fest und fühlte sich überaus angenehm an.

»Wo hast du denn Halina gelassen? Wenn mich nicht alles täuscht, ist ihr Yogakurs doch mittwochs.«

»Stimmt«, bestätigte Seifert. »Wir sind auch dienstlich hier.« Er deutete auf Zell. »Mein Kollege Ralf Zell. Wir müssen dringend mit dir reden. Wenn du ein paar Minuten für uns erübrigen könntest?« Er machte ein verlegenes Gesicht. »Ich muss gestehen, ich bin bei der Polizei.«

Sie lächelte verschmitzt. »Und du glaubst, damit erzählst du mir was Neues?« Sie winkte ab. »Ich besitze eine ganz gute Menschenkenntnis. Deshalb war mir das von Anfang an klar. Die Art, wie du dich bewegst, dich umsiehst oder geradezu reflexartig Menschen beobachtest, hat es mir verraten«, fügte sie auf Seiferts verblüfften Blick hinzu. »Ich muss nur noch schnell ein paar Dinge regeln und mich umziehen, danach bin ich gleich wieder bei euch.«

Sie verschwand durch eine Tür hinter der Theke. Zell blickte ihr nach und ertappte sich dabei, dass er immer noch dem Klang ihrer Stimme nachlauschte, die ein außergewöhnliches Timbre besaß. Außerdem glaubte er, einen leichten Akzent herausgehört zu haben, konnte ihn aber nicht einordnen.

Fünfzehn Minuten später war sie zurück. Sie trug jetzt eine schwarze Hose aus einem glänzenden Stoff und eine ebenfalls schwarze Tunika aus dem gleichen Material. Um die Taille hatte sie eine aus Goldfäden gedrehte Kordel gebunden. Ihren Hals zierte der Goldreif, den sie auch auf dem Foto getragen hatte.

Sie setzte sich zu den beiden Männern an den Tisch und reichte Zell noch einmal die Hand. »Nica Ravenhorst«, stellte sie sich jetzt offiziell vor. »Alias Nicki Raven. Hier im Lokal nennen mich alle Nicki.«

»Nicki passt nicht zu Ihnen«, entfuhr es Zell spontan. »Das ist der Name eines verspielten Mädchens, nicht der einer Frau wie Ihnen.«

Seifert blickte ihn erstaunt von der Seite an, und Zell errötete unwillkürlich.

»Ich bitte um Verzeihung, Frau Ravenhorst. Ich wollte Ihnen nicht zu nahe treten.«

Sie lächelte offen. »Das sind Sie nicht, Herr Zell«, versicherte sie. »Schließlich haben Sie vollkommen recht. Das ist auch der Grund, warum ich außerhalb des Lokals und der Bühne darauf bestehe, von meinen Freunden und guten Bekannten Nica genannt zu werden. Der Klang dieses Namens drückt genau das aus, was ich bin.«

Dem konnte Zell nur zustimmen. »Nica« klang in seinen Ohren nach Fröhlichkeit, Stärke, nach Tiefe und fast wie die ersten beiden Noten eines interessanten Liedes.

»Ihr seid dienstlich hier«, riss sie ihn aus seinen abschweifenden Überlegungen. »Worum geht es?«

Zell zog das Foto des Toten aus seinem Notizblock und schob es ihr hin. »Uwe meint, dass er diesen Mann schon öfter hier im Lokal gesehen hätte und Sie ihn kennen.«

»*Holy shit!*«, entfuhr es ihr, gefolgt von einem Schwall weiterer englischer Worte, die Zell nicht verstand, aber ebenfalls für Flüche hielt. »Das ist Robert Asmund«, sagte sie schließlich. »Und ja, er ist – er war Stammgast. Er kam regelmäßig zwei- bis dreimal die Woche, immer mittwochs und freitags und ab und zu sonntags. Erst gestern Abend war er noch hier.« Sie sah Zell in die Augen. »Wann ist er gestorben?«

»Woher wissen Sie, dass er tot ist?« Zell fixierte sie misstrauisch, damit ihm keine Regung ihres Gesichts entging.

Sie warf ihm einen Blick zu, als hätte er etwas ausgesprochen Dummes gefragt. »Herr Zell, dieses Foto zeigt eindeutig das Gesicht eines Toten, nicht das eines Schlafenden. Also wann ist es passiert? Und was ist passiert? Falls Sie mir das sagen dürfen.«

»Er ist gestern Abend um ziemlich genau dreiundzwanzig Uhr achtundvierzig umgekommen. Wann hat er das Lokal verlassen?«

Sie lehnte sich zurück und atmete einmal tief durch. »Um halb zwölf, als wir geschlossen haben. Ich habe ihm noch angeboten, ihm ein Taxi zu rufen, aber er bestand darauf, die paar Schritte zur Hannoverschen Straße zu gehen. Dort ist ein Taxistand.«

»An der Bushaltestelle dahinter hat ihn jemand erschossen.«

»*Oh, what a fucking* –« Sie unterbrach sich sichtbar zerknirscht. »Ich bitte um Verzeihung. Fluchen hilft ja nichts.« Sie schüttelte den Kopf. »*Damn*, wenn er von hier aus mit dem Taxi gefahren wäre, dann wäre er wohl noch am Leben.«

Zell nickte zustimmend. »Mir stellt sich die Frage, warum er überhaupt mit dem Taxi fahren wollte. War er angetrunken?«

»Nein, sein Auto ist in der Werkstatt. Deshalb kam er ausnahmsweise mit dem Taxi.«

»Wissen Sie, wo er wohnt?«

»Zuckerbergweg. Unter derselben Adresse wie Gerhard Holbeck. Das ist sein Schwiegervater.«

»Holbeck?«, wiederholte Seifert. »Der Baulöwe?«

»Genau der«, bestätigte sie. »Robert arbeitet auch in seiner Firma, und er hat sich oft genug bitterlich darüber beklagt, wie sehr der Alte ihn schikaniert.«

Seifert stöhnte unterdrückt. »Hätte er nicht der Schwiegersohn von jemand anderem sein können?«

Diesem Stoßseufzer konnte Zell nur zustimmen. Gerhard Holbeck genoss einen recht zwiespältigen Ruf in der Stadt. Er galt einerseits als ein Bauunternehmer, der solide Arbeit leistete, die er sich entsprechend honorieren ließ. Andererseits war er unlängst in die Kritik geraten, weil die Löhne, die er seinen Leuten zahlte, sehr knapp kalkuliert waren, um es milde auszudrücken. Er beschäftigte keinerlei Schwarzarbeiter und zahlte die Steuern und Sozialabgaben pünktlich, aber er verlangte von seinen Leuten vollen Einsatz für wenig Geld.

Wer sich allerdings darauf einließ und zu seiner Zufriedenheit schuftete, besaß bei ihm einen sicheren Job – sofern er Deutscher war und auch so aussah. Holbeck galt gerade in diesem Punkt als überaus konservativ. Seine Ansichten, mit denen er auch in der Öffentlichkeit nicht hinter dem Berg hielt, waren zwar nicht unbedingt rechtsextrem, kamen dem aber manchmal sehr nahe. Außerdem besaß er einen gewissen Einfluss in der Gesellschaft.

»Der Zuckerbergweg liegt nicht gerade um die Ecke«, überlegte Zell laut. »Aber ich kann sehr gut nachvollziehen, dass einen das exquisite Essen immer wieder hierher treibt.«

Nica Ravenhorst verneigte sich lächelnd in seine Richtung. »Vielen Dank. Ich werde das Kompliment an die Küche weitergeben.«

Zell erwiderte ihr Lächeln kurz. »Gab es für Herrn Asmund vielleicht noch einen anderen Grund, Ihr Lokal zu besuchen?«

»Schräg gegenüber ist ein Reiterhof, wie Sie vielleicht bemerkt haben. Er hat dort zwei Pferde stehen, die er an den besagten Tagen regelmäßig geritten hat. Anschließend kam er immer hierher zum Essen und natürlich auch wegen der Musik.«

»Hat seine Frau ihn begleitet?«, wollte Seifert wissen.

Sie schüttelte den Kopf. »Robert kam immer allein. Und er ist auch, soweit ich weiß, immer allein zum Reiten gegangen. Seine Frau hat daran wohl kein Interesse.«

»Das waren die einzigen Gründe für seinen Besuch?«, vergewisserte sich Zell und trank den letzten Rest seines zweiten *Sundowners*, einer Mischung aus rotem und gelbem Fruchtsaft, die so raffiniert ins Glas gefüllt wurde, dass sie ineinanderlaufend tatsächlich wie die untergehende Sonne aussah. »Man sollte meinen, dass er sich nicht unbedingt bis spät abends in einem Lokal aufhält statt zu Hause bei seiner Frau.«

Nica Ravenhorst grinste. »Da fragen Sie am besten seine Frau.«

Das klang derart ironisch, dass Zell unschwer zwischen den Zeilen lesen konnte. »Sie wissen wohl auch was darüber?«, vermutete er.

Sie schürzte kurz die Lippen. »Nur das, was Robert ab und zu ausgeplaudert hat. Demnach war seine Ehe nicht sehr glücklich. Aber wie gesagt, das müssen Sie seine Frau fragen. Mal ganz abgesehen davon, dass, wie ich gehört habe, Eheleute sich nicht immer über die Qualität ihrer Beziehung einig sind.«

Das konnte Zell nur bestätigen. Er hatte im Rahmen seiner Arbeit schon oft erlebt, dass ein Partner – meistens der Mann – die Beziehung für gut hielt, während der andere völlig unzufrieden damit war. »Wie war eigentlich Ihr Verhältnis zu Herrn Asmund?«

Nica Ravenhorst lächelte offen. »So wie zu anderen Stammgästen auch«, behauptete sie und zwinkerte Seifert zu. »Ich duze mich mit den meisten, setze mich ab und zu in meinen Pausen zu ihnen an den Tisch und plaudere über Gott und die Welt. Das ist mehr oder weniger alles. Robert bildete da keine Ausnahme.«

»Nicki!«

Die Stimme eines blonden Mannes unterbrach sie. Er deutete demonstrativ auf seine Uhr und anschließend mit dem Daumen zur Bühne, wo er zusammen mit zwei Frauen schon eine Weile die Musikinstrumente aufgebaut und gestimmt hatte. Inzwischen waren noch weitere Gäste gekommen, die die Stuhlreihen vor der Bühne besetzt hatten und mit wachsender Ungeduld auf den Beginn des Programms warteten.

Nica Ravenhorst erhob sich. »Ihr entschuldigt mich. Ich muss auf die Bühne. Aber in der Pause können wir unser Gespräch gern fortsetzen.«

»Ich freue mich darauf«, versicherte Zell. »Und jetzt freue ich mich darauf, Sie singen zu hören. Sie sollen eine wunderbare

Stimme haben. Nach der Art zu urteilen, wie Sie sprechen, bin ich überzeugt, dass das nicht nur ein Gerücht ist.«

Sie lächelte in einer Weise, die Zell überaus sympathisch war. »Ich denke, Sie werden auf Ihre Kosten kommen.«

»Ich möchte ein Lied speziell für Ralf bestellen«, sagte Seifert grinsend. »Das mit den Schwarzen Witwen auf dem Plumpsklo oder wie das heißt. Und wenn du noch ein Lied über das Liebesleid einsamer Männer im Repertoire hast, dann nehme ich das bitte auch.«

Zell boxte Seifert mit dem Ellenbogen in die Seite, und Nica Ravenhorst lachte leise. Sie verbeugte sich, als stünde sie schon auf der Bühne, drehte sich um und bestiegt mit dynamischen Schritten das Podium.

Zell griff zum Handy und rief seinen Kollegen Ferudun Özyavas an, von dem er wusste, dass er noch im Dienst war. Der ehrgeizige junge Mann machte selten vor acht Uhr abends Feierabend. Er gab ihm Namen und Adresse des Toten durch. »Traust du dir zu, zusammen mit einem Kollegen, der noch nicht Feierabend gemacht hat, der Familie die Todesnachricht zu überbringen, Ferudun?«

Özyavas bestätigte das und versprach, sofort loszufahren. Zell schaltete das Handy auf Vibrationsalarm und wandte seine Aufmerksamkeit der Bühne zu. Natürlich mussten noch die Angestellten des Lokals befragt werden, doch das würde während der Vorführung nur stören.

Seifert blickte ihn amüsiert an. »Ich habe dich noch nie flirten gesehen, Ralf«, stellte er fest. »Ich wusste gar nicht, dass du das überhaupt kannst.«

»Ich habe nicht geflirtet«, widersprach Zell. »Ich habe nur …«, er suchte nach Worten, »versucht, das Eis etwas zu brechen und Vertrauen aufzubauen.«

»Welches Eis denn?«, fragte Seifert scheinheilig. »Nicki wird nur ›eisig‹, wenn sich hier mal ein Gast daneben benimmt, was extrem selten vorkommt. Aber wenn du darauf bestehst, dann hast du eben *nicht* geflirtet.«

Zu Zells Glück machte Nica Ravenhorst jetzt ihre Ansage, was ihn einer Antwort enthob. Insgeheim konnte er jedoch nicht leugnen, dass er tatsächlich geflirtet hatte. Und darüber war er selbst überrascht.

»Meine Damen und Herren, ich begrüße Sie im *Magic Song* zu unserem heutigen Abend mit den magischen Liedern. Sie finden auf Ihren Plätzen zweisprachige Textbücher, die unser gesamtes Repertoire enthalten, und zwar die – meist englische – Originalfassung auf der rechten und die deutsche Übersetzung daneben auf der linken Seite. Außerdem können Sie ein Wunschlied auf einen Zettel schreiben und in den Korb legen, der hier steht.« Sie deutete auf einen aus buntem Bast geflochtenen Korb direkt an der Podiumskante. »Ihr Lied wird im Laufe des Abends vorgetragen werden. Wir beginnen mit den ersten Wunschliedern für heute: *Black Widows in the Privy* und *Bring Me a Star.* Sie finden die Texte auf Seite 113 und 47 im Liederbuch. Wir wünschen Ihnen viel Vergnügen!«

Zell applaudierte höflich, ebenso wie die anderen Gäste. Das Licht der Sterne und des Mondes wurde gedimmt, sodass nur noch die Kerzen auf den Tischen Helligkeit gaben. Im Hintergrund der »Höhle« auf der Bühne flammte die Imitation mehrerer Lagerfeuer auf und tauchte die Band in ein mystisches Licht. Nur wenige Augenblicke später kam Zell in den Genuss, Nica Ravenhorst singen zu hören. Die Akustik auf der Bühne war phänomenal, sodass weder sie noch einer der Musiker ein Mikrofon brauchten, um im gesamten Lokal klar und deutlich gehört zu werden. Seifert hatte nicht übertrieben, als er behauptete, sie besäße eine Stimme, der man unwillkürlich zuhörte: ein warmer Alt von großer Ausdruckskraft.

Sie brachte es sogar fertig, dass Zell für eine kostbare Weile alles um sich herum vergaß und nichts wahrnahm außer ihr selbst und den Liedern, die sie sang. Er vermochte nicht zu sagen, ob sie eine besondere Gesangstechnik verwendete, denn er verstand von Musik nur so viel, dass er wusste, was ihm gefiel und was nicht. Aber Nica Ravenhorsts Stimme ließ ihn das, was die jeweiligen Texte ausdrückten, beinahe körperlich fühlen: das Leid des jungen Mannes, dessen Geliebte einen anderen heiratete; die Sehnsucht einer jungen Frau nach ihrem Vampir-Lover oder den zornigen Grimm von Grendels Mutter, die sich aufmachte, den Tod ihres Sohnes an Beowulf zu rächen. Dabei strahlte Nica eine Harmonie aus, die man beinahe fühlen konnte.

Zell ertappte sich dabei, dass er die ganze Zeit über, während sie sang, vor sich hin lächelte und sich fühlte, als wäre er wieder in der Provence. Plötzlich war die Ausgeglichenheit des Urlaubs wieder da. Er empfand es beinahe als schmerzhaft, als Nica nach einer Dreiviertelstunde eine Pause ankündigte. Offensichtlich ging es ihm nicht alleine so, denn ein kollektives enttäuschtes Seufzen ging durch das gesamte Lokal.

Gleich darauf kam sie wieder zu ihnen an den Tisch und setzte sich, während die dunkelhäutige Kellnerin Moshila ihr unaufgefordert einen heißen Tee brachte.

»Ich sehe, es hat euch gefallen.«

»Oh ja«, bestätigte Zell mit einer unwillkürlichen Inbrunst, die Seifert und auch Nica Ravenhorst lächeln ließen. »Leider sind wir nach wie vor nicht zum Vergnügen hier.«

»Ach komm schon, Ralf«, protestierte Seifert. »Es ist fast neun Uhr! Du willst doch nicht etwa wieder dienstlich werden. Ich werde jetzt jedenfalls nach Hause gehen. Das hätte ich eigentlich schon vor einer Stunde tun sollen, nachdem Ferudun uns den Gang zu den Angehörigen abgenommen hat.«

»Aber da wir schon einmal hier sind und ohnehin mit den Angestellten sprechen müssen, können wir das doch gleich in einem Abwasch erledigen.«

Seifert stöhnte, schüttelte den Kopf und blickte Zell grimmig an. Der machte eine scheuchende Handbewegung. »Ich will nicht dafür verantwortlich sein, dass deine Frau dir den Kopf abreißt. Oder noch schlimmer: mir! Also geh schon. Und grüß Halina.«

»Von mir auch«, bat Nica Ravenhorst.

»Mach ich«, versprach Seifert, legte Geld auf den Tisch und verließ mit einem kurzen Winken das Lokal.

»Frau Ravenhorst, ich will keineswegs Ihren Arbeitsplan durcheinanderbringen«, sagte Zell. »Wenn es absolut nicht passt, können die Angestellten auch morgen Vormittag ins Präsidium kommen.«

»Das ist schon in Ordnung«, versicherte sie. »Ich bitte Sie nur, das Küchenpersonal erst nach Küchenschluss um elf zu befragen, denn bis dahin wird jeder dort gebraucht. Sie können aber auch gern morgen wiederkommen. Dienstag ist zwar unser Ruhetag, aber wenn Sie mir sagen, wann Sie hier sein werden, sorge ich dafür, dass alle zu dem Zeitpunkt erscheinen.«

Er nickte. »Ich komme eventuell darauf zurück.«

»Wollen Sie die Leute hier am Tisch sprechen, oder brauchen Sie einen separaten Raum? In dem Fall können Sie mein Büro benutzen.«

»Danke, aber es handelt sich nur um ein paar Routinefragen. Sollte einer der Angestellten mir etwas Vertraulichen mitteilen wollen, nehme ich das Angebot mit dem Büro an.« Er blickte sie fragend an. »Ich habe den Eindruck, dass Sie nicht nur Sängerin hier sind, sondern auch Geschäftsführerin?«

»Eigentümerin«, korrigierte sie. »Das *Magic Song* gehört mir. Und es ist eine richtige Goldgrube«, fügte sie zufrieden hinzu.

Auch das war eine interessante Information. »Führen Sie es allein oder haben Sie noch einen Geschäftspartner?«

»Allein. Und das bin ich auch im privaten Bereich«, ergänzte sie augenzwinkernd. »Genau wie Sie.«

»Wie kommen Sie darauf, dass ich alleinstehend bin?«, wollte Zell wissen und fragte sich, was sie wohl bewogen hatte, ihm etwas so Privates zu sagen. Sie konnte wohl kaum erahnt haben, dass er in dem Moment tatsächlich neugierig gewesen war zu erfahren, ob sie einen Lebenspartner oder Ehemann hatte. Dabei war das für den Fall völlig irrelevant. Vor allem ging es ihn trotz aller professioneller Neugier überhaupt nichts an.

»Nun, Herr Zell, Sie machen auf mich nicht den Eindruck, als wären Sie ein übereifriger Beamter, der leidenschaftlich gern Überstunden schiebt und dafür sogar seine Privatleben opfert«, beantwortete sie seine Frage. »Außerdem hat Uwe für Sie ein Lied über das Liebes*leid* von *einsamen* Männern bestellt. Auch daraus schließe ich, dass bei Ihnen zu Hause niemand auf Sie wartet, weder Frau noch Freundin noch Lebenspartner. Andernfalls hätten Sie sich wie Uwe jetzt verabschiedet, um den spärlichen Rest des Abends mit ihr oder ihm zu verbringen.«

»Mit *ihr*«, betonte Zell, obwohl er persönlich nicht das geringste Problem mit Homosexualität hatte. Er wechselte das Thema. »Ich möchte Sie bitten, morgen Vormittag um elf Uhr zum Zentralen Kriminaldienst zu kommen. Friedrich-Voigtländer-Straße 41, Raum 88. Ich habe noch ein paar Fragen an Sie, die ich hier nicht stellen möchte.«

»Ich werde pünktlich sein«, versprach sie. »Wen von den Leuten hier wollen Sie als Erstes sprechen?«

»Wer gerade Zeit hat.«

Nica Ravenhorst winkte die dunkelhäutige Kellnerin heran, der sie das Geld in die Hand drückte, das Seifert auf den Tisch gelegt hatte, und ließ sie und Zell allein.

Gegen elf Uhr hatte er – noch einmal unterbrochen von einer Stunde herrlicher Musik und Nica Ravenhorsts Gesang – mit allen Angestellten außer dem Küchenpersonal gesprochen und bis auf einen Punkt nichts Neues erfahren. Ja, Robert Asmund war zwei- bis dreimal die Woche hier gewesen, mittwochs, freitags und manchmal sonntags. Er hatte sich anfangs besonders um Nicki bemüht und ihr eindeutige Avancen gemacht, die ihn aber behandelt hatte wie jeden anderen Stammgast auch. Dass die beiden ein heimliches Verhältnis gehabt haben könnten, glaubte keiner der Angestellten.

»Der ist einfach nicht Nickis Typ«, wusste Moshila Habermann, die aus Indien stammende Kellnerin, die mit einem Deutschen verheiratet war. »Zu oberflächlich und zu sehr von sich selbst überzeugt«, lautete ihr vernichtendes Urteil über

Asmund. »Nicki steht nicht auf solche – wie sagt man auf Deutsch? – Windbeutel, glaube ich.«

Zell verkniff sich die Frage, welche Art von Mann denn »Nickis Typ« wäre.

Ja, gestern war Asmund gegen sechs gekommen, hatte an seinem Stammtisch gesessen – dem mit dem Kerzenhalter in Form eines springenden Einhorns – und war um halb zwölf gegangen, als das Lokal schloss. Ja, Nicki und auch Sten Thorson, der an der Bar Getränke ausschenkte und die CDs der Musikgruppe verkaufte, hatten angeboten, ihm ein Taxi zu rufen, doch er hatte abgelehnt.

Sten Thorson hatte sogar vorgeschlagen, ihn nach Hause zu fahren, da er selbst in Melverode wohnte und eine Fahrt zum Zuckerbergweg keinen allzu großen Umweg bedeutete. Aber auch das hatte Asmund abgelehnt mit der Begründung, dass er es nicht eilig hätte, nach Hause zu kommen und dort der ungekrönte Mittelpunkt der Szene zu sein, die seine Frau gewohnheitsmäßig veranstalten würde, weil er ohne sie ausgegangen war. Das bestätigte Nica Ravenhorsts Andeutung, dass Asmunds Ehe wohl nicht besonders glücklich gewesen war. Darüber würde Zell sicher mehr erfahren, wenn er morgen persönlich mit der Familie sprach, um sich von Asmund und seinen Gewohnheiten ein Bild zu machen. Diese Befragung überließ er ungern den jüngeren, in diesem Punkt noch unerfahrenen Kollegen wie Ferudun Özyavas, die noch nicht gelernt hatten, zwischen den Zeilen der vorgebrachten Äußerungen zu lesen.

Interessant war der Hinweis, dass Nica Ravenhorst keine fünf Minuten nach Robert Asmund das Lokal verlassen hatte, um die Tageseinnahmen noch zum Nachttresor der Bank in der Saarstraße zu bringen. Falls also jemand einen Raub ausgerechnet in dieser Gegend geplant hätte, so wäre Nica Ravenhorst eine sehr viel lohnendere Beute gewesen. Allerdings ging Zell nicht davon aus, dass Nica Ravenhorst das Geld zu Fuß zur Bank gebracht hatte, sondern mit dem Wagen gefahren war. Der Weg vom *Magic Song* zur Saarstraße führte in dieselbe Richtung, in die Robert Asmund gegangen war. Da hatte sie ihn wahrscheinlich überholt. Er musste sie morgen Vormittag noch mal eingehend befragen, ob sie dabei vielleicht jemanden gesehen hatte, der sich in Höhe der Bushaltestelle oder des Taxistandes herumtrieb.

Die Befragung des Küchenpersonals ergab nichts Neues, denn die Leute hatten Robert Asmund nie gesehen, da sie mit den Gästen nicht in Kontakt kamen.

Bevor sich Zell kurz vor Mitternacht verabschiedete, kaufte er noch zwei CDs der Gruppe »The Magic Song«, um sie sich daheim in Ruhe anzuhören. Statt danach sofort nach Hause zu fahren, ging er zu Fuß denselben Weg, den auch Robert Asmund vor vierundzwanzig Stunden genommen haben musste. Um diese Zeit waren die Straßen von Alt-Lehndorf nahezu menschenleer. Die Fenster in den Häusern waren fast alle dunkel, weil ihre Bewohner bereits in ihren Betten lagen. Autos fuhren ebenfalls nicht mehr hier entlang. Erst als Zell die Hannoversche Straße erreichte, die stadtauswärts zum Raffteich-Bad und nach Lamme führte und stadteinwärts auf das Zentrum zu, gab es wieder mehr Verkehr.

An dem für drei Wagen konzipierten Taxistand, zu dem Robert Asmund gegangen war, wartete auch jetzt kein einziger Wagen. Zell ging weiter bis zur Bushaltestelle, wo am Haltestellenschild immer noch ein Rest des rot-weißen Absperrbandes hing. Über Robert Asmunds Blut am Boden war Sand gestreut worden, soweit der Regen es nicht weggewaschen hatte. Ein paar Fußspuren zeigten, dass Menschen darüber gegangen waren, die entweder nichts von dem hier verübten Verbrechen wussten oder denen es nichts ausmachte, das Blut eines Toten unter ihren Füßen zu haben.

Zell wandte der Haltestelle den Rücken zu und blickte zur anderen Straßenseite hinüber. Die Straßenlaternen waren bereits um elf oder halb zwölf Uhr abgeschaltet worden, um Energie zu sparen. Robert Asmund hatte gestern in derselben relativen Dunkelheit gestanden wie er jetzt. Falls sein Mörder tatsächlich drüben im Gebüsch auf ihn gewartet hatte, hatte Asmund ihn nicht sehen können.

Zell stand eine Weile regungslos und nahm die Atmosphäre in sich auf. Nein, hier postierte sich an einem Sonntagabend wahrlich kein Räuber, um auf einen beliebigen Passanten zu lauern, der *vielleicht* zu einer so späten Stunde hier vorbeikommen mochte und lohnende Beute zu sein versprach.

Wenn Robert Asmund also nicht das Opfer einer Spontantat geworden war, weil er zur falschen Zeit am falschen Ort gewesen war, dann musste es der Mörder ganz gezielt auf ihn abgesehen haben. In dem Fall war er ihm entweder vom *Magic Song* aus gefolgt; wobei sich allerdings die Frage stellte, warum er mit dem Angriff gewartet hatte, bis Asmund die Bushaltestelle erreicht hatte. Oder er hatte ihm gezielt hier aufgelauert; doch dann hätte er wissen müssen, dass Asmund zum Taxistand wollte.

Das allerdings konnte niemand im Voraus gewusst haben, da sowohl Nica Ravenhorst wie auch Sten Thorson Asmund angeboten hatten, ihm ein Taxi zum Lokal zu bestellen und ihn sogar nach Hause zu fahren. Blieb also nur die Möglichkeit, dass der Täter ihm vom Lokal aus gefolgt war. Und das warf wieder ganz neue Fragen auf.

Zell seufzte tief, kehrte zu seinem Wagen zurück, der vor dem *Magic Song* parkte, und fuhr nach Hause. Er hatte noch eine Menge zu überdenken.

»Wir wissen also, dass der Tote von der Hannoverschen Straße, Robert Asmund, der Schwiegersohn von Gerhard Holbeck ist«, resümierte Zell am nächsten Morgen bei der Dienstbesprechung. »Wie haben die Angehörigen die Nachricht von seinem Tod aufgenommen? Gab es da irgendwelche Auffälligkeiten?« Er blickte Ferudun Özyavas auffordernd an, der verlegen errötete.

»Wir hatten noch keine Gelegenheit, die Angehörigen zu benachrichtigen«, gestand der Siebenundzwanzigjährige.

»Ich höre wohl nicht recht«, entfuhr es Zell. »Darf ich mal fragen, was du und der Kollege gestern Abend stattdessen gemacht habt?« Sein Tonfall drückte deutlich aus, dass Özyavas darauf besser eine verdammt gute Antwort haben sollte, andernfalls er erheblichen Ärger mit seinem Vorgesetzten bekäme.

»Auf dem Weg zu den Angehörigen sind Kollege Grünwald und ich zu einem Notfall gerufen worden«, verteidigte sich der junge Kripobeamte. »Der mutmaßliche Mordversuch auf dem Domplatz. Wir waren gerade in der Nähe, als die Meldung kam und als Erste vor Ort. Bis heute früh um zwei Uhr waren wir an der Sache dran. Und mitten in der Nacht hätten wir Asmunds Angehörige ja wohl kaum noch aus dem Bett klingeln sollen, oder?«

»Auf die Idee, mich mal davon in Kenntnis zu setzen, nachdem ihr den Einsatz übernommen habt, damit Uwe und ich für euch einspringen, seid ihr nicht gekommen, wie?«, knurrte Zell vorwurfsvoll. Worüber er allerdings nicht allzu böse war, denn sonst wäre er um das Vergnügen gebracht worden, Nica Ravenhorst singen zu hören.

»Nein, daran haben wir in dem Moment tatsächlich nicht gedacht«, gestand Özyavas zerknirscht. »Tut mir leid.«

»Hm«, brummte Zell und schüttelte den Kopf. »Ein Motiv außer Raub hat sich bis jetzt noch nicht ergeben«, wechselte er das Thema. »Allerdings sind die Umstände für einen herkömmlichen Raubmord zu ungewöhnlich. Wir müssen das noch genau untersuchen. Was haben wir sonst noch?«

Die Leute gaben der Reihe nach ihre mündlichen Berichte ab. Die Befragung der Anwohner hatte nicht einen einzigen Hinweis ergeben. Niemand hatte irgendetwas auf der Straße gesehen oder gehört, auch keinen Schuss beziehungsweise lauten Knall. Die Auswertung des tödlichen Geschosses lieferte dafür auch den Grund. Es stammte aus einer Makarov PB, Kaliber 9 x 18 Millimeter, einer Pistole russischen Fabrikats mit integriertem Schalldämpfer, die deshalb den Beinamen »die Lautlose« trug. Sie war in Deutschland nicht allzu gebräuchlich.

Das erhärtete wieder Zells Vermutung, die jetzt auch die anderen Mitglieder der Ermittlungsgruppe teilten, – die in »Moko – Mordkommission – Asmund« umbenannt worden war: Der Mörder hatte es wahrscheinlich gezielt auf Robert Asmund abgesehen. Bei Raubmorden, die auf offener Straße begangen werden, setzten die Täter äußerst selten Pistolen mit Schalldämpfer ein. Zell war kein einziger derartiger Fall bekannt. Die Benutzung eines Schalldämpfers stellte deshalb ein starkes Indiz für den Vorsatz der Tat dar, weshalb nun – Raub oder nicht – von Mord ausgegangen wurde.

»Ich wage ja nicht zu hoffen, dass wir die Pistole bereits im System haben«, wandte er sich an Janna Arnold, deren Team unter anderem für die Identifizierung von Tatwaffen verantwortlich war.

Sie schüttelte den Kopf. »Leider nicht. Falls dieselbe Waffe schon einmal bei einer Straftat verwendet wurde, dann nicht in Deutschland. Wir haben die Überprüfung auf die Interpol-Datenbank ausgeweitet, aber bis wir ein Ergebnis bekommen, wird es noch eine Weile dauern.«

Da es nicht viel mehr zu berichten gab, war die Besprechung recht schnell beendet. Zell winkte Özyavas zu sich, bevor der den Raum verlassen konnte.

»Glaub nur nicht, dass du so einfach davonkommst, mein Junge. Du wirst mich und Uwe jetzt zu Asmunds Witwe begleiten.« Er blickte dem jungen Mann direkt in die Augen. »War dir doch gar nicht so unrecht, dass dir der Besuch gestern erspart geblieben ist, hm?«

»Äh, na ja, Ralf, es ist … Ich habe es doch übernommen, und Grünwald und ich waren auch schon auf dem Weg und …« Er verstummte und senkte den Kopf. »Ehrlich gesagt, ja, uns war schon ziemlich mulmig dabei zumute. Ist nun mal eine haarige Angelegenheit, das.«

»Die zu unserem Job gehört, Ferudun«, antwortete Zell ernst. »Da müssen wir alle durch. Und deshalb«, er klopfte ihm aufmunternd auf die Schulter, »kommst du jetzt mit. Wir treffen uns in fünf Minuten auf dem Parkplatz.«

•

Das Holbeck'sche Anwesen am Zuckerbergweg stellte sich als eine geschmackvoll renovierte zweistöckige Villa aus dem ausgehenden neunzehnten Jahrhundert dar. Ein halb geöffnetes schmiedeeisernes Tor, in dessen Mitte die verschlungenen Buchstaben G und H in einem Kreis eingearbeitet waren, flankierte den Zugang zum Hof, der von der Straße her über eine gepflasterte Auffahrt etwas zurückversetzt lag. Das gesamte Grundstück wurde von einer niedrigen alten Backsteinmauer umschlossen. Ein silberfarbener Mercedes stand abfahrbereit auf dem Hof.

Nachdem Silvia Schneider alles über Gerhard Holbeck ausgegraben hatte, was das Internet über ihn wusste, war Zell davon ausgegangen, dass der Hausherr seit mindestens zwei Stunden in seiner Firma weilte. Deshalb überraschte es ihn, dass

Holbeck ihnen persönlich die Tür öffnete, als sie gegen neun Uhr klingelten. Der Bauunternehmer musterte Özyavas voller Verachtung von oben bis unten, nachdem die drei Beamten sich ausgewiesen hatten.

»Wie ich sehe, nimmt man bei der Polizei inzwischen jeden«, kommentierte er in bester ausländerfeindlicher Manier. »Armes Deutschland!«

»Im Gegenteil, Herr Holbeck«, konterte Zell ungerührt. »Wir nehmen zum Wohle unseres Landes nur die Besten. Dürfen wir eintreten?«

Holbeck gab die Tür frei, ging ihnen voran in einen Salon und überließ es den Polizisten, die Haustür zu schließen.

»Fassen Sie sich kurz, meine Herren, ich muss zu einem Meeting und bin schon spät dran. Ich nehme an, Ihr Kommen gilt meinem nichtsnutzigen Schwiegersohn. Was hat er verbrochen?«

Offenbar hatte es nicht nur um Robert Asmunds Ehe nicht zum Besten gestanden, auch das Verhältnis zwischen ihm und seinem Schwiegervater war wohl reichlich frostig gewesen.

Gerhard Holbeck blickte Zell und Seifert erwartungsvoll an. Özyavas ignorierte er. Keine Sekunde später warf er einen demonstrativen Blick auf seine Armbanduhr, die zwar nicht protzig wirkte, aber dennoch eine teure Markenuhr war. Zell hatte die gleiche Uhr einmal im Schaufenster eines exklusiven Uhrengeschäfts gesehen und ihr schlichtes Design bewundert. Bis er den Preis entdeckt hatte, der fast auf den Euro dem Nettoverdienst eines halben Jahres entsprach, den ein Kriminalbeamter seiner Gehaltsstufe erhielt. Überhaupt wirkte alles an Holbeck teuer, wenn auch geschmackvoll. Sein hellgrauer Anzug war eindeutig maßgeschneidert, und Zell wäre jede Wette eingegangen, dass auch das farblich dazu passende blaue Hemd und die dezent gestreifte Seidenkrawatte nicht von der Stange stammten.

»Unser Kommen hat in der Tat mit Herrn Robert Asmund zu tun«, bestätigte Zell. »Weshalb wir gern mit seiner Frau gesprochen hätten.«

»Meine Tochter ist in ihrem Zimmer.« Holbeck sah erneut auf die Uhr. »Sagen Sie mir, worum es geht.«

»Herr Holbeck, was wir zu sagen haben, betrifft in erster Linie Ihre Tochter«, erklärte Zell höflich, aber bestimmt. »Wären Sie so freundlich, sie zu uns zu bitten.«

Holbeck zog finster die Augenbrauen zusammen. »Alles, was mit meiner Familie zu tun hat, betrifft in erster Linie mich«, korrigierte er mit einer nicht zu überhörenden Schärfe und schien noch etwas hinzufügen zu wollen.

Eine Frauenstimme von der Tür unterbrach ihn. »Geht es um Robert, Vater?«

»Es sieht so aus«, antwortete Holbeck. »Auch wenn man sich bis jetzt weigert, mir Genaueres zu sagen. Komm herein, Isabella. Die Herren wollen ohnehin mit dir reden.«

Isabella Asmund trat ein und blickte die drei Beamten mit banger Erwartung an. Zell stellte sich, Seifert und Özyavas kurz vor und reichte ihr anschließend ein Foto des Toten. »Frau Asmund, ist das Ihr Mann?«

Sie schlug die Hand vor den Mund und nickte stumm. Holbeck nahm es ihr aus der Hand und nickte ebenfalls, als er es Zell mit einer Geste zurückreichte, als würde er sich eines Fetzens Unrat entledigen.

»Das ist er. Und was ist nun mit ihm?«

»Es tut uns sehr leid Ihnen mitteilen zu müssen, dass er am Sonntagabend kurz vor Mitternacht tot aufgefunden wurde«, sagte Zell an Isabella Asmund gewandt und stellte wieder einmal fest, dass dies der Teil seiner Arbeit war, den er am meisten hasste.

Auch die regelmäßigen Fortbildungsseminare, in denen Ermittlungsbeamte darauf vorbereitet wurden, Hinterbliebenen die Todesnachricht zu überbringen, machten es nicht einfacher. Die Reaktionen darauf konnte man nie vorhersehen. Zell hatte in dieser Hinsicht nahezu alles schon erlebt, von dem am häufigsten vorkommenden Weinkrampf über Nervenzusammenbrüche, die vom Notarzt behandelt werden mussten, bis hin zum Tobsuchtsanfall, bei dem ein Hinterbliebener gegen den oder die Überbringer der entsetzlichen Nachricht gewalttätig geworden war. Aber wie auch immer, der Frieden in der Familie war nachhaltig zerstört.

Deshalb wunderte es ihn nicht, dass Holbeck und seine Tochter zwei völlig unterschiedliche Verhaltensweisen zeigten. Während Isabella Asmund sich stumm in den nächsten Sessel setzte, die Hände im Schoß faltete und zu Boden starrte, begann Holbeck unverzüglich mit der Inquisition.

»Wenn Sie ihn Sonntagabend schon gefunden haben, wieso kommen Sie erst jetzt, am Dienstagmorgen, um uns davon Mitteilung zu machen?«, verlangte er zu wissen. Er schien vom Tod seines Schwiegersohnes nicht im Mindesten betroffen zu sein.

»Herr Asmund trug keinerlei Papiere bei sich und wurde offensichtlich vollständig ausgeraubt. Es ist uns erst letzte Nacht gelungen, seine Identität zu ermitteln.« Das entsprach zwar nicht ganz der Wahrheit, doch Zell hatte nicht vor, näher auf diese Umstände einzugehen.

»Wo wurde er gefunden? Und in welchem Zustand? Betrunken im Bordell?«

»Vater, bitte!« Isabella Asmunds Stimme klang peinlich berührt, doch das schien den Hausherrn nicht zu stören.

»Zuzutrauen wäre ihm das«, stellte er verächtlich fest. »Immerhin war er ein notorischer Fremdgänger. Warten Sie, ich zeige es Ihnen.«

Bevor Zell oder Seifert etwas sagen konnten, war er schon in einem anderen Zimmer verschwunden und kam gleich darauf mit einer Heftmappe zurück. Er nahm einen Stapel Fotos heraus und breitete sie auf dem Tisch aus. Mit einer knappen Geste forderte er Zell und Seifert auf, sie sich anzusehen. Die beiden traten neugierig näher. Auch Özyavas warf über Seiferts Schulter hinweg einen Blick auf die Bilder.

Die Fotos waren offensichtlich von einem Profi mit einer hochwertigen Kamera aufgenommen worden. Wie es aussah, hatte Holbeck – oder seine Tochter – Asmund einen Detektiv auf den Hals gehetzt. Dessen Bilder zeigten Robert Asmund in verschiedenen Situationen mit einer dunkelhaarigen, meistens in Schwarz gekleideten Frau: Nica Ravenhorst. Asmund saß mit ihr im *Magic Song* am Tisch, wobei er ihr relativ nahe war, stand vor dem Lokal mit ihr zusammen, ging mit ihr eine Straße entlang, verschwand mit ihr in einem Haus, und auf einem Foto gab sie ihm sogar einen Kuss auf die Wange.

»Diese *Frau*«, erklärte Holbeck und legte seine ganze Geringschätzung in das Wort, um auszudrücken, dass ihm der Anstand verbot, sie als das zu bezeichnen, wofür er sie wohl hielt, »ist eine Sängerin in einer Spelunke, und mein Herr Schwiegersohn hat mit ihr sehr viel mehr Zeit verbracht als mit meiner Tochter, seiner *Ehefrau*. Du hättest schon längst die Scheidung einreichen sollen, Isabella«, warf er seiner Tochter kaltschnäuzig vor.

Sie starrte schweigend zu Boden.

»Ach was, du hättest ihn gar nicht erst heiraten dürfen. Ich war ja von Anfang an gegen diese Ehe. Aus gutem Grund, wie sich nicht erst vor Kurzem erwiesen hat!«

»Sie haben Ihren Mann nicht als vermisst gemeldet, Frau Asmund«, stellte Zell fest, bevor sie etwas auf die Anschuldigung erwidern konnte. »Kam es öfter vor, dass er über Nacht wegblieb?«

Isabella Asmund hob endlich den Blick, und Zell registrierte, dass sie zwar betroffen wirkte, aber nicht weinte. Sie erschien ihm unnatürlich gefasst. Auch das gehörte durchaus zu den normalen Reaktionen auf eine Todesnachricht. Bei manchen Menschen dauerte es Tage oder Wochen – in seltenen Fällen sogar Jahre –, bis sie endlich in der Lage waren, ihre Trauer mit Tränen oder überhaupt in irgendeiner Form auszudrücken.

»Eigentlich nicht«, antwortete sie zögernd. »Wir hatten uns allerdings Sonntagmorgen gestritten. Deshalb habe ich vermutet, dass sein Wegbleiben eine Art Strafe für mich sein sollte.«

»Worum ging es bei diesem Streit?«

»Das geht Sie nun wirklich nichts an, Herr …«, fuhr Holbeck dazwischen.

»Zell«, erinnerte der ihn. »Kriminalhauptkommissar Zell.«

»Ihre Fragen gefallen mir nicht, Herr Zell. Die klingen ja beinahe so, als würden Sie uns verdächtigen, etwas mit Roberts Tod zu tun zu haben. Und kommen Sie mir jetzt nicht damit, dass das reine Routine wäre.«

»Das sind tatsächlich Routinefragen, Herr Holbeck«, antwortete Zell ruhig, »die wir bei jedem Mordfall verpflichtet sind zu stellen, um die letzten Stunden oder Tage im Leben des Opfers zu rekonstruieren. Das gibt uns oft entscheidende Hinweise.«

Holbeck ging nicht darauf ein. »Sagen Sie uns endlich, wo Sie ihn gefunden haben«, verlangte er.

»Er wurde an einer Bushaltestelle in der Hannoverschen Straße erschossen. Nach unseren bisherigen Ermittlungen wollte er mit einem Taxi nach Hause fahren und hat sich im Wartehäuschen untergestellt, weil es in Strömen regnete.«

»Er war also mal wieder bei dieser Frau«, stellte Holbeck missbilligend fest und sah zum dritten Mal auf seine Uhr. »Sie müssen mich entschuldigen, meine Herren. Ich habe in einer halben Stunde eine wichtige Besprechung. Falls Sie noch Fragen an mich haben, können Sie mich im Büro anrufen. Die Nummer steht im Telefonbuch.«

»Einen Moment noch«, hielt Zell ihn zurück. »Herrn Asmunds letzte Worte lauteten gemäß der Aussage eines Zeugen, der noch versucht hat, Erste Hilfe zu leisten, ›schwarze Dame Tod‹. Sagt Ihnen das etwas? Oder Ihnen, Frau Asmund?«

Isabella Asmund schüttelte stumm den Kopf.

»Das hört sich für mich nach dem sinnlosen Gebrabbel eines Sterbenden an«, sagte Holbeck. »Für Sie etwa nicht?«

Er wartete die Antwort nicht ab, sondern verließ den Salon und gleich darauf auch das Haus, wie das heftige Zuschlagen der Haustür signalisierte. Zell hatte das Gefühl, als wäre es schlagartig heller im Raum geworden, nachdem Gerhard Holbecks beinahe erdrückende Präsenz das Licht nicht mehr erstickte.

»Frau Asmund«, wandte er sich wieder an dessen Tochter, »worüber haben Sie sich mit Ihrem Mann gestritten?«

Sie zögerte nur kurz, ehe sie kühl antwortete: »Mein Vater hat recht, Herr Zell. Das geht Sie nichts an.«

In Sekundenschnelle hatte sie eine Wandlung von der schüchternen Duckmaus, als die sie sich in Gegenwart ihres Vaters präsentiert hatte, zu einer entschlossenen Frau vollzogen, die wusste, was sie wollte. Wenn Zell eins hasste, dann waren es arrogante Menschen. Und wenn es etwas gab, von dem er sich nicht im Geringsten beeindrucken ließ, so war das eben diese Arroganz.

»Frau Asmund«, sagte er deshalb jetzt nicht weniger kühl als sie, »Ihr Mann ist erschossen worden, das heißt, er ist eines *gewaltsamen* und unnatürlichen Todes gestorben. Wäre er zum Beispiel infolge eines Autounfalls ums Leben gekommen, so würde ich Ihnen uneingeschränkt zustimmen, dass es für die Klärung des Unfalls vollkommen unerheblich ist, worüber Sie sich gestritten haben. Bei einem Gewaltverbrechen liegt die Sache aber anders. Wenn Sie mir nicht antworten wollen, muss ich davon ausgehen, dass Sie entweder etwas zu verbergen haben oder generell nicht daran interessiert sind, dass das Tötungsdelikt an Ihrem Mann aufgeklärt wird. In dem Fall, das gebe ich ganz offen zu, geraten Sie allerdings automatisch auf die Liste der Verdächtigen.«

»Was wollen Sie damit sagen?«, fragte sie scharf. »Dass Sie glauben, *ich* hätte meinen Mann umgebracht?«

»Unter Umständen ja, denn Sie verhalten sich gerade überaus suspekt. Falls es Ihnen lieber ist, mir meine Fragen auf dem Präsidium zu beantworten, so bitte ich Sie, mich dorthin zu begleiten. Ihre Anwälte können Sie von unterwegs aus anrufen. Oder«, fügte er jetzt beinahe sanft hinzu, »Sie können mir hier und jetzt die einfache Antwort auf meine ganz einfache Frage geben. Falls Ihr Streit nichts mit dem Fall zu tun hat, haben wir auch keinen Grund, dem genau die zusätzliche Aufmerksamkeit zu schenken, die Sie gerade so virtuos provoziert haben.«

Zell blickte sie auffordernd an, und Seifert verkniff sich ein Grinsen. Sein Kollege beherrschte die Methode von Zuckerbrot und Peitsche ganz hervorragend. Hart und unnachgiebig auf der einen Seite und im nächsten Moment verständnisvoll, ganz der gute Freund, dem man alles anvertrauen konnte. Zwar funktionierte diese Methode nicht immer, erzielte aber in den meisten Fällen die gewünschte Wirkung.

Auch Isabella Asmund entschied sich zu antworten.

»Es ging wieder mal um Geld. Robert hat mich in letzter Zeit immer öfter um Geld gebeten, das er in ein Projekt investieren wollte, von dem mein Vater absolut nichts hielt.«

Zell registrierte aufmerksam ihre Wortwahl und ihren Tonfall. Offenbar hielt sie selbst ebenfalls nicht viel von dem Plan ihres Mannes.

»Um was für ein Projekt handelt es sich?«, fragte er.

Sie gab einen verächtlichen Laut von sich, eine gekonnte Mischung aus genervtem Seufzen und einem vielsagenden »tsk«. Es klang so unglaublich hochnäsig, dass Zell eine spontane Abneigung gegen diese Frau empfand, wofür er sich augenblicklich zur Ordnung rief. Isabella Asmund hatte ein Recht darauf, sich so gekünstelt und arrogant zu benehmen, wie es ihrer Natur und ihrer Erziehung entsprach. Wenn sie ihren Mann allerdings genauso behandelt hatte – und Zell zweifelte keine Sekunde daran –, konnte er gut nachvollziehen, dass der sich gefühlsmäßig anderweitig orientiert hatte. Wenn auch nicht unbedingt in Richtung Nica Ravenhorst.

Er schüttelte innerlich den Kopf über sich selbst und fragte sich, warum er so unprofessionell reagierte, was absolut nicht seine Art war. Wahrscheinlich lag es daran, dass er nach seinem Urlaub noch nicht ganz wieder in Deutschland angekommen war. Oder er hatte die kleine Krise immer noch nicht überwunden, die ihn in der Provence in Form dieser manchmal übermächtigen Sehnsucht heimgesucht hatte, nicht mehr allein durchs Leben gehen zu müssen. Das Bedürfnis, eine Partnerin an seiner Seite zu haben, die ihn verstand und vor allem die Einschränkungen akzeptierte, die sein Beruf nun mal mit sich brachte.

Er riss sich gewaltsam von diesen Gedanken los und konzentrierte sich auf die Befragung.

»Mein Mann wollte in einen Reiterhof für Behinderte investieren. Finanziell wäre das eine krasse Fehlinvestition gewesen.«

»Inwiefern?«, fragte Seifert aufmerksam.

»Ich bitte Sie!« Isabella Asmunds Stimme klang beinahe empört. »Ein Reiterhof für *Behinderte*. Therapeutisches Reiten. Das ist doch eine Schnapsidee. Damit kann man nichts verdienen, weil alle dort stattfindenden Reitangebote sehr knapp bemessen von irgendwelchen knauserigen Krankenkassen bezahlt werden. Für so ein unprofitables Projekt wollte Robert dreihunderttausend Euro haben. Natürlich habe ich das abgelehnt, und er war darüber sehr verstimmt.«

»Sehr verstimmt« war wahrscheinlich Isabella Asmunds salonfähige Umschreibung für »stinksauer«.

Sie atmete tief durch. »Jedenfalls ist er nach unserem Disput vorgestern Morgen aus dem Haus gestürmt und«, sie machte eine kurze Pause, »nicht zurückgekommen. Da ich dachte, dass er damit in kindischer Manier seinen Unmut ausdrücken wollte, bin ich natürlich auch nicht auf den Gedanken gekommen, dass ihm etwas zugestoßen sein könnte. Deshalb sah ich keine Veranlassung, ihn als vermisst zu melden. Allerdings«, fügte sie hinzu, »habe ich doch angefangen mir Sorgen zu machen, als er gestern Abend immer noch nicht zurück war. Mein Vater war der Meinung, dass ich ihn schmollen lassen sollte. Er würde schon zurückkommen, spätestens wenn er die Mailbox seines Handys abhört und darauf die Nachricht findet, dass er aus der Firma fliegt, wenn er sich heute nicht pünktlich zu Dienstbeginn dort blicken lässt. Robert arbeitet – arbeitete als Architekt in unserem Familienunternehmen.«

Sie starrte wieder zu Boden, und Zell hatte den Eindruck, dass sie erst jetzt zu begreifen begann, dass ihr Mann tot war. Doch bevor sie oder der Kommissar noch etwas sagen konnten, wurde die Haustür aufgeschlossen. Eine attraktive Frau Mitte dreißig trat gleich darauf ins Wohnzimmer und blieb abrupt stehen, als sie die drei Fremden sah. Zell fielen sofort die dezenten hellen Strähnen in ihren dunkelblonden, schulterlangen Haaren auf, die ihrem Aussehen eine verspielte Note gaben.

»Darf ich fragen, wer Sie sind?«, erkundigte sie sich vorsichtig.

»Kriminalpolizei«, antwortete Zell, zeigte ihr seine Dienstmarke und stellte sich und seine beiden Kollegen zum dritten Mal vor. »Und Sie sind?«

»Bianca Holbeck.«

»Meine Stiefmutter«, ergänzte Isabella Asmund.

»Ich habe gerade meinen Sohn zur Schule gebracht. Haben Sie Robert gefunden?«

»Ja. Er ist tot.«

»Oh mein Gott!« Bianca Holbeck war sichtbar betroffen. Sie ließ sich in den nächstbesten Sessel fallen und schüttelte den Kopf. »Bella, das tut mir so leid!«

»Danke, Bianca.« Isabella Asmund nickte ihr kurz zu.

Allein die Art, wie sie das tat, sprach Bände. Bianca Holbeck war nur ein paar Jahre älter als ihre Stieftochter, eine Konstellation, in der die beiden Frauen durchaus gute Freundinnen hätten sein können. Wie es schien, betrachtete Isabella Asmund die Frau ihres Vaters stattdessen als unerwünschten Eindringling in die Familie.

Bianca Holbeck blickte Zell fragend an. »War es ein Unfall?«

»Nein, Herr Asmund ist erschossen worden.«

Ihr Gesicht verlor schlagartig alle Farbe, sodass Zell beinahe befürchtete, sie könnte ohnmächtig werden. Unwillkürlich tastete sie nach einem kleinen roten Muttermal neben ihrem Mundwinkel und zupfte mit dem Fingernagel nervös daran herum.

»Erschossen«, wiederholte sie flüsternd. »Wer tut denn so etwas?«

Zell hatte für einen Moment den Eindruck, als huschte ein Ausdruck von Angst über ihr Gesicht. Doch diese Regung war so flüchtig, dass er sich nicht sicher war.

»Wie es bis jetzt aussieht, war es ein Raubüberfall«, antwortete er. »Herr Asmund hatte nicht einmal mehr seine Hausschlüssel bei sich. Da auch seine Papiere verschwunden sind, empfehle ich Ihnen dringend, sämtliche Haustürschlösser schnellstmöglich austauschen zu lassen. Es gibt Profis, die es nach einem solchen Raub auch auf die Wertgegenstände in der Wohnung des Opfers abgesehen haben.«

Er warf einen bezeichnenden Blick durch den Salon, in dem es eine Reihe von Kostbarkeiten gab, unter anderem drei Gemälde von Amanda Dreyer, einer Braunschweiger Künstlerin, die Zell persönlich kannte und daher genau wusste, wie viel man für eins ihrer Bilder zahlen musste. Und die beiden großen chinesischen Vasen neben der Tür waren sicherlich keine Replikate.

»Frau Asmund, ich brauche noch eine Liste der Gegenstände, die Ihr Mann gewohnheitsmäßig bei sich trug, wenn er das Haus verließ. Es würde uns sehr helfen, wenn Sie uns eine zusammenstellen könnten, die möglichst genau ist und uns zum Beispiel auch Auskunft über die Marken der Uhr gibt, die er getragen hat, und die seines Handys.«

Isabella Asmund nickte, holte einen Notizblock aus einem Sekretär und begann zu schreiben.

»Hat …«, begann Bianca Holbeck und warf einen Blick zum Tisch, auf dem die Fotos von Robert Asmunds Beschattung lagen. »Hat diese Frau etwas mit seinem Tod zu tun?«

Zell blickte sie überrascht an. »Sie meinen diese hier?«, Er hielt ein Bild von Nica Ravenhorst hoch. »Warum sollte sie etwas damit zu tun haben?«

»Nun, sie ist doch – war Roberts Geliebte«, erklärte Bianca Holbeck.

»Sind Sie sich da sicher?«, fragte Seifert. »Hat Ihr, äh, hat Herr Asmund das Verhältnis zugegeben?«

»Natürlich nicht!«, antwortete Isabella Asmund anstelle ihrer Stiefmutter. »Er hat geleugnet, was das Zeug hielt. Trotz dieser eindeutigen Beweise.« Sie deutete mit dem Kinn auf die Fotos. »Das war zu erwarten, denn er hatte zu viel Angst, dass ich andernfalls die Scheidung einreichen könnte. Was ich in absehbarer Zeit sowieso getan hätte.«

»Warum hatte er davor Angst, wenn ich fragen darf?«, erkundigte sich Zell vorsichtig.

»Weil wir Gütertrennung und einen Ehevertrag haben, der besagt, dass Robert bei einer Scheidung keinen Cent bekommt. Mein Vater hätte ihn auch augenblicklich aus der Firma geworfen, und er hätte mittellos dagestanden.« Sie machte eine abwertende Handbewegung in Richtung der Fotos. »Und ich glaube kaum, dass der Verdienst dieser Sängerin augereicht hätte, ihm sein gewohntes Leben zu finanzieren.«

»Möglicherweise doch«, konnte Seifert sich nicht verkneifen zu widersprechen. »Die Dame ist nicht nur Sängerin, sondern auch die Eigentümerin des Lokals, und die Geschäfte gehen wohl verdammt gut.«

Zell warf ihm einen strafenden Blick zu, und selbst Özyavas wirkte erstaunt. Solche Informationen wurden grundsätzlich nicht an Leute außerhalb der Dienststelle herausgegeben, erst recht nicht an die Ehefrau eines potenziell untreuen Mordopfers. Doch Zell verstand durchaus, was Seifert dazu veranlasst hatte, diese Regel zu brechen.

Isabella Asmund stand auf, nahm ein Foto vom Tisch, auf dem Nica Ravenhorst besonders gut zu erkennen war, und betrachtete es mit allen Anzeichen von Verachtung. »Diese Frau ist die Eigentümerin des Lokals?«, vergewisserte sie sich. »Entschuldigen Sie, dass ich daran zweifele, aber eine Frau, die sich derart, wie soll ich sagen, unkonventionell kleidet, kann es in der Geschäftswelt wohl kaum zu etwas bringen. Sind Sie sicher, dass Ihre diesbezüglichen Informationen korrekt sind?«

Wie der Vater, so die Tochter, durchfuhr es Zell spontan bei dieser Demonstration derselben Überheblichkeit, wie sie auch Gerhard Holbeck vorhin gezeigt hatte.

»Doch, Frau Asmund, da sind wir uns vollkommen sicher«, bestätigte er. Diese Angaben hatte er heute Morgen als Erstes überprüft und dabei festgestellt, dass Nica Ravenhorst nicht nur das Lokal mitsamt dem dazugehörigen Grundstück besaß, sondern auch noch ein Haus am Madamenweg.

Er wandte sich wieder an Bianca Holbeck. »Warum sollte die Dame denn ein Motiv haben, Herrn Asmund zu ermorden?«

Sie wiegte unsicher den Kopf hin und her. »Ich weiß nicht. Das war nur so eine spontane Idee. Man hört ja des Öfteren, dass eine Geliebte sich nicht mehr mit ihrem Status zufrieden gibt und dem Mann die Pistole auf die Brust setzt, dass er sich für sie entscheiden soll. Und ihn …, nun, dass sie handgreiflich wird, wenn er das nicht tut. Oder dass sie sich dafür rächen will. Bis hin zu – Mord.« Das letzte Wort flüsterte sie fast.

Diese Theorie war generell nicht abwegig. Ein solches Mordmotiv wurde recht häufig ermittelt, wie Zell aus diversen Kriminalstatistiken wusste, die er immer genau verfolgte. Aber er fand es ausgesprochen interessant, dass Bianca Holbeck darin ein Motiv für Nica Ravenhorst sah. Zell hätte eher erwartet, dass Isabella Asmund das Thema zur Sprache brachte.

»Wir ermitteln in alle Richtungen, Frau Holbeck«, antwortete er unbestimmt. »Natürlich werden wir auch prüfen, ob Frau Ravenhorst tatsächlich ein Motiv und die Gelegenheit für die Tat gehabt hat.«

Doch selbst wenn sie Robert Asmunds Geliebte gewesen wäre – wovon Zell noch keineswegs überzeugt war –, so war es doch recht unwahrscheinlich, dass Nica Ravenhorst mit den Tageseinnahmen in der Tasche Asmund verfolgt hatte, um ihn zu erschießen. In dem Fall hätte sie eine Waffe bei sich haben müssen, und ihre Angestellten hätten beispielsweise etwas von einem vorangegangenen Streit mitbekommen müssen. Nein, er konnte kein Motiv erkennen, auch wenn die Gelegenheit da gewesen war.

Isabella Asmund reichte Zell jetzt den Zettel mit der Liste der Gegenstände, die ihr Mann vermutlich bei sich gehabt hatte. Abgesehen vom Inhalt seiner Brieftasche und dem Handy waren eine Luxusuhr und ein goldenes Feuerzeug das einzig Wertvolle.

»Wann kann Robert beerdigt werden?«, erkundigte sie sich so ruhig, dass es für Zells Geschmack schon an Gleichgültigkeit grenzte.

Den Eindruck hatte offensichtlich auch Bianca Holbeck. »Mein Gott, Isabella!«, fuhr sie ihre Stieftochter an. »Du klingst, als könntest du es gar nicht erwarten, Robert unter die Erde zu bringen. Er war dein *Mann*, und jetzt ist er tot. Hast du das eigentlich begriffen? Er wird nie wiederkommen!«

Ihre Augen füllten sich mit Tränen. Sie sprang auf und flüchtete aus dem Zimmer. Isabella Asmund schüttelte missbilligend den Kopf.

»Sie müssen meiner Stiefmutter ihr unangemessenes Benehmen nachsehen«, sagte sie zu Zell und Seifert. Wie ihr Vater ignorierte sie Özyavas. »Ihre Selbstbeherrschung war noch nie sehr ausgeprägt.«

»Im Gegensatz zu Ihrer«, konnte Zell sich nicht verkneifen zu sagen. »Ihre Haltung ist bewundernswert in Anbetracht der Umstände.«

Isabella Asmund antwortete darauf nicht, sondern neigte nur leicht den Kopf.

»Momentan befindet sich Ihr Mann noch in der Rechtsmedizin«, beantwortete Zell ihre Frage. »Sobald die Obduktion abgeschlossen ist und unsere Rechtsmedizinerin den Leichnam freigegeben hat, sagen wir Ihnen umgehend Bescheid. Noch eine letzte Frage, Frau Asmund. Welchen Ermittler haben Sie mit der Überwachung Ihres Mannes beauftragt?« Er deutete auf die Fotos.

»Eine gewisse Leonie Speer. Ihre Adresse finden Sie im Branchenverzeichnis.«

»Vielen Dank«, antwortete Zell höflich. »Dürften wir uns jetzt vielleicht noch in den Räumen umsehen, die Sie mit Ihrem Mann bewohnen? Vielleicht finden wir einen Hinweis darauf, wer Ihren Mann ermordet haben könnte.«

Sie blickte Zell verwundert an. »Sie sagten doch, es war ein Raubmord.«

Zell nickte. »Wir müssen allerdings herausfinden, ob Ihr Mann das zufällige Opfer eines Räubers wurde oder ob es sich um einen gezielten Anschlag handelte, der nur als Raubmord getarnt werden sollte. Reine Routine, Frau Asmund.«

Sie seufzte, was ausgesprochen genervt klang. »Wenn Sie glauben, dass Ihnen das hilft, sehen Sie sich ruhig um. Allerdings bitte nur in Roberts Räumen.«

Zell zog erstaunt die Augenbrauen hoch. »Sie haben kein gemeinsames Schlafzimmer?«, vergewisserte er sich.

»Das hatten wir von Anfang an nicht. Mein Vater hat uns die Hälfte des ersten Stocks zur Verfügung gestellt, insgesamt fünf Zimmer. Robert hat ein Schlafzimmer und ein Arbeitszimmer, die drei anderen Räume stehen mir zur Verfügung. Kommen Sie bitte mit, ich zeige sie Ihnen.«

Zell, Seifert und Özyavas folgten ihr nach oben. Der erste Stock des alten Hauses wurde von einem Flur wie von einer Grenzlinie in zwei Hälften geteilt, von dem aus je fünf Türen zu Zimmern links und rechts führten. Isabella Asmund öffnete gleich die erste Tür zur Rechten.

»Das ist Roberts Arbeitszimmer«, erklärte sie. »Durch die Verbindungstür dort kommen Sie ins Schlafzimmer.« Sie wandte sich Zell zu. »Brauchen Sie mich noch? Wenn nicht, würde ich mich gern zurückziehen.«

»Wir kommen schon zurecht. Und wir werden so leise wie möglich sein und so schnell wie möglich arbeiten. Ich darf mich schon mal von Ihnen verabschieden«, fügte er hinzu und reichte ihr die Hand. »Auf Wiedersehen, Frau Asmund. Und seien Sie nochmals unseres tief empfundenen Mitgefühls versichert.«

Für einen Moment zeigte Isabella Asmund nun doch einen Anflug von Betroffenheit, und in ihren Augen glitzerten ein paar Tränen auf. Aber dann gewann ihre eiserne Selbstbeherrschung die Oberhand. Sie wandte sich ohne ein weiteres Wort um und verschwand in einem Raum am Ende des Flurs.

Seifert stieß geräuschvoll die Luft aus, als sich die Tür hinter ihr geschlossen hatte. »Irgendwie kommt mir die Luft doch gleich viel wärmer vor«, kommentierte er ironisch und rätselte: »Was hat der Verblichene bloß an der gefunden?«

»Ihr Geld, vermute ich mal, sowie alles, was man damit kaufen kann. – Ferudun, sieh dich mal im Schlafzimmer um.«

Der junge Kollege verschwand wortlos durch die Verbindungstür im Nebenraum. Zell nahm Robert Asmunds Arbeitszimmer in Augenschein. Die Bezeichnung »Arbeitszimmer« schien ihm allerdings verfehlt, denn nichts deutete darauf hin, dass der Mann hier in letzter Zeit an was auch immer gearbeitet hätte. Es schien mehr ein Wohnzimmer zu sein, obwohl es natürlich auch mit Schreibtisch und Computer ausgestattet war und einen eigenen Telefonanschluss besaß. Zell kontrollierte automatisch die zuletzt angerufene Nummer, die ihm aber nichts sagte. Es war zumindest nicht die Nummer vom *Magic Song*. Die stand auf jeder Speisekarte gedruckt und war überaus einprägsam: 777999.

Er drückte die Wahlwiederholungstaste und war nur Sekunden später mit einer Autowerkstatt verbunden. Auf seine Frage teilte man ihm mit, dass Asmund seinen Wagen – einen Porsche 911 GT2 – am Samstagmorgen zur Reparatur eines Schadens an der Benzinpumpe gebracht hatte und ihn am Montagnachmittag wieder abholen wollte, was er bis jetzt nicht getan hatte. Zell erkundigte sich nach der Ursache des Defekts und erfuhr, dass er auf einen normalen Materialschaden zurückzuführen war. Demnach hatte niemand den Wagen manipuliert, um Asmund zu zwingen, ein paar Tage lang mit dem Taxi zu fahren. Zell hatte das ohnehin nicht vermutet.

Er pflegte seine Vermutungen allerdings grundsätzlich durch entsprechende Beweise zu untermauern und versuchte, alle Eventualitäten zu erkennen und zu durchleuchten. Das klappte zwar nicht immer, aber er wollte sich nicht vorwerfen lassen, eine Möglichkeit für ein Tatmotiv, ein Indiz oder einen Beweis übersehen zu haben, nur weil er sie für unwahrscheinlich hielt und deshalb nicht danach suchte.

Er ließ sich noch die übrigen kürzlich gewählten Nummern anzeigen – das Telefongerät speicherte zwanzig – und stellte fest, dass keiner der Anrufe ins *Magic Song* gegangen war. Ob eine der Nummern Nica Ravenhorsts Privatnummer war, konnte er allerdings nicht sagen. Vorsorglich notierte er sie alle, um später zu überprüfen, wem sie gehörten. Danach sah er sich weiter im Raum um.

Im Gegensatz zu dem, was er bisher vom Rest des Hauses gesehen hatte, wirkten Asmunds Zimmer beinahe unordentlich. Hier standen und lagen alle möglichen Dinge wahllos herum: ein aufgeschlagenes Buch – ein Science-Fiction-Roman – auf der Sessellehne, ein benutztes Glas neben einer Whiskeyflasche auf dem Tisch, Kleidung achtlos über einem Stuhl und die Post – wahrscheinlich vom Samstag – über dem Schreibtisch verstreut. Der Keramikaschenbecher auf dem Tisch war allerdings leer und so sauber, als wäre er entweder noch nie oder doch schon seit längerer Zeit nicht mehr benutzt worden.

Jedenfalls gab es auf den ersten Blick keinen Anhaltspunkt, der irgendein Motiv für einen Mord offenbart hätte. Zell hatte nichts anderes erwartet. Falls es solche Hinweise gab, so lagen sie in den seltensten Fällen offen irgendwo herum. Die Moko würde tiefer graben müssen, um einen Hinweis auf den Täter zu finden. Da die Tat aber nicht hier im Haus stattgefunden hatte, gab es keine Grundlage, um einen richterlichen Beschluss zur Durchsuchung von Asmunds Wohnung anzufordern. Deshalb war Zell Isabella Asmund dankbar für die Erlaubnis, sich in den Räumen ihres Mannes umzusehen.

Ferudun Özyavas fand im Schlafzimmer ebenfalls keine Anhaltspunkte für ein Mordmotiv. Ebenso wenig wie Indizien dafür, dass Asmund eine Affäre gehabt haben könnte. Nach einer halben Stunde beendeten sie ihre Durchsicht.

Als sie auf den Flur hinaustraten, vernahmen sie ein leises Weinen, das eindeutig aus dem Zimmer gegenüber denen von Asmund kam und wahrscheinlich Bianca Holbeck gehörte. Zell und Seifert warfen einander einen bedeutungsvollen Blick zu. Leise verließen die drei Beamten das Haus.

»Mann!«, stöhnte Uwe Seifert, als sie wieder im Wagen saßen, und rieb sich demonstrativ die Oberarme, als wäre ihm kalt. »In dem Haus holt man sich ja Frostbeulen!« Er schüttelte sich. »Bah!«

Zell schmunzelte. »Übertreib mal nicht, Uwe. Aber du hast schon recht. Drinnen herrscht eine reichlich unterkühlte Atmosphäre.« Er wandte sich an Özyavas. »Alles in Ordnung, Ferudun?«

»Falls du darauf anspielst, ob ich es persönlich nehme, dass diese Leute mich wie Luft behandelt haben, das macht mir nichts aus. Das bin ich von etlichen meiner lieben Mitbürger seit siebenundzwanzig Jahren gewöhnt. Aber vielen Dank, Ralf, dass du mich verteidigt hast. ›Wir nehmen nur die Besten‹ und so.«

»Was anderes tun wir ja auch nicht. Aber meine Frage bezog sich auf die Umstände der Situation an sich. Auch wenn man selbst kein Wort sagen muss, geht das Überbringen einer Todesnachricht nicht spurlos an einem vorüber.«

»Geht schon«, meinte Özyavas.

Zell warf ihm im Rückspiegel einen mahnenden Blick zu. »Wenn es dir schlecht damit geht, bin ich jederzeit für dich da, Ferudun. Ich hoffe, du bist vernünftig genug, von meinem Angebot Gebrauch zu machen, falls du es brauchst.«

»Danke, Ralf. Ich komme darauf zurück.«

»Wenigstens hat die Hausherrin ein bisschen Gefühl gezeigt«, meinte Seifert. »Sie scheint sich als Einzige überhaupt betroffen zu fühlen. Findet ihr das nicht auch seltsam?«

Zell lenkte den Wagen vom Hof und fädelte sich in den fließenden Verkehr ein. »Einerseits ja«, gab er zu. »Andererseits kann ich das durchaus nachvollziehen. Ich hatte den Eindruck, dass Frau Holbeck für ihre Stieftochter ein unerwünschter Eindringling in die Familie ist, und Asmund war offensichtlich ein ebensolcher Dorn im Auge seines Schwiegervaters. Die beiden waren Außenseiter. So was verbindet.«

»Auch wieder wahr. Wie gehen wir als Nächstes vor?«

»Wir beide interviewen Frau Ravenhorst. Nach dem Mittagessen werden wir uns hinter Leonie Speer klemmen und hören, was die über die Observierung von Robert Asmund zu sagen hat. Ferudun, du gibst die Liste der gestohlenen Wertgegenstände, die Asmund laut seiner Witwe bei sich gehabt haben muss, an alle Pfandhäuser und Juweliere in der Gegend, für den Fall, dass etwas davon bei einem von ihnen auftauchen sollte. Die Cartier-Roadster-Uhr und das massiv goldene Feuerzeug sollten früher oder später jemandem angeboten werden.«

»Und eine Kopie der Gesamtliste geht an die Kollegen vom Raub. Ich weiß«, ergänzte Özyavas. »Ich mach mich ans Werk, sobald wir im Präsidium sind.«

•

Als Zell und Seifert eine halbe Stunde später in ihr Büro zurückgekehrt waren, meldete die Pforte telefonisch, dass Nica Ravenhorst eingetroffen war. Zell ging hinunter, um sie persönlich abzuholen. Sie lächelte ihm freundlich entgegen, als er sie durch die verschlossenen Glastüren der Schleuse einließ, die ein unbefugtes Eindringen ins Gebäude oder eine Flucht verhinderte.

»Es wäre doch nicht nötig gewesen mich abzuholen«, meinte sie. »Ich hätte den Weg zu Ihnen schon gefunden.«

»Vorschrift, Frau Ravenhorst.«

Während er neben ihr die Treppen hinaufstieg und anschließend den Flur zu seinem Büro entlangging, nahm er den Duft ihres frisch gewaschenen Haares sowie eines dezenten Parfüms wahr, das unglaublich gut roch. Im Tageslicht stellte er fest, dass ihre dunklen Haare einen kastanienbraunen Schimmer besaßen und ihre Augen blau waren. Außerdem ihm fiel auf, dass sie den goldenen Halsreif trug, den sie am Abend auf der Bühne umgehabt hatte und der demnach wohl nicht nur ein Bühnenaccessoire war.

»Hier herein, bitte«, forderte er sie auf und öffnete ihr höflich die Tür zu seinem Büro.

»Morgen, Nicki«, begrüßte Seifert sie als sie eintrat und winkte ihr nonchalant zu.

»Hallo, Uwe«, grüßte sie zurück und wünschte auch Silvia Schneider einen guten Morgen, die an ihrem Computer saß.

An der Wand des Büros entdeckte sie ein großes Gemälde, das einen schwarzen und einen weißen Punkt zeigte, und trat näher, um es zu betrachten. Um die Punkte herum waren scheinbar wahllos Linien, Kleckse und Flächen aus verschiedenen Grautönen verteilt, die von sehr hellem, beinahe weißem Grau bis zu fast schwarzem Anthrazit reichten.

»Interessantes Bild«, befand sie. »Auf die Idee, unter all dem Grau ein Yin-Yang-Zeichen zu verstecken, dessen Rand in allen Regenbogenfarben schimmert, muss man erst mal kommen.«

»Ja, die Künstlerin hat ein außergewöhnliches Talent«, bestätigte Zell.

Das Bild trug den Titel »Wie viele Farben hat das Grau?«. Amanda Dreyer, deren Bilder auch den Holbeck'schen Salon zierten, hatte es speziell für Zell gemalt und ihm zum Dank dafür schenken wollen, dass er den Mann gefasst hatte, der versucht hatte, sie zu ermorden. Da Zell es aber nicht annehmen durfte, weil das den Tatbestand der »Vorteilsnahme im Amt« erfüllt hätte, hatte er es nach Abschluss des Falls ganz regulär mit Kaufvertrag und Quittung erworben – wenn auch zu einem ganz besonderen Freundschaftspreis.

Unmittelbar nach der Verurteilung des Täters war Amanda Dreyer allerdings aus Braunschweig weggezogen und lebte jetzt mit ihrem Mann irgendwo in Irland.

Zell fand es bemerkenswert, dass Nica Ravenhorst auf den ersten Blick das in dem scheinbar strukturlosen grauen Gewirr verborgene Yin-Yang-Zeichen erkannt hatte. Normalerweise musste man Betrachter, die das Gemälde zum ersten Mal sahen, darauf aufmerksam machen. Obwohl das Bild einerseits nicht Zells Geschmack war – und auch nicht dem gewohnten Stil der Künstlerin entsprach –, war es ihm wegen seiner Symbolik doch sehr wichtig. Deshalb hatte er es so aufgehängt, dass er es von seinem Platz aus sehen konnte, wann immer er den Blick hob. Es führte ihm stets vor Augen, dass die Wahrheit oft in der Tiefe verborgen lag und dass die Dinge keineswegs immer so waren, wie sie auf den ersten, nur auf die Oberfläche gerichteten Blick zu sein schienen.

»Bitte nehmen Sie Platz, Frau Ravenhorst«, forderte er sie auf. »Wir haben noch ein paar Fragen zu Robert Asmund, genauer gesagt zu Ihrem Verhältnis zu ihm. Sind Sie damit einverstanden, dass wir das Gespräch aufzeichnen?«

»Aber ja«, stimmte sie zu. »Ich habe nichts zu verbergen.«

Sie setzte sich auf den angebotenen Stuhl und sah ihn aufmerksam an. Zell erwiderte ihren Blick ruhig und schaltete das Aufnahmegerät ein, das Seifert schon aufgestellt hatte, während Zell sie am Empfang abgeholt hatte.

»Befragung von Frau Veronica Ravenhorst am neunzehnten August dieses Jahres um zehn Uhr fünf«, sprach er ins Mikrofon. »Anwesend sind Frau Ravenhorst und die Beamten Schneider, Seifert und Zell.« Er nickte ihr zu. »Meine wichtigste Frage an Sie lautet, warum Sie uns gestern nicht erzählt haben, dass Sie unmittelbar nach Asmund das Lokal verlassen haben.«

»Um die Tageseinnahmen zur Bank zu bringen, ja«, bestätigte sie. »Das hielt ich nicht für so wichtig.« Sie blickte von Zell zu Seifert. »Macht mich das jetzt verdächtig?«

Zell schüttelte den Kopf. »Nicht unbedingt. Sind Sie Herrn Asmund auf dem Weg zur Bank noch einmal begegnet?«

Sie nickte. »Ich bin an ihm vorbeigefahren, als er gerade die Ecke vom Gänseanger erreicht hatte. Er hat mir sogar noch kurz zugewinkt«, fügte sie nachdenklich hinzu. »Demnach bin ich möglicherweise die letzte Person, die ihn lebend gesehen hat.«

»Außer seinem Mörder«, stimmte Zell zu. »Ist Ihnen irgendjemand aufgefallen, der Herrn Asmund vielleicht gefolgt ist?«

Sie überdachte das einen Moment und schüttelte schließlich den Kopf. »Ich habe nicht darauf geachtet, ob da noch andere Leute unterwegs waren. Aber ich glaube, irgendwo auf dem Weg ging eine kleine Gruppe junger Leute. Vier oder fünf vielleicht.

Und ein Auto ist mir auch entgegengekommen. Oder zwei?« Sie schüttelte erneut den Kopf. »Ich kann es wirklich nicht sagen. Ich wollte nur das Geld loswerden und danach so schnell wie möglich nach Hause in mein Bett.«

»Haben Sie an der Bushaltestelle vielleicht zufällig jemanden stehen sehen? Oder auf der gegenüberliegenden Straßenseite?«

»Nicht dass ich wüsste.« Sie lächelte entschuldigend. »Auf so etwas achtet man ja nicht, wenn man keinen Grund dazu hat.«

Zell blickte Nica Ravenhorst beinahe lauernd an, mit einem Blick, von dem er wusste, dass er die Leute nervös machte, selbst wenn sie nichts zu verbergen hatten. Diejenigen aber, die etwas zu verbergen versuchten, begannen schon nach wenigen Sekunden unruhig zu werden und manchmal sogar zu schwitzen. Das war für ihn das Signal, noch etwas tiefer zu bohren. Nica Ravenhorst gab seinen Blick vollkommen ruhig zurück.

»Sind Sie sich eigentlich sicher, dass Sie uns gestern Abend *alles* über Ihr Verhältnis zu Robert Asmund gesagt haben?«

Sie lächelte. »Nein, ich habe Ihnen nur einen groben Überblick gegeben«, gestand sie freimütig. »Für die Details reichte die Zeit nicht, und es war auch nicht der richtige Ort.«

Zell beugte sich interessiert vor. »Und wie sehen diese Details aus?«

»Ich habe Robert vor ungefähr einem halben Jahr kennengelernt. Er frequentiert regelmäßig den Reithof schräg gegenüber vom *Magic Song* und kam eines Tages nach dem Reiten herein, um etwas zu essen und wohl auch wegen der Musik. In meiner Arbeitspause spendierte er mir einen Saft, und wir kamen ins Gespräch.« Sie grinste flüchtig. »Offensichtlich gehörte er zu den Männern, die glauben, eine Frau, die in einem Lokal singt, wäre leichte Beute, denn er machte mir nach wenigen Minuten schon ein eindeutiges Angebot.«

»Und danach wurden Sie ein Paar?«, vermutete Zell.

Nica Ravenhorst schüttelte den Kopf. »Herr Zell, ich bin in manchen Dingen recht altmodisch und habe gewisse Prinzipien. Eins der obersten davon ist, dass ich mich niemals mit einem verheirateten Mann einlasse. Auch nicht für ein einmaliges, unverbindliches Abenteuer. Da Robert seinen Ehering trug, wusste ich sofort, wie der Hase nach seinen Vorstellungen laufen sollte.« Sie verzog das Gesicht. »Abgesehen davon war er als Mann nicht mein Typ.«

Zell nahm das reglos zur Kenntnis. Falls das stimmte, warf es ein ganz neues Licht auf den Fall, vielmehr auf Isabella Asmunds und Gerhard Holbecks Behauptung, Robert Asmund hätte mit Nica Ravenhorst ein Verhältnis gehabt. Allerdings gab es da dieses Foto, auf dem Nica Ravenhorst Asmund auf die Wange küsste.

»Sie haben ihn also abgewiesen«, stellte er fest.

»In der Tat. Gleich bei seinem zweiten Besuch hat er sich mit einem riesigen Blumenstrauß für sein ›unmoralisches Angebot‹ entschuldigt. Seine diesbezüglichen Ambitionen hatte er deswegen aber noch lange nicht aufgegeben und es wochenlang immer wieder versucht, bis er endlich eingesehen hat, dass er bei mir absolut nicht landen kann.«

Zell wählte seine nächsten Worte sorgfältig. »Und Sie sind sich danach nicht doch noch auf andere Weise nähergekommen?«

Sie zog fragend die Augenbrauen hoch. »Wie definieren Sie in diesem Zusammenhang ›andere Weise‹, Herr Zell?«

»Nun, ich dachte da an eine platonische Freundschaft oder eine lockere Bekanntschaft.«

Sie überlegte kurz. »Letzteres trifft es wohl am ehesten. Zumindest von meiner Seite aus.«

Das hörte sich zwar aufrichtig an, aber es erklärte keineswegs den auf dem Foto festgehaltenen Kuss. Zell hatte jetzt zwei Möglichkeiten, eine Antwort auf diese Diskrepanz zu erhalten. Er konnte die Sängerin direkt danach fragen oder das Thema vorübergehend fallen lassen und versuchen, die Wahrheit auf andere Weise ans Licht zu bringen. Er entschied sich für die direkte Methode.

»Asmunds Frau und Schwiegervater sind der Überzeugung, dass Sie seine Geliebte waren. Frau Asmund hat sogar eine Detektivin auf Sie angesetzt.«

Nica Ravenhorst lachte herzlich. »Das Ergebnis ihrer Recherchen muss reichlich enttäuschend gewesen sein«, war sie überzeugt. »Das ›Schlimmste‹, bei dem sie Robert und mich erwischt haben kann, war mal ein unverbindlichen Kuss auf die Wange, mit dem ich mich vor ein paar Wochen bei ihm dafür bedankt habe, dass er mich nach der Arbeit nach Hause gefahren hat, weil mein Wagen streikte.«

Das deckte sich zumindest mit dem, was auf dem Foto zu sehen war: ein flüchtiger Kuss, der alles andere als innig oder gar leidenschaftlich wirkte. Außerdem hatte es nur ein einziges Bild gegeben, das sie und Asmund derart vertraulich zeigte.

»Demnach hat Herr Asmund also nicht mit Ihnen Pläne für eine gemeinsame Zukunft geschmiedet oder etwas in der Art angedeutet?«

Sie lachte wieder, diesmal deutlich ironisch. »Nein, Herr Zell, das hat er definitiv nicht. Und er hätte das auch nie getan, weil das seinen Ruin bedeutet hätte.«

»Wie meinen Sie das?« Zell beugte sich interessiert vor.

»Er hat mal erwähnt, dass er und seine Frau einen Ehevertrag haben, zu dem ihn sein Schwiegervater angeblich gezwungen hat. Gemäß den Vereinbarungen in diesem Vertrag hätte Robert im Fall einer Scheidung keinen Cent bekommen. Andererseits redete er aber immer wieder davon, dass es an der Zeit wäre, sich aus den Fesseln dieses Gefängnisses, wie er es nannte, zu befreien.«

Das war eine wichtige Information. »Hat er zufällig auch erwähnt, auf welche Weise er das zu tun gedachte?«

Sie wiegte leicht den Kopf. »Er wollte was Eigenes auf die Beine stellen. Aber ich glaube nicht, dass es ihm damit wirklich ernst war, denn die Nachteile einer Scheidung wären für ihn zu gravierend gewesen. Die hätte er nur riskiert oder gar selbst eingereicht, wenn er zu dem Zeitpunkt bereits eine Sicherheit in der Hinterhand gehabt hätte, die den Verlust hätte ausgleichen können.« Sie verzog das Gesicht. »Um ohne eine solche Sicherheit zu seinen Wünschen zu stehen und zu riskieren, den Reichtum seiner Frau zu verlieren, war er viel zu feige.« Sie blickte dem Kommissar in die Augen. »Jedenfalls, Herr Zell, hatte ich mit Robert niemals ein Verhältnis, und nicht mal einen One-Night-Stand. Das war es doch, worauf Sie eigentlich hinauswollen, nicht wahr?«

Zell grinste und hob die Hände. »Erwischt«, gestand er und fragte sich, wieso ihn diese Auskunft regelrecht erleichterte. Er schob den Gedanken beiseite und konzentrierte sich wieder auf seine Aufgabe. »Sie wissen nicht zufällig, wie dieses Eigene aussehen sollte, das er sich aufbauen wollte?«

Sie nickte. »Er wollte sich in die Firma Sassner in Wolfenbüttel als Gesellschafter einkaufen. Wie Sie vielleicht wissen, ist Sassner ein scharfer Konkurrent von Holbeck.«

Diese Auskunft überraschte Zell, denn sie eröffnete eine ganz neue Perspektive, falls sie der Wahrheit entsprach. »Sind Sie sich sicher?«, vergewisserte er sich. »Er hat nichts von einem Reiterhof für Behinderte erwähnt?«

»Bitte was?« Nica Ravenhorst sah ihn an, als hätte er gerade etwas Absurdes gesagt. »Wer hat Ihnen denn das erzählt? Nein, Herr Zell, mir gegenüber hat er immer nur von einer Teilhaberschaft an der Sassner Bau GmbH gesprochen.« Sie schüttelte den Kopf. »Ob er tatsächlich vorhatte, sich dort einzukaufen oder etwas ganz anderes plante, weiß ich natürlich nicht. Robert hat es mit der Wahrheit meistens nicht allzu genau genommen. Es würde mich also nicht wundern, wenn die Beteiligung nur erfunden war. Aber«, betonte sie nachdrücklich, »er hätte bestimmt nie einen Reiterhof für Behinderte eröffnet. Eine karitative Ader fehlt ihm völlig, und mit so einem Reiterhof ist nun mal kein großer Gewinn zu machen. Jedenfalls keiner, der ausgereicht hätte, dass er sich aus seiner Ehe hätte befreien können«, fügte sie hinzu. Die Verachtung in ihrer Stimme zeigte deutlich, was sie davon hielt.

Diese Information warf natürlich ein völlig neues Licht auf die Sache. Konnte Asmund wirklich so dreist gewesen sein, von seiner Frau unter einem Vorwand Geld borgen zu wollen, um eben dieses Geld bei einem Konkurrenten ihres Vaters zu investieren? Oder hatte er sowohl seine Frau wie auch Nica Ravenhorst hinsichtlich seiner Pläne belogen?

Zell wechselte das Thema. »Ein Zeuge hat ausgesagt, dass Robert Asmunds letzte Worte geklungen hätten wie ›schwarze Dame Tod‹. Sagt Ihnen das etwas?«

Zu seiner Überraschung nickte die Sängerin ohne zu zögern. »Das ist der deutsche Titel eines Liedes, das ich vor drei oder vier Wochen komponiert habe: *Black Lady Death*. Robert, Sten, Moshila und ich sind bei einer Unterhaltung über Gott und die Welt auf das Thema gekommen, dass jedes Leben einmal endet. Robert wollte nicht glauben, dass es Menschen wie mich gibt, die vor dem Tod keine Angst haben. Daraufhin habe ich ihm ein paar Mythen und Legenden erzählt, wie man in anderen Kulturen den Tod sieht. In einer davon – ich habe vergessen, woher sie stammt – heißt es, dass der Tod als schwarz gekleidete, verschleierte Frau zu den Menschen kommt, um sie abzuholen und sicher ins Jenseits zu geleiten. Damit der Seele des Toten der Abschied vom Leben nicht allzu schwerfällt, lüftet die ›Schwarze Dame Tod‹ ihren Schleier und zeigt sich ihm mit dem Gesicht des Wesens, das der Tote im Leben am meisten geliebt hat.« Sie lächelte melancholisch. »Wir haben noch darüber diskutiert, ob es, falls die Legende wahr wäre, wohl Menschen gibt, für die der Tod den Kopf ihres Hundes oder ihrer Katze trägt.«

»Das ist eine interessante Überlegung«, stimmte Zell zu. »Wenn wir der Legende mal Glauben schenken, was denken Sie, wessen Gesicht Robert Asmund gesehen hat?«

Nica Ravenhorst schnaubte ironisch. »Sein eigenes. Der einzige Mensch, den er wirklich liebte – wenn überhaupt – war er selbst.«

»Nicht seine Frau? Oder Sie?«, konnte Zell sich nicht verkneifen zu fragen und schalt sich gleichzeitig einen Narren, der hier gerade wie ein Anfänger eine der wichtigsten Regeln für Befragungen missachtete, nämlich niemals eine Suggestivfrage zu stellen. Was zum Teufel war nur ihm los? Solche Fehler passierten ihm doch sonst nicht! Auch Seifert und Silvia Schneider fiel das natürlich auf, denn sie blickten ihren Kollegen erstaunt an.

Nica Ravenhorst schüttelte den Kopf. »Meins hat er ganz sicher nicht gesehen; selbst wenn ich mal annehme, dass er tatsächlich in mich verliebt gewesen sein könnte, wofür ich, ehrlich gesagt, nicht das geringste Anzeichen bemerkt habe. Er wollte mich nur ins Bett bekommen. Mit Liebe hatte das nicht das Geringste zu tun. Das ist auch der Grund, weshalb er für mich nur ein Bekannter war, mit dem ich mich geduzt habe wie mit unzähligen anderen Menschen auch. Ich hätte mit ihm nie eine Beziehung angefangen, selbst wenn er nicht verheiratet gewesen wäre.«

Sie beugte sich leicht vor und sah Zell in die Augen. »Ich erwarte von einem Partner, mit dem ich idealerweise mein Leben lang oder doch wenigstens einen nicht unbeträchtlichen Abschnitt davon zusammen sein will, dass er sich für ein bisschen mehr interessiert als nur sich selbst und materiellen Besitz. Robert war von diesem Ideal so weit entfernt wie der Nordpol vom Südpol, wenn Sie verstehen, was ich meine.«

»Durchaus«, versicherte Zell und musste unwillkürlich grinsen. Nica Ravenhorst hatte eine ausgesprochen erfrischende Art, die Dinge zu sehen und darüber zu reden. Ihm gefiel ihre Offenheit. »Worum genau geht es in diesem Lied?«, wollte er wissen. »Würden Sie mir den Text mal vorsprechen? Vielleicht enthält er einen Hinweis, worauf Herr Asmund mit seiner Bemerkung angespielt hat, falls sich seine letzten Worte wirklich auf dieses Lied beziehen.«

Sie lächelte. »Ich singe es Ihnen vor.«

Bevor er zustimmen oder ablehnen konnte, erfüllte ihre unnachahmliche Stimme den Raum:

She comes to me in darkness
When my life has reached its end.
The sickle knife to cut life's thread
She's holding in her hand.
A gentle smile is on her lips
And love is in her eye.
She cuts The Thread with one quick strike.
Thus freed, my soul can fly.

Her hair is night, her eyes are dark,
And gold is round her neck.
Her face is veiled, her body cloaked:
Death is a lady clad in black.

She takes my hand to lead me
To that Otherworldly place
Where all the souls are basking
In rainbow-colored rays.
And there she turns to meet my eyes.
Her gaze is deep and black.
I sink into this endless void
Where love I ne'er shall lack.

I'm going to my deserved rest
And sleep till I'm reborn
At the Dark Lady's loving breast.
Her black veil now is torn.
And so I see the secret truth
Bright as the sun above:
The Lady Death, she bears for each
The face of his true love.

So fear her not when she comes to you
To take your life away.
Her hair is night, her eyes are dark,
And this to you she'll say:
›My face is veiled, my body cloaked,
Life's Gold is round my neck.
But look at me: your own true love
Is the Lady Death all clad in black.‹
Death is The Lady clad in black.

Sowohl Zell als auch Seifert und Silvia hatten ergriffen zugehört. Nachdem Nica Ravenhorst geendet hatte, gaben sie unisono einen enttäuschten Seufzer von sich, worauf sie verlegen lachen mussten.

»Ach, Nicki«, sagte Seifert grinsend und presste seine Hand theatralisch aufs Herz, »du singst so wundervoll, dass es jedes Mal richtig wehtut, wenn ein Lied zu Ende ist.«

»Oh ja«, bestätigte Silvia inbrünstig und bedachte die Sängerin mit einem beinahe anhimmelnden Blick. »Ich werde ab sofort zu jeder Ihrer Vorstellungen kommen, die ich zeitlich einrichten kann.«

»Vielen Dank für das Kompliment. Ich verkaufe Ihnen gern jede Menge CDs, damit Sie in jeder freien Minute in meiner Stimme schwelgen könnt, bis Ihnen die Lieder zu den Ohren rauskommen.«

»So schnell nicht!«, versicherte Seifert.

»Keine Chance!«, war auch Silvia überzeugt.

Nica Ravenhorst wandte sich an Zell. »Soll ich Ihnen den Text übersetzen?«

»Wenn Sie so freundlich wären. Mein Englisch ist ein bisschen eingerostet.«

Dafür war ihres ausgezeichnet. Wenn Deutsche mit wirklich guten Englischkenntnissen Lieder auf Englisch sangen, hörte man in der Regel früher oder später doch heraus, dass es nicht ihre Muttersprache war. Nicht so bei Nica Ravenhorst, wie ihm auch schon gestern Abend aufgefallen war.

»Kein Problem«, versicherte sie. »Also: *Sie kommt zu mir in der Dunkelheit, wenn mein Leben zu Ende geht. In der Hand hält sie das Sichelmesser, mit dem sie den Lebensfaden durchschneidet. Ein sanftes Lächeln ist auf ihren Lippen und Liebe in ihren Augen. Sie zerschneidet den Faden* – womit der Lebensfaden gemeint ist – *mit einem schnellen Schnitt. Befreit kann meine Seele fliegen.*«

Sie machte eine kurze Pause und erklärte: »Das mit dem Lebensfaden habe ich aus der nordischen Mythologie entlehnt, wo die drei Nornen das Schicksal der Menschen weben. Eine spinnt den Faden, der von der zweiten in das Tuch des Lebens eingewebt wird, und die dritte schneidet ihn am Ende des Lebens durch, wodurch der betreffende Mensch stirbt. Das Sichelmesser habe ich wiederum bei den Druiden ausgeborgt, die mit der goldenen Sichel die heiligen Misteln geschnitten haben.«

Zell hörte ihr fasziniert zu. Immerhin bekam er nicht alle Tage die Gelegenheit, einen Dichter oder Songschreiber danach fragen zu können, wie ihre Texte entstanden waren.

Sie fuhr fort. »Der Refrain lautet: *Ihr Haar ist die Nacht, ihre Augen sind dunkel, und sie trägt Gold um ihren Hals.*« Sie klopfte mit dem Finger gegen ihren goldenen Halsreif. »*Ihr Gesicht ist verschleiert, ihr Körper mit einem Umhang verhüllt: Der Tod ist eine in Schwarz gekleidete Frau.* – In vielen Mythologien ist der Tod weiblich, aber fast alle assoziieren ihn mit der Farbe Schwarz.«

Zell nickte zustimmend und rief sich ins Gedächtnis, dass auch Nica Ravenhorst gestern auf der Bühne ganz in Schwarz gekleidet aufgetreten war und ihren goldenen Halsreif getragen hatte. Genau wie das Lied den Tod beschrieb. Robert Asmund konnte theoretisch tatsächlich die Sängerin mit seinen letzten Worten gemeint haben.

»*Sie nimmt meine Hand, um mich zu jenem Ort in der Anderswelt* – dem Jenseits – *zu führen, an dem alle Seelen in regenbogenfarbenen Lichtstrahlen baden. Dort wendet sie sich mir zu und schaut mir in die Augen. Ihr Blick ist tief und schwarz. Ich versinke in diesem endlosen Abgrund, wo mir niemals Liebe fehlen wird. Ich begebe mich zu meiner verdienten Ruhe und schlafe, bis ich wiedergeboren werde, an der liebenden Brust der Dunklen Dame. Ihr schwarzer Schleier ist nun zerrissen. Und so kann ich die geheime Wahrheit sehen, so hell wie die Sonne am Himmel: Die Dame Tod trägt für jeden das Gesicht seiner wahren Liebe. Drum fürchte sie nicht, wenn sie zu dir kommt, um dir dein Leben zu nehmen. Ihr Haar ist die Nacht, ihre Augen sind dunkel, und dies wird sie zu dir sagen: ›Mein Gesicht ist verschleiert, mein Körper verhüllt, das Gold des Lebens ist um meinen Hals. Aber schau mich an: Deine wahre Liebe ist die Dame Tod ganz in Schwarz gekleidet.‹ Der Tod ist die in Schwarz gekleidete Herrin.*«

Sie lächelte. »Dieser Teil des Liedes bezieht sich auf den Glauben der Pagans. Eigentlich wird das Wort *pagan* im Deutschen mit Heiden übersetzt, aber das trifft nach der herkömmlichen Definition des Wortes Heiden nicht zu. Es handelt sich dabei um eine moderne Form der alten Naturreligion, in der es eine Göttin und einen Gott gibt. Diese Göttin wird im Englischen als *The Lady* bezeichnet, also die Herrin.« Sie blickte Zell fragend an. »Hilft Ihnen der Text weiter?«

»Möglicherweise«, antwortete Zell unbestimmt. »Vielen Dank fürs Vorsingen und die Erklärungen.«

»Gern geschehen. Singen macht mir nun mal einen Heidenspaß.« Sie lächelte und zwinkerte ihm zu, und Zell erwiderte ihr Lächeln unwillkürlich.

»Nur so aus Neugier«, wechselte er abrupt das Thema, »und Sie müssen mir auch nicht antworten. Wie hoch sind Ihre Tageseinnahmen im Lokal im Durchschnitt?«

Sie winkte ab. »Daraus mache ich kein Geheimnis. An gut besuchten Tagen kommen fünf- bis sechstausend Euro zusammen. Meistens sind es aber so um die dreitausend. Dazu kommen noch die Einnahmen aus den Verkäufen der CDs und der Liederbücher, und damit meine ich nur die, die wir im Lokal verkaufen. Sie sind natürlich auch über den Musik- und Buchhandel erhältlich. Ich habe jeden Monat einen Reingewinn von mindestens zwanzigtausend Euro nach Steuern, in der Regel etwa zehntausend mehr.«

Das konnte man in der Tat eine Goldgrube nennen. Zell dachte mit einem Anflug von Neid daran, dass er für zwanzig- oder sogar dreißigtausend Euro netto fast ein ganzes Jahr arbeiten musste. Und Nica Ravenhorst verdiente das jeden *Monat*.

»Wie viel war es am Sonntag?«

»Fünftausendachthunderteinundsiebzig Euro und fünfunddreißig Cent.«

»Mann, wir haben den falschen Beruf«, fand Seifert. »Jedenfalls was den Verdienst betrifft.«

»Oh, bitte nur keinen Neid«, hielt Nica Ravenhorst ihm entgegen. »Dafür habt ihr eure Pension, und ich muss als Selbstständige zusehen, dass ich mich rechtzeitig fürs Alter absichere, bevor die sprudelnde Geldquelle versiegt ist.« Sie blickte die beiden Männer und Silvia fragend an. »Kann ich sonst noch irgendwelche Auskünfte geben?«

Zell nickte. »Sie sprechen ausgezeichnet Englisch, ich würde sogar sagen perfekt. Wo haben Sie das gelernt?«

»Ich bin in Amerika aufgewachsen und erst vor zwei Jahren wieder nach Deutschland gekommen. Ehrlich gesagt spreche ich besser Englisch als Deutsch.«

»Das merkt man Ihnen aber nicht an«, fand Zell. »Abgesehen von einem kaum wahrnehmbaren Akzent.« Er schaltete das Aufnahmegerät aus. »Haben Sie vielen Dank, Frau Ravenhorst. Im Moment wäre das alles. Sollten sich noch Fragen ergeben, melden wir uns.«

»Jederzeit gern«, versicherte sie, stand auf und reichte den Beamten nacheinander die Hand.

»Ich begleite Sie nach draußen«, erbot sich Zell und brachte die Sängerin zur Pforte. Auf dem Rückweg holte er aus der Küche noch drei Becher Kaffee, ehe er ins Büro zurückkehrte.

»Was halten wir nun davon?«, fragte er, nachdem er sich gesetzt hatte und das Band mit der Aufnahme des Gesprächs zurückspulen ließ. »Lügt sie uns an oder sagt sie die Wahrheit?«

Seifert stieß geräuschvoll die Luft aus. »Rein nüchtern betrachtet *könnte* sie lügen. Aber ich kenne Nicki. Nun ja, nicht richtig, aber nach allem, was ich bisher von ihr gesehen und gehört habe, neige ich dazu, ihr zu glauben.«

Das tat Zell aus ihm unbegreiflichen Gründen auch. Dennoch: »Ebenfalls rein nüchtern betrachtet hätte sie durchaus die Gelegenheit zur Tat gehabt und auch ein Motiv, wenn wir tatsächlich mal von Eifersucht ausgehen. Vielleicht hatte sie es einfach satt, nur die Geliebte zu sein, hat Asmund ein Ultimatum gestellt und ihn erschossen, als er sich nicht scheiden lassen wollte. So etwas haben wir ja schon mehr als einmal erlebt.«

Silvia schüttelte den Kopf. »Ja, schon, aber das halte ich in diesem Fall doch für ein bisschen weit hergeholt. Mal abgesehen davon, dass das voraussetzen würde, dass Frau Ravenhorst tatsächlich ein Verhältnis mit Asmund hatte. Doch wie du selbst gesagt hast, haben auch ihre Angestellten alle bestätigt, dass da nichts lief und er nicht ihr Typ war.«

Zell nickte nachdenklich. »Aber stimmt das auch? Wer wäre denn zum Beispiel ihr Typ?« Die Frage war ihm ungewollt herausgerutscht, und er hätte sich am liebsten die Zunge dafür abgebissen. Eine solche Überlegung hatte hier nichts zu suchen und trug in keiner Weise zur Lösung des Falls bei.

Seifert interpretierte das zu seinem Glück anders. »Keine Ahnung«, gestand er. »Ich vermute mal, dass es in jedem Fall jemand sein müsste, der keine Angst vor starken und vor allem erfolgreichen Frauen hat und ein gesundes Selbstbewusstsein mitbringt.« Er grinste. »Zum Beispiel jemand wie du, Ralf«, konnte er sich nicht verkneifen, seinen Freund zu necken, und Silvia kicherte.

Zell schnitt eine Grimasse. »Nein danke.«

»Aber warum denn nicht?«, setzte Seifert die Neckerei fort. »Ich könnte mir vorstellen, dass ihr beide fantastisch zusammenpasst.« Zell warf ihm einen grimmigen Blick zu, und Seifert wurde wieder ernst. »Ich glaube an Eifersucht als Motiv für Nicki allein schon deshalb nicht, weil sie eine verdammt perfekte Schauspielerin sein müsste, um derart emotionslos auf Asmunds Tod zu reagieren. Okay, sie war etwas betroffen, als wir es ihr gestern Abend gesagt haben, aber nicht in dem Maße wie ein Mensch, der den Toten geliebt oder gehasst oder gar vor vierundzwanzig Stunden ermordet hat.«

Zell wiegte zweifelnd den Kopf. »Andererseits hat aber auch Frau Asmund reichlich beherrscht, um nicht zu sagen unterkühlt reagiert.«

»Ich glaube, bei der können wir davon ausgehen, dass sie ihren Mann nicht mehr geliebt hat und deshalb so unemotional war«, fand Seifert. »Wie gesagt, ich neige dazu, Nicki als mögliche Täterin auszuschließen.«

»Was uns nicht daran hindern darf, sie weiterhin im Auge zu behalten«, ergänzte Zell. »Silvia, überprüf mal diese Telefonnummern.« Er reichte ihr den Zettel mit den Nummern, die er von Asmunds Telefon abgeschrieben hatte.

»Okay. Danach mache ich mich an das Dossier über Asmunds Vergangenheit. Mal sehen, was ich da so alles ausgraben kann.«

»Wenn du schon beim Ausgraben bist, dann finde doch auch mal alles über Frau Ravenhorst heraus«, bat Zell.

»Sonst noch etwas, wenn ich schon mal dabei bin?«, fragte sie leicht schnippisch.

»Sassner Bau GmbH«, wünschte Zell. »Vor allem interessiert uns, ob es von der Firma eine Verbindung zu Asmund gibt. Ach ja, und überprüfe doch mal, ob Asmund irgendwas mit einem Reiterhof für Behinderte zu tun hatte oder ein Projekt in dieser Richtung plante.«

Silvias Gesicht wurde mit jedem von Zells Wünschen länger. »Kann ich dir noch in irgendeiner Form behilflich sein?«, fragte sie in jenem honigsüßen Ton, der den beiden Männern zeigte, dass die Frage ironisch gemeint war und sie besser nicht darauf eingehen sollten.

»Oh ja«, bestätigte Zell breit grinsend. »Wir alle gehen jetzt erst mal Mittagessen. Und danach suchen Uwe und ich die Detektivin heim und überlassen dich deinen Recherchen.«

Silvia strahlte ihn an, zog ihn und Seifert von ihren Stühlen hoch und schob sie beide unnachgiebig zur Tür.

•

Isabella Asmund saß in ihrem Wohnzimmer in ihrem Lieblingssessel mit einem Glas Wein in der Hand und starrte Löcher in die Luft. Dass es viel zu früh für Alkohol war, interessierte sie nicht. Die Nachricht von Roberts Tod hatte sie sehr wohl getroffen, obwohl sie es sich nicht anmerken ließ, allerdings nicht so sehr, dass sie wie Bianca gleich in Tränen ausgebrochen wäre. Als Robert Sonntagnacht nicht nach Hause gekommen war, hatte sie tatsächlich noch geglaubt, dass er schmollte und sie dafür bestrafen wollte, dass sie ihm das Geld für sein idiotisches Projekt verweigerte.

Doch als ihr Vater am Montagmorgen aus der Firma angerufen und gefragt hatte, wann Robert endlich gedächte, zur Arbeit zu erscheinen, hatte sie bereits geahnt, dass ihm etwas zugestoßen sein musste. Robert hatte viel zuviel Angst um seinen Job, um zu riskieren, dass sein Schwiegervater ihn hinauswarf, weil er unpünktlich war. Dies war einer der Punkte, bei denen Gerhard Holbeck nicht den geringsten Spaß verstand. Allzu große Sorgen hatte sie sich trotzdem nicht gemacht, wenn sie ehrlich war. Selbst der Gedanke, dass Robert tatsächlich tot sein könnte – der ihr durchaus gekommen war –, hatte sie nicht übermäßig betrübt.

Ihre Ehe war genau genommen schon vor einiger Zeit an ein Ende gekommen und Isabella bereits seit Längerem entschlossen, sich scheiden zu lassen. Sie hatte nur noch auf den richtigen Zeitpunkt gewartet. Eine kleine boshafte Stimme in ihr gratulierte ihr jetzt dazu, dass sie gewartet hatte, denn durch Roberts Tod waren ihr die unerfreulichen Begleitumstände einer Scheidung erspart geblieben: Anwaltstermine, Gerichtstermine, Nervenkrieg, Rosenkrieg und das mit Sicherheit von Robert inszenierte Tauziehen darum, welche Einrichtungsgegenstände ihm gehörten und welche nicht. Ehrlicherweise musste sie zugeben, dass der einzige Grund, weshalb sie diesen Schritt nicht schon längst getan hatte, der pure Trotz gewesen war.

Ihr Vater war von Anfang an gegen ihre Heirat mit Robert gewesen, der zwar blendend aussah und auch ein ausgezeichneter Architekt war, den er aber verdächtigt hatte, nur hinter Isabellas Vermögen her zu sein. Das hatte er grundsätzlich jedem Mann unterstellt, den Isabella kennenlernte und an dem sie ein gewisses Interesse zeigte. Im Gegensatz zu ihren früheren Bekanntschaften hatte sie Robert am Anfang aufrichtig geliebt, und er hatte ihre Gefühle erwidert. Immerhin hatte er sich von der Forderung ihres Vaters nach einem Ehevertrag nicht abschrecken lassen, der ihm im Falle einer Scheidung jeden Zugriff auf das Holbeck'schen Vermögen verwehrte.

Ja, am Anfang war es Liebe gewesen. Isabella rätselte immer noch, was ab wann so entsetzlich schiefgegangen war, dass sie sich nicht nur immer mehr entfremdet hatten, sondern Robert am Ende auch fremdgegangen war. Isabella hatte, um eine Antwort auf diese Frage zu bekommen, heimlich einen Familientherapeuten aufgesucht, der eine Ursache für ihr Unglück ganz klar darin sah, dass Isabella mit Robert im Haus ihres dominanten Vaters lebte.

»Sie können nicht erwarten, dass ein junger Mann die ständige Missbilligung, die ihm täglich von seinem Schwiegervater entgegengebracht wird, über Jahre hinweg unbeschadet übersteht«, hatte der Therapeut unverblümt gesagt. »Noch dazu wenn er das Gefühl hat, dass er Sie mit Ihrem Vater teilen muss und Sie ihn auch noch mit ihm und seinen Leistungen vergleichen.«

Ganz so verhielt sich das nicht – nicht nur. Gerhard Holbeck hatte seiner Tochter von Anfang an zu verstehen gegeben, dass sie in seinen Augen nur die Hälfte von dem wert war, was ein Sohn ihm bedeutet hätte, den er sich so sehnlichst gewünscht hatte. Er hatte Isabellas Mutter in den Selbstmord getrieben, weil sie nach der Geburt ihrer Tochter keine Kinder mehr bekommen konnte, was er ihr täglich zum Vorwurf gemacht hatte. Seit ihr Halbbruder Gereon, Biancas Sohn, auf der Welt war, behandelte er Isabella zunehmend wie Luft. Es sei denn, sie tat etwas, das ihm nicht passte. In dem Fall machte er sich ein Vergnügen daraus, sie verbal vor Frau und Sohn zu demütigen und ihr seine Verachtung zu demonstrieren.

In einem Punkt hatte der Therapeut allerdings recht. Sie hätte mit Robert in eine eigene Wohnung ziehen sollen, dann wäre wohl alles anders gekommen. Dazu war sie jedoch nicht in der Lage, denn ein solcher Schritt hätte die ständige Verlustangst, unter der sie litt, ins Unerträgliche gesteigert. Der Auslöser für diese Angst lag sicherlich im Selbstmord ihrer Mutter, der einzigen Person, von der Isabella sich geliebt und angenommen gefühlt hatte. Das Vakuum, das ihr Tod in ihr hinterlassen hatte, kompensierte sie zunächst mit einem Festklammern an materiellem Besitz, das umso stärker geworden war, je mehr Verluste sie im Laufe der Jahre verkraften musste. Davon gab es eine ganze Menge.

Zuerst verließen sie ihre wenigen Freundinnen, sobald die nach ihrer Heirat andere Prioritäten entwickelten. Das taten auch die Männer, die sie entweder von vornherein nur benutzen wollten oder sich von ihrem Vater vergraulen ließen. Robert hatte sich nicht vertreiben lassen, doch die Angst, ihn ebenfalls zu verlieren, war dennoch immer stärker geworden.

Daraus resultierte eine zunehmend heftiger werdende Eifersucht, die der Therapeut als zweite Ursache für das Scheitern ihrer Ehe verantwortlich machte. Vielleicht – nein, wahrscheinlich sogar – hatte Isabella Robert gerade durch diese Eifersucht regelrecht in die Arme einer verständnisvolleren Frau getrieben. Ihre besitzergreifende Art, die jeden seiner Schritte kontrollierte, war der Grund, dass sie ihn jedes Mal heftig zur Rede stellte, wenn er kein »Alibi« vorweisen konnte, wenn er mal etwas später als geplant vom Reiten kam, trieben ihn zunehmend länger aus dem Haus. Schließlich hatte sie sich ihm jedes Mal im Bett verweigert, um ihn dafür zu bestrafen, dass er ihr »ausgewichen« war. Natürlich hatte er allein schon deshalb seine sexuellen Bedürfnisse mit einer anderen Frau befriedigt.

Jetzt war er tot, und Isabella konnte nicht einmal Trauer empfinden. In ihr tobte nur die Wut darüber, dass er sie für immer verlassen hatte. Wäre er nicht wieder mal bei dieser Barsängerin gewesen, sondern zu Hause bei seiner Frau, wo er hätte sein sollen, dann wäre er noch am Leben. Sie verdrängte mit aller Macht den Gedanken, dass er dort auch gewesen wäre, wenn sie ihn mit ihren Szenen nicht immer wieder von sich gestoßen hätte, bis zwischen ihnen auch noch der letzte Rest von Liebe erloschen war.

Das Leben ging weiter, musste weitergehen, und sie musste nach vorne blicken. Wie sie ihren Vater kannte, würde er darauf bestehen, dass Roberts Sachen spätestens nach der Beerdigung aus seinem Haus verschwanden. Vielleicht würde er sogar schon morgen damit beginnen, alle Spuren des unerwünschten Schwiegersohnes aus der Villa zu tilgen. Möglicherweise hatte er inzwischen ein paar seiner Bauarbeiter beauftragt, in den nächsten Tagen Roberts Zimmer auszuräumen, so wie er das damals auch mit den Sachen von Isabellas Mutter getan hatte. Nicht nur in solchen Dingen war er unglaublich rücksichtslos. Falls sie also noch irgendetwas von Roberts Besitztümern aufheben wollte, täte sie gut daran, sie schnellstmöglich in Sicherheit zu bringen, bevor der Kahlschlag in seinen Räumen Einzug hielt.

Sie trank den Wein aus und ging in Roberts Zimmer hinüber, das ihr vollkommen fremd vorkam. Kein Wunder, es war lange her, seit sie seine Räume zuletzt betreten hatte. Der Sekretär stand offen, und sie ging hinüber, um einen Blick auf die Papiere zu werfen, die dort lagen. Halb befürchtete, halb hoffte sie, einen verfänglichen Brief von seiner Geliebten zu finden. Ein Beweis schwarz auf weiß dafür, dass er sie betrogen hatte, würde es ihr leichter machen, einen emotionalen Schlussstrich unter ihre Ehe zu ziehen. Doch der Sekretär beherbergte nur Dinge, die mit seiner Arbeit in der Firma ihres Vaters zu tun hatten, Schreiben von einer Versicherung, die letzte Handy- und Festnetzrechnung und ein paar Werbeprospekte.

In einem Seitenfach lag die schmale blaue Mappe mit seinen Kontoauszügen. Isabella zog sie heraus. Wegen der Gütertrennung hatte sie sich nie dafür interessiert, wie viel Geld Robert auf seinem Konto hatte. Bei dem Lebensstil, den er führte, konnte es eigentlich nicht allzu viel sein. Sie erwartete deshalb, einen beträchtlichen Sollbetrag zu finden. Das hätte auch erklärt, warum er sie am Sonntag mit dem fadenscheinigen Projekt vom Behinderten-Reiterhof anzupumpen versucht hatte. Natürlich hatte sie ihm keine Sekunde abgekauft, dass er tatsächlich so ein

Projekt ins Leben rufen wollte, obwohl er schon des Öfteren davon gesprochen hatte.

Sie schlug die Mappe auf und runzelte überrascht die Stirn. Roberts Konto zeigte 203.849,56 Euro Guthaben. Sie sah noch einmal genau hin, um sich zu vergewissern, dass sie nicht aus Versehen das Minuszeichen davor übersehen hatte. Woher hatte er so viel Geld? Sie wusste, dass ihr Vater Robert kein allzu üppiges Gehalt gezahlt hatte. Wenn Isabella ihm nicht hin und wieder gewisse Luxusgüter finanziert hätte, wäre er chronisch pleite gewesen. Er konnte diese Summe unmöglich angespart haben; ganz abgesehen davon, dass ihm Sparen überhaupt nicht lag.

Sie blätterte in den Kontoauszügen zurück und fand, was sie suchte. Die Summe von zweihunderttausend Euro war vor drei Wochen auf seinem Konto eingegangen mit dem Verwendungszweck »Darlehen«. Das Referenzkonto gehörte Veronica Ravenhorst. Er hatte sich das Geld von seiner Geliebten geliehen! Aber zu welchem Zweck? Ganz gewiss nicht für einen Reiterhof.

Sie legte die Mappe zur Seite und nahm den schmalen Ordner zur Hand, in dem Robert wichtige Dokumente aufbewahrte. Tatsächlich fand sie gleich zuoberst einen Kreditvertrag, der, wie sie glaubte, nachdem sie ihn überflogen hatte, juristisch wasserdicht war. Isabella empfand jetzt nur noch Wut und Empörung. Robert hatte es nicht nur gewagt, sich von der Frau, mit der er sie betrog, einen Haufen Geld zu leihen, sondern gleichzeitig auch noch seine Ehefrau um dreihunderttausend Euro anzubetteln. Was hatte er mit insgesamt einer halben Million Euro vorgehabt?

Natürlich kannte sie die Antwort. Er hatte sie, Isabella, verlassen wollen und brauchte das Geld, um sich auf eigene Füße zu stellen. Mit *ihrem* Geld hatte er die Trennung finanzieren wollen, um mit seiner Geliebten ein neues Leben zu beginnen.

Sie schleuderte den Ordner von sich und musste sich beherrschen, um ihren Hass nicht hinauszuschreien. Sie fegte alles auf den Boden, was auf den Tischen stand – sogar seinen Computer, den Drucker und das Telefon – und setzte ihr Zerstörungswerk fort, bis sie völlig außer Atem war. Heiße Tränen der Wut liefen über ihr Gesicht. Falls ihr Vater nicht schon Leute beauftragt hatte, um Roberts Zimmer auszuräumen, würde sie das selbst erledigen und jede Spur dieses Hallodris, dieses Betrügers, dieses Widerlings und Ehebrechers persönlich tilgen.

Und diese Schlampe, mit der er sie betrogen hatte, sollte keineswegs ungeschoren davonkommen. Selbst für den Fall, dass sie nichts mit Roberts Tod zu tun hatte, konnte ihr Isabella doch zumindest ein paar Unannehmlichkeiten bereiten. Nachdem sie sich wieder einigermaßen beruhigt hatte, rief sie bei der Kriminalpolizei an und ließ sich mit Hauptkommissar Zells Büro verbinden.

•

Leonie Speer, eine dynamische Mittdreißigerin mit kurzen blonden Haaren, kehrte gerade von ihrer Mittagspause ins Büro zurück, als Zell und Seifert vor ihrer Tür ankamen.

»Was kann ich denn heute für die Polizei tun, meine Herren?«, fragte sie grinsend und bat die beiden Beamten mit einer Handbewegung herein.

»Woran sehen Sie, dass wir von der Polizei sind?«, fragte Seifert amüsiert. »Wir tragen weder Uniform, noch haben wir Ihnen unsere Ausweise gezeigt.«

Leonie Speer deutete auf die Stühle vor ihrem Schreibtisch und nahm ihnen gegenüber Platz. »Ohne Sie beleidigen zu wollen, aber das macht der Stallgeruch, wenn Sie verstehen, was ich meine.«

»Durchaus«, antwortete Zell lächelnd.

Er hatte schon vor langer Zeit festgestellt, dass Polizei- und Kripobeamte, die mehrere Jahre im Dienst waren, eine ganz besondere Haltung hatten und auch eine ganz eigene Art sich zu bewegen und ihre Umgebung im Auge zu behalten. Leute wie Leonie Speer, die hin und wieder mit der Polizei zusammenarbeiteten, waren mit dieser Besonderheit vertraut. Ebenso eine gute Beobachterin wie Nica Ravenhorst.

»Sie haben vor einiger Zeit für eine Frau Isabella Asmund ihren Mann Robert Asmund überwacht«, begann Zell, nachdem er und Seifert sich vorgestellt hatten.

»Das ist richtig«, bestätigte die Detektivin und bot den beiden Beamten an: »Kaffee? Tee? Mineralwasser? Fruchtsaft? Espresso, Cappuccino, Latte?«

»Nein, danke«, wehrte Seifert ab. »Wir kommen gerade vom Mittagessen.«

»Na dann, der Fall Asmund liegt gerade mal vier Wochen zurück. War aber reine Routine. Die Ehefrau verdächtigte ihren Mann der Untreue, und dafür sollte ich Beweise finden.« Sie sah von einem zum anderen. »Worum geht es, wenn ich fragen darf?«

»Um den Mord an Robert Asmund«, erklärte Zell. »Seine Frau verdächtigt seine angebliche Geliebte. Da wir jeder Spur nachgehen müssen, hätten wir gern etwas mehr über Ihre Nachforschungen erfahren.«

»Sie werden doch wohl nicht von mir verlangen, Herr Zell, dass ich Ihnen vertrauliche Kundenfiles ohne richterlichen Beschluss aushändige oder deren Inhalt ausplaudere.« Leonie Speer klang sehr bestimmt. »Berufsethos. Das verstehen Sie hoffentlich.«

»Natürlich«, bestätigte Zell. »Aber hier geht es um Mord, Frau Speer. Und die Ergebnisse Ihrer Ermittlungen liefern möglicherweise ein Motiv, das uns auf die richtige Spur bringt.«

Sie nickte langsam. »Nun, ich verrate weder meinen Berufsethos noch die Interessen meiner Klientin, wenn ich Ihnen Folgendes sage: Ich habe bei meiner Observierung nicht den geringsten Beweis dafür gefunden, dass Robert Asmund mit der von Frau Asmund verdächtigten Veronica Ravenhorst alias Nicki Raven ein Verhältnis hatte. Meiner Meinung nach – was ich durch die Fotos, die ich gemacht habe, auch belegen kann – sind die beiden allenfalls gute Freunde, aber ich würde sie eher für lockere Bekannte halten. Allerdings war mein Auftrag von vorn herein auf nur eine Woche befristet. Frau Asmund war wohl der Meinung, das würde genügen.«

Sie zuckte mit den Schultern. »Rein theoretisch besteht die Möglichkeit, dass Ravenhorst und Asmund dennoch ein Verhältnis hatten, das sie zufällig in dieser Woche warum auch immer nicht ausgelebt haben. Ich persönlich glaube das aber nicht, denn am dritten Tag meiner Ermittlungen suchte mich eine Frau auf, die zwar ihren Namen nicht nennen wollte, aber darauf bestand zu erfahren, ob ich sie bei der Observierung von Asmund ›zufällig‹ fotografiert oder anderweitig bemerkt hätte.« Sie grinste flüchtig. »Sie betonte das Wort ›zufällig‹ in wirklich verdächtiger Weise.«

»Interessant«, fand Zell.

Leonie Speer nickte. »Noch interessanter dürfte für Sie sein, dass sie mir eine Menge Geld dafür geboten hat, dass ich etwaig vorhandene Aufnahmen von ihr vernichte. So etwas würde ich natürlich nie tun. Ich bin nicht auf diese Weise käuflich. Aber ich konnte der Dame versichern, dass ich keine Fotos vernichten kann, die ich gar nicht gemacht habe. Ich hatte sie tatsächlich auf keinem der Bilder von der Asmund-Observierung«, fügte sie hinzu und nahm damit Zells nächste Frage vorweg.

»Wie sah die Frau aus?«

»Mittelgroß, sehr schlank, dunkelblonde, schulterlange Haare mit hellen Strähnen, blaue Augen und ein kleines rotes Muttermal hier.« Sie tippte mit dem Finger gegen ihren linken Mundwinkel.

Auch ohne diesen letzten Hinweis war Zell klar, dass sie Bianca Holbeck beschrieb. Das warf ein ganz neues Licht auf die Sache. »Hatten Sie den Eindruck, dass die Dame fürchtete, durch Ihre Nachforschungen kompromittiert zu werden?«

Leonie Speer grinste. »Unbedingt«, war sie überzeugt. »Wenn Sie meine professionelle Meinung hören wollen: Ich bin mir sehr sicher, dass Asmund, falls er tatsächlich ein Verhältnis hatte, es mit dieser Frau hatte und nicht mit Nicki Raven. Natürlich war ich neugierig, warum die schöne Unbekannte so viel Wert darauf legt, in meinen Ermittlungen nicht aufzutauchen. Deshalb habe ich mir die Freiheit genommen herauszufinden, wer sie ist. Ich dachte, mich trifft der Schlag, als ich feststellte, dass es sich um Bianca Holbeck handelt, die Frau von Asmunds Schwiegervater. Falls sie und Asmund wirklich was miteinander hatten, dann muss ich Ihnen wohl nicht sagen, was für ein brisanter familiärer Sprengstoff das ist.«

»Oh Mann!«, stimmte Seifert zu.

Zell stieß nur scharf die Luft aus. »Aber Sie haben keinen Beweis für ein Verhältnis von Frau Holbeck mit Herrn Asmund?«, vergewisserte er sich.

Leonie Speer schüttelte den Kopf. »Hätte ich den, wäre er Bestandteil meiner Ermittlungen für meine Auftraggeberin, und in dem Fall würden die Informationen, die ich Ihnen gerade gegeben habe, unter meine Schweigepflicht fallen. Ohne richterlichen Beschluss hätten Sie keine Silbe darüber erfahren.«

Sie lächelte entschuldigend. »Ich vermute mal, dass Frau Asmund ahnungslos ihrer Stiefmutter gesteckt hat, dass sie ihren Mann der Untreue verdächtigt und überwachen lässt. Daraufhin bekamen die beiden – Asmund und Frau Holbeck – kalte Füße und haben die Finger voneinander gelassen. Zumindest außerhalb der Holbeck'schen Villa. Dass sie so dreist gewesen sind, ihre Affäre *in* der Villa auszuleben, wo sie jederzeit durch irgendeinen dummen Zufall erwischt werden konnten, kann ich mir ehrlich gesagt nicht vorstellen.«

Sie stand auf und zapfte sich einen Kaffee aus einer hochwertigen Maschine, die auch Espresso, Cappuccino und Latte Macchiato fabrizierte. »Sie wollen wirklich keinen?«, vergewisserte sie sich, und beide Männer schüttelten den Kopf. »Wie dem auch sei«, fuhr sie fort, nachdem sie wieder Platz genommen hatte, »mein Auftrag lautete nur, Asmund eine Woche lang zu überwachen, um herauszufinden, ob er seine Frau betrügt. Beweise habe ich dafür nicht gefunden. Dafür habe ich ihn bei etwas anderem ertappt. Da das nichts mit meinem Auftrag zu tun hat, sehe ich auch kein Problem darin, es Ihnen zu sagen.« Sie blickte die beiden Männer bedeutungsvoll an.

»Frau Speer, haben Sie Mitleid mit zwei ohnehin schon leidgeprüften Beamten und spannen Sie uns bitte nicht auch noch auf die Folter«, bat Zell, und sie lachte.

»Okay, okay. Er hat sich in dieser Woche – vom 12. bis 18. Juli – zwei Mal mit einem gewissen Frank Sassner getroffen, seines Zeichens Bauunternehmer und scharfer Konkurrent, um nicht zu sagen erbitterter beruflicher Feind von Gerhard Holbeck. Ich habe mir allerdings nicht die Mühe gemacht herauszufinden, worum es bei diesen Treffen ging, denn das gehörte nicht zu meinem Auftrag. Da Sie aber sagten, dass Herr Asmund ermordet wurde, könnte der Mord vielleicht damit zu tun haben.«

»Inwiefern?«, fragte Seifert interessiert.

»Sassner steht in gewissen Kreisen in dem Ruf, Verbindungen zur Unterwelt, genauer gesagt zum organisierten Verbrechen zu haben. Ob das stimmt, weiß ich nicht, es sind nur Gerüchte.«

»Die Sie wo gehört haben?«

Leonie Speer machte eine nichtssagende Handbewegung und trank einen Schluck Kaffee. »Ich war vor ein paar Monaten mit einer Ermittlung von Werksspionage betraut. Ein Architekt hier in Braunschweig war der Überzeugung, dass Sassner ihm einen preisverdächtigen Entwurf geklaut und als seinen eigenen ausgegeben hätte. Es ging um die Ausschreibung für den geplanten Anbau des Herzogin-Elisabeth-Heims. Fakt ist, dass Sassner die Ausschreibung und den damit verbundenen Preis gewonnen hat. Aber ich konnte keine Beweise dafür finden, dass er meinem Klienten den Entwurf tatsächlich geklaut hätte. Im Gegenteil konnte der nicht beweisen, dass er jemals einen solchen Entwurf fabriziert hat. Seltsam ist allerdings – und das halte ich nun absolut nicht für einen Zufall –, dass der einzige Angestellte meines Klienten ein paar Wochen später gekündigt und vierzehn Tage danach bei Sassner angefangen hat. Ich vermute, dieser Angestellte hat den Entwurf an Sassner verkauft und ihn auf dem PC seines Chefs gelöscht. Nur kann ich das nicht beweisen. Ebenso wenig, ob Sassner schon vorher von dem Datenklau wusste oder ihn sogar in Auftrag gegeben hat.«

Sie nahm einen weiteren Schluck Kaffee. »Jedenfalls habe ich im Zuge dieser Ermittlungen auch Erkundigungen über Sassner eingeholt. Er ist mit einer Italienerin verheiratet, die angeblich aus einer Mafiafamilie stammt. Aber auch dafür konnte ich keine Beweise finden. Ich gebe allerdings zu, dass ich nicht allzu gründlich nachgeforscht habe. Deshalb kenne ich nur die Gerüchte. Ob an denen was dran ist, müsste Ihre Abteilung für organisiertes Verbrechen doch bestimmt besser herausfinden können als ich.«

Zell nickte und blickte die Detektivin aufmerksam an. »Gibt es sonst noch etwas, das Sie uns sagen können?«

Leonie Speer lächelte liebenswürdig. »Nichts, was Ihnen weiterhilft, fürchte ich. Falls Sie noch meine Berichte und Fotos von der Asmund-Observierung haben wollen, besorgen Sie sich bitte einen richterlichen Beschluss dafür.«

Zell lächelte ebenfalls. »Wir kommen darauf zurück, falls es nötig sein sollte. Vielen Dank, Frau Speer. Sie waren sehr entgegenkommend.«

»Man tut, was man kann«, versicherte sie. »Und mit der Polizei versuche ich mich immer gut zu stellen.«

Sie geleitete die beiden Männer zur Tür und ließ gleich einen neuen Besucher ein, der ihnen gerade entgegenkam. Zell und Seifert gingen zum Parkplatz.

»Das ist ja ein Hammer«, fand Seifert, als sie wieder im Wagen saßen und zum Präsidium zurückfuhren. »Wenn Asmund tatsächlich was mit seiner Stiefschwiegermutter gehabt hat und auch noch hinter dem Rücken seines Schwiegervaters mit diesem Sassner Geschäfte machen wollte oder gemacht hat, dann können wir wohl davon ausgehen, dass Holbeck ausgerastet wäre, wenn er von einem von beiden erfahren hätte.«

Zell nickte. »Die Frage ist nur, ob er davon tatsächlich nichts weiß beziehungsweise wusste. So wie er sich heute Morgen verhalten hat, scheint er mir nicht der Typ zu sein, der aggressiv ausrastet. Dem traue ich eher zu, dass er seinen Schwiegersohn in dem Fall eiskalt auf die Straße gesetzt und seine Frau aus dem Haus geworfen hätte. Wir sollten uns diesen Sassner unbedingt mal genauer ansehen und vor allem mit Bianca Holbeck unter vier Augen reden.«

Immerhin hatte Leonie Speer Nica Ravenhorsts Behauptung bestätigt, dass sie und Asmund kein Verhältnis miteinander gehabt hatten, worüber Zell heute zum zweiten Mal erleichtert war. Allerdings führten die neuen Informationen zu einem ganz neuen Ansatz in Mordfall Asmund. Doch Zell verkniff sich jede Spekulation darüber, denn je mehr er spekulierte, desto mehr neigte er dazu, seine Ermittlungen unbewusst in die entsprechende Richtung zu lenken, um seine Annahme zu bestätigen. Also wartete er ab, was die Fakten zeigen würden, sobald er und das Team sie alle zusammengetragen hatten.

•

Silvia Schneider empfing ihre beiden Kollegen mit einem fröhlichen Gesicht, als sie ins Büro zurückkehrten, und schwenkte einen Computerausdruck. »Interessante Frau, diese Nicki«, meinte sie und las vor. »Vollständiger Name: Veronica Gillian Ravenhorst, geboren am 23. August 1970 in San Rafael, Kalifornien, USA, als Tochter von Monika Ravenhorst und Douglas Shepherd. Sie hat sowohl die amerikanische wie auch die deutsche Staatsbürgerschaft. Sie lebte mit ihren Eltern die ersten paar Jahre hier in Braunschweig, ehe die Familie 1975 nach Shiprock, New Mexico, übersiedelte. Dort blieb Frau Ravenhorst, bis sie vor zwei Jahren wieder nach Braunschweig zog.«

»Vor zwei Jahren«, wiederholte Zell nachdenklich. »Aber ihr Lokal hat sie erst vor einem halben Jahr eröffnet, wie sie sagte. Wovon hat sie während der ersten anderthalb Jahre gelebt? Und vor allem: Woher hatte sie das Geld für den Kauf von zwei Häusern und die Renovierung des Lokals?«

»Sie ist nebenbei noch Sachbuchautorin und hat ein hübsches Einkommen aus den sich daraus ergebenden Tantiemen.« Silvia legte ihm den Ausdruck auf den Tisch. »Den Rest kannst du selbst lesen. Was allerdings noch interessant ist«, fügte sie bedeutungsvoll hinzu, »Frau Ravenhorst hat Robert Asmund vor drei Wochen zweihunderttausend Euro überwiesen. Und bevor du fragst, woher ich das weiß: Isabella Asmund hat vor einer halben Stunde mordsmäßig empört hier angerufen und uns diese Entdeckung mitgeteilt, die sie gemacht hat, als sie die Sachen ihres Mannes ›sortierte‹, wie sie sich ausdrückte.« Silvia verzog angewidert das Gesicht. »Ich hatte vielmehr den Eindruck, dass sie es gar nicht erwarten kann, seine Spuren aus ihrem Leben zu tilgen.«

»Zweihunderttausend Euro!«, entfuhr es Seifert ehrfürchtig. »Wow! Verwendungszeck?«

»Darlehen. Mehr stand auf der Überweisung nicht, und auch der Kreditvertrag, den Frau Asmund gefunden hat, sagt darüber nichts aus. Und jetzt fragen wir uns natürlich, warum Frau Ravenhorst uns nichts davon gesagt hat«, stellte Silvia fest. »Ich habe mir in der Zwischenzeit das Band ihrer Befragung noch mal angehört und nebenbei gleich abgetippt. Sie hat alle Fragen überraschend offen und scheinbar ehrlich beantwortet, aber ausgerechnet diese wichtige Information hat sie verschwiegen.«

»Das ist in der Tat merkwürdig«, stimmte Zell ihr zu. »Wir werden Frau Ravenhorst noch mal darauf ansprechen.«

»Jedenfalls erklärt diese Transaktion auch seine Anrufe bei dem Anwalt, dessen Telefonnummer auf deiner Liste steht, Ralf. Einen privaten Kreditvertrag über eine solche Summe unterschreibt man nicht mal eben blind, ohne dass ein Anwalt ihn auf Haken und Ösen durchleuchtet hat. Ich würde es jedenfalls nicht tun. Und nein, ohne richterlichen Beschluss wird uns der Anwalt keine Silbe vom Inhalt dieses Vertrages preisgeben«, nahm sie Zells nächste Frage vorweg. »Den wir natürlich nicht bekommen werden, da das für den Fall bis jetzt irrelevant ist.« Silvia seufzte enttäuscht.

»Wem gehören die anderen Anschlüsse auf der Liste?«

»Holbecks Firma, einer Autowerkstatt, diversen Servicehotlines, einem Reiterhof und Asmunds Bank. Nichts was uns weiterbringt. Was habt ihr rausgefunden?«

Zell setzte seine Kollegin kurz davon in Kenntnis, was er und Seifert bei Leonie Speer erfahren hatten.

»Interessant«, fand auch Silvia. »Ich bin gespannt, was Frau Holbeck dazu zu sagen hat.«

»Wie sieht es mit den Informationen über Sassner aus?«, wollte Zell wissen. »Die scheinen mir doch langsam an Bedeutung zu gewinnen.«

»Ich bin noch dran, Ralf. Was die Sache mit dem Reithof für Behinderte betrifft, so ist nirgends im Umkreis von hundert Kilometern so ein Projekt geplant oder existiert bereits, geschweige denn, dass Asmund etwas damit zu tun gehabt hätte. Falls er tatsächlich derartige Pläne gehabt haben sollte, sind die nicht veröffentlicht worden. Auch bei den Behörden ist kein Antrag auf die Einrichtung einer solchen Einrichtung eingegangen.«

»Dann können wir wohl davon ausgehen, dass das nur ein Vorwand war, mit dem er seiner Frau Geld abschwatzen wollte«, vermutete Seifert und blickte Zell fragend an. »Wer von uns übernimmt jetzt was als Nächstes?«

»Du hörst dich mal an Asmunds Arbeitsplatz um. Diskret, versteht sich. Und du, Silvia, stellst weiter das Dossier über Sassner zusammen und beorderst bitte Bianca Holbeck morgen um zehn Uhr zur Befragung zu uns. Ich fühle mal Frau Ravenhorst auf den Zahn, warum sie uns das Darlehen verschwiegen hat.«

•

Als Zell seinen Wagen vor Nica Ravenhorsts Grundstück am Madamenweg 86 b parkte, trat sie gerade aus dem Haus. Sie trug verblichene Jeans und ein viel zu großes grünes T-Shirt. Ihm fiel sofort auf, dass sie barfuß ging, in einer Weise, als wäre sie daran gewöhnt. Der Garten rund ums Haus wirkte, soweit Zell ihn sehen konnte, beinahe verwildert wie eine bunte Blumenwiese mit einem Haufen Unkraut.

Nica Ravenhorst ging mit einem sichelförmig gekrümmten Messer in der Hand gezielt auf das zu, was er für Unkraut gehalten hatte, und begann, hier und da ein paar Pflanzen abzuschneiden, wobei sie eine ungewöhnliche Melodie sang, die Zell an Kriegsgesänge aus alten Indianerfilmen erinnerte. Er stieg aus, schloss den Wagen ab und ging zu ihr hinüber. Als sie ihn bemerkte, lächelte sie und hielt ihm den Strauß Pflanzen entgegen, von dem ihm ein würziger Duft in die Nase stieg, der ihn an die Provence erinnerte. Er schloss für einen Moment die Augen und atmete ihn tief ein.

»Zitronenmelisse, Pfefferminze, Lavendel, Frauenmantel, Salbei, Brennnessel und Thymian. Meine heutige Teemischung. Wollen Sie eine Tasse mit mir trinken, Herr Zell?«

»Sieht wie Unkraut aus«, stellte Zell fest, »aber es durftet verführerisch. Ich nehme die Einladung gerne an.«

Sie ging ihm voran zum Haus. »Was für den einen Unkraut ist, sind für einen anderen Heilpflanzen, die in einigen Kulturen sogar als heilig gelten.« Sie sah Zell direkt in die Augen. »Die Dinge sind nicht immer so, wie sie zu sein scheinen. Aber das haben Sie ja in Form dieses interessanten Gemäldes jeden Tag vor Augen.«

»In der Tat«, stimmte er ihr zu.

»Ich bin überrascht, Sie so schnell wiederzusehen, Herr Zell.«

Sie ließ ihn ins Haus, und Zell fühlte sich drinnen sofort von einer Atmosphäre der Wärme und Geborgenheit umfangen. Die Wände waren in Lindgrün und Ockergelb gestrichen, die Möbel aus Echtholz im Stil amerikanischer Ranchhäuser. An einer Wand im Wohnzimmer, in das Nica Ravenhorst ihn dirigierte, hing ein gewebter Wandteppich, dessen Muster indianisch aussah, und auf dem Boden lagen ähnlich aussehende Teppiche. Ein

Holztisch unter dem Fenster mit einer Sitzbank und Stühlen davor diente wohl als Essecke, und die Wände waren von oben bis unten mit Bücherregalen verstellt, nur unterbrochen von einer Couchgarnitur und einem Fernseher.

Zell musste unwillkürlich lächeln, denn so ähnlich sah es in seiner eigenen Wohnung auch aus. Mit dem Unterschied, dass es bei ihm nicht nach Kräutern duftete. Zwar konnte er aus dem Duftbouquet keinen speziellen Geruch identifizieren, aber es roch beinahe wie in einem Gewürzladen.

»Sehen Sie sich ruhig überall um, wenn Sie wollen. Ich koche uns inzwischen den Tee.«

Sie verschwand in der Küche, und Zell hörte sie gleich darauf singen, untermalt von den Geräuschen fließenden Wassers, dem Einschalten des Herdes und dem Klappern von Geschirr. Er trat an das nächstgelegene Bücherregal und studierte die Titel. Nica Ravenhorst hatte ihre Bücher sorgfältig geordnet nach einem Prinzip, das er ebenfalls anwandte: alphabetisch nach Sachgebieten beziehungsweise Genres und innerhalb dieser Kategorien nach Autorenalphabet. Außerdem besaß sie überraschend viele Bücher, die auch Zell in seinen Regalen stehen hatte. Allerdings waren Nica Ravenhorsts Bücher fast alle in Englisch geschrieben. Es berührte ihn seltsam, dass er offenbar einiges mit ihr gemeinsam hatte. Noch mehr berührte ihn das Gefühl von Vertrautheit, das er in ihrem Haus empfand.

Als er nach einer Weile in die Küche trat, wo Nica Ravenhorst gerade das dampfende Wasser über die Kräuter in einer bauchigen Tonkanne goss, die frappierend seiner eigenen ähnelte, entdeckte er auch die Ursache für den Gewürzduft im Haus. Unter der Decke hingen unzählige Kräuterbündel auf verschiedenen Leinen.

»Was machen Sie denn mit all diesen Kräutern?«, fragte er staunend. »So viele Gerichte können Sie doch in einem ganzen Jahr nicht kochen, um sie damit zu würzen.«

»Stimmt«, gab sie lächelnd zu. »Einen Teil verarbeite ich zu meinen persönlichen Teemischungen, einen anderen zu kosmetischen Salben und Seifen und den Rest zusammen mit verschiedenen Harzen, Rinden und sonstigen Zutaten zu Räucherwerk, das ich an einen Esoterikladen in der Innenstadt verkaufe. Ist ein kleines, aber feines Zubrot während der Frühjahrs- und Sommermonate.«

»Sie sind wirklich geschäftstüchtig«, musste er zugeben. »Das bringt mich direkt zu der Frage, die mich zu Ihnen geführt hat. Sie haben Robert Asmund ein Darlehen in beträchtlicher Höhe gegeben. Ich hätte gern gewusst wofür. Vor allem frage ich mich natürlich, warum Sie uns das bei unserem Gespräch heute Morgen nicht gesagt haben, Frau Ravenhorst.« Er blickte sie aufmerksam an, damit ihm keine ihrer Regungen entging.

Sie zeigte nicht das geringste Anzeichen von Schuldbewusstsein, sondern mildes Erstaunen. »Ehrlich gesagt habe ich in dem Moment gar nicht mehr daran gedacht. Geld ist für mich nicht so wichtig, Herr Zell. Und das sage ich nicht, weil meine Bankkonten überaus gut gefüllt sind. Mir kam es immer nur darauf an, dass ich genug verdiene, um davon leben und einen angemessenen Teil zurücklegen zu können. Aber ich scheine das Geld anzuziehen. Was ich auch anpacke, es wird ein finanzieller Erfolg, selbst wenn ich es nur zum Vergnügen tue wie das Singen mit der Band.«

Sie lächelte Zell offen an. »Ich stifte jedes Jahr einen Teil meiner Einnahmen karitativen Zwecken. Meine Altersversorgung ist bereits weitgehend gesichert, sodass ich ein Fünftel meines Jahreseinkommens dafür ausgeben kann. Letztes Jahr kam der ›Weiße Ring‹ in den Genuss. Sie wissen schon, der Verein, der Verbrechensopfern hilft. Dieses Jahr ist Mellifera e.V. dran, ein Verein, der sich für artgerechte Bienenhaltung stark macht. Ohne sie gäbe es keine Blumen oder Obstbäume und damit kein Leben auf der Welt. Und ich liebe Honig«, fügte sie augenzwinkernd hinzu.

»Sie sind sehr großzügig«, stellte Zell fest und fragte sich, ob ein Mensch mit einer so karitativen Ader tatsächlich einen kaltblütigen Mord begehen konnte. Die Antwort lautete natürlich ja, denn jeder Mensch hatte eine dunkel Seite, die nur den richtigen Auslöser brauchte, um in vollem Umfang auszubrechen. Sehr oft waren es gerade die sprichwörtlich »netten Typen von nebenan«, die dabei am gewalttätigsten vorgingen und denen ihre Umwelt eben das niemals zugetraut hätte.

»Ich kann es mir leisten, Herr Zell. Außerdem bin ich der Meinung, dass Wohlstand verpflichtet. Wer ihn hat, der sollte auch denen was abgeben, die weniger oder nichts haben beziehungsweise Geld für einen guten Zweck brauchen. Aus dem Grund bekommt auch die örtliche ›Tafel‹ die Lebensmittel aus dem Lokal, die wir laut Hygienevorschriften nicht mehr verwenden dürfen, die aber noch vollkommen in Ordnung sind.«

»Kommen wir auf das Darlehen zurück«, bat er. »Wofür wollte Herr Asmund es verwenden?«

»Das sagte ich Ihnen heute Morgen schon. Er wollte sich bei Sassner einkaufen. Jedenfalls hat er das behauptet.«

»Welche Sicherheiten hat er Ihnen dafür gegeben?«

»Sein Haus, sein Auto, seine Schaukelpferde«, zitierte Nica Ravenhorst leicht abgewandelt und in überaus ironischem Ton einen alten Werbespruch. »Okay, im Ernst. Ein Haus hatte er natürlich nicht, das gehört seinem Schwiegervater. Aber er hat sein Auto und seine beiden Reitpferde als Sicherheiten gestellt. Er fährt – fuhr einen Porsche 911 GT2. Das Ding ist neu fast zweihunderttausend Euro wert und selbst gebraucht noch gute hundertfünfzigtausend. Und seine Pferde – ein Irish Hunter und ein Vollblut-Araber – bringen zusammen auch noch mal über hunderttausend. Ich habe das natürlich alles vorher schätzen lassen. Ich hätte also in jedem Fall mein Geld zurückbekommen.«

»Warum hat er nicht bei einer Bank einen Kredit aufgenommen?«, überlegte Zell laut.

»Ich vermute mal wegen des Einflusses seines Schwiegervaters. Der kennt angeblich sämtliche Vorstandsmitglieder der hiesigen Banken. Einer von denen hätte dem alten Holbeck garantiert gesteckt, dass sein Schwiegersohn einen hohen Kredit aufnehmen wollte, was absolut nicht in Roberts Sinn gewesen wäre. Von seiner Frau, die ihm das Geld hätte geben können, hat er auch nichts bekommen, also hat er mich angepumpt.«

»Mit Erfolg.«

Sie nickte, während sie den Kräuterstrauß aus der Teekanne zog und den Deckel schloss. Sie stellte den Tee, Teebecher sowie Honig, Kandis und Milch auf ein Tablett und transportierte es ins Wohnzimmer. Zell folgte ihr und half ihr, die Sachen auf dem Esstisch abzuladen, ehe er sich auf einen Stuhl setzte, von dem aus er durch das Fenster auf den Garten hinter dem Haus blicken konnte – das reinste Feld von Kräuterbeeten, in deren Mitte ein kleiner Teich mit Seerosen lag.

Seine Gastgeberin schenkte ihm und sich Tee ein und nahm auf der Sitzbank ihm schräg gegenüber Platz. »Ich sagte ja schon, dass Geld mir nicht viel bedeutet«, antwortete sie ihm anschließend. »Ganz ehrlich: Selbst wenn ich die Zweihunderttausend nicht zurückbekäme, könnte ich sie verschmerzen. Es wäre zwar ausgesprochen ärgerlich, aber ich müsste deswegen nicht am Hungertuch nagen. Das war der Grund, warum ich ihm überhaupt eine so hohe Summe geliehen habe. Hätte ich mir weniger leisten können, wäre es weniger gewesen. Da ich einen rechtsgültigen Kreditvertrag habe, werde ich mir das Geld von den Erben zurückholen. Vielmehr lasse ich das meinen Anwalt erledigen, der den Vertrag damals aufgesetzt hat.«

Zell musterte sie nachdenklich. »Ich frage mich immer noch, warum Sie uns nicht von Anfang an von dem Darlehen erzählt haben«, insistierte er.

Sie lächelte entschuldigend. »Wie ich schon sagte habe ich, als ich vorhin bei Ihnen war, ganz ehrlich gar nicht an den Kredit gedacht. *Well, nobody 's perfect and shit happens.*«

Ihr perfektes Englisch machte ihm wieder bewusst, dass sie zur Hälfte Amerikanerin war. Wie er Silvias Dossier über sie entnommen hatte, besaß sie sowohl einen Waffenschein für ein Gewehr und eine Pistole wie auch einen Jagdschein. Sie konnte also mit Waffen umgehen.

Sie blickte ihn fragend an. »Was ist? Überlegen Sie, ob das Darlehen mir ein Motiv gibt, Robert umzubringen?«

»Der Gedanke ist mir in der Tat gekommen. Vielleicht wollten Sie Ihr Geld zurück, und er hat es Ihnen verweigert?«

Sie schüttelte mit einem leisen Lachen den Kopf. »Ich würde doch nicht die Kuh umbringen, von der ich noch Milch zu bekommen hoffe. Ich hätte auch in dem Fall die Sache meinem Anwalt übergeben. Außerdem würde ich nicht unbedingt eine Schusswaffe benutzen, wenn ich einen Menschen töten wollte.«

»Sondern?«, fragte Zell aufmerksam.

»Gift.«

Er lächelte leicht. »Die klassische Mordmethode der Frauen hätte ich Ihnen eher nicht zugetraut«, gestand er.

Nica Ravenhorst grinste. »Täuschen Sie sich nicht, Herr Zell. Ich bin eine hervorragende Schützin mit Revolver, Pistole, Gewehr, Pfeil und Bogen und auch ganz passabel mit einem Blasrohr. Ich habe schon unzählige meiner Fleischmahlzeiten selbst erlegt, abgezogen und ausgeweidet. Aber ich kenne auch mehrere Gifte, die absolut nicht nachweisbar sind. Und wenn ich schon jemanden umbringen würde, dann mit Sicherheit so, dass nicht mal nach einer Obduktion der Verdacht aufkäme, dass der oder die Tote nicht an einem natürlichen Herzversagen gestorben ist oder was auch immer das auserwählte Gift bewirkt. Mörder haben schließlich das Bestreben, nach Möglichkeit nicht erwischt zu werden.«

Zell blickte sie nachdenklich an und überlegte, ob sie nicht gerade ein indirektes Geständnis abgelegt hatte. Zwar war Asmund mit einer Pistole erschossen worden, aber wenn Nica Ravenhorst die Täterin wäre, hätte sie durchaus die Gelegenheit zum Mord gehabt und hatte auch davon ausgehen können, dass sie am Tatort mit größter Wahrscheinlichkeit nicht gesehen und demnach nicht erwischt werden konnte. Allerdings fehlte bis jetzt jedes erkennbare Motiv. Außerdem glaubte Zell rein intuitiv nicht an ihre Täterschaft. Davon durfte er sich natürlich nicht beeinflussen lassen. Am Ende zählten immer nur die beweisbaren Tatsachen.

»Darf ich fragen, woher diese Kenntnisse über Gifte stammen?«, erkundigte er sich aus reiner Neugier.

»Das meiste habe ich während meines Studiums gelernt. Ich bin promovierte Biologin, Ex-Honorarprofessorin der Universität Flagstaff, Arizona, und habe zwei Jahre im brasilianischen Urwald mit Forschungen über die Heilpflanzen der Indios verbracht. Das schließt Giftpflanzen mit ein, die in der sogenannten zivilisierten Welt noch kein Mensch kennt.«

Das stand allerdings nicht in Silvias Dossier. Er blickte Nica Ravenhorst an, als sähe er sie zum ersten Mal, und musste zugeben, dass er nicht ganz schlau aus ihr wurde. Diese Frau steckte voller Widersprüche. Kaum glaubte er, sie einigermaßen einschätzen zu können, überraschte sie ihn mit einer Eigenschaft oder einer persönlichen Information, mit der er nicht gerechnet hatte. Er erkannte, dass er mit jedem Gespräch, das er mit Nica Ravenhorst führte, mehr und mehr von ihr fasziniert war.

Nein, es war mehr als nur Faszination. Er fühlte sich zu ihr hingezogen, und zwar, wie er zu seiner profunden Verlegenheit feststellte, nicht nur geistig, sondern durchaus auch körperlich. Beunruhigt registrierte er, dass seine Objektivität bei Nica Ravenhorst nachzulassen begann. Normalerweise steckte er Menschen, die er im Rahmen eines Falles kennenlernte, nicht so schnell in eine Schublade, sondern versuchte stets, sie in ihrer Gesamtheit mit allen Facetten zu sehen. Deshalb rechnete er grundsätzlich damit, unerwartete Seiten an jedem zu entdecken. Jetzt ließ ihn diese langjährige Gewohnheit im Stich. Nica übte nicht nur eine Anziehung auf ihn aus, wie er sie nie zuvor erlebt hatte, sie begann auch, ihm auf unerklärliche Weise unter die Haut zu kriechen. Und genau das durfte einfach nicht sein. Energisch rief er sich zur Ordnung.

»Ich will Ihnen keineswegs zu nahetreten, Frau Ravenhorst, aber bei diesem Hintergrund wundere ich mich schon, wieso Sie hier in Braunschweig leben und in einem Lokal singen, auch wenn es Ihnen gehört.«

»Ich habe mir damit einen Jugendtraum erfüllt, Herr Zell. Mit dem Singen. Das Lokal ist nur das Setting, das es mir ermöglicht, das vollkommen unabhängig zu tun.« Sie lächelte. »Jeder Künstlerberuf birgt ein enormes Armutsrisiko, wenn man nicht gerade zum Star wird, was ich nicht vorhabe. Deshalb habe ich mir erst das notwendige finanzielle Polster geschaffen, bevor ich meine zweite Karriere startete. Allerdings habe ich das ursprünglich so gar nicht geplant. Es hat sich so ergeben.«

»Jetzt haben Sie mich neugierig gemacht«, gestand Zell. »Falls es kein Geheimnis ist, würde ich gern die ganze Geschichte hören.« Er trank einen Schluck Tee, der inzwischen weit genug abgekühlt war, und stellte fest, dass er hervorragend schmeckte. Dabei war Kräutertee sonst nicht seine Sache, aber die Mischung, die Nica – *Frau Ravenhorst!*, korrigierte er sich sofort – verwendet hatte, besaß ein ganz eigenes Flair.

»Mein Vater war Amerikaner, von Beruf Anthropologe, meine Mutter Deutsche und Musiklehrerin. Als mein Vater einen Forschungsauftrag im Navajo-Reservat erhielt, sind wir nach Shiprock in New Mexico übergesiedelt. Eigentlich wollte ich, solange ich denken kann, Berufsmusikerin werden. Sängerin. Aber ich bin im Reservat groß geworden, und meine beste Freundin ist die Tochter des traditionellen Heilers des Stammes oder Medizinmannes, wenn Ihnen das besser gefällt. Er besitzt ein Wissen über die Natur und vor allem auch über Heilpflanzen, das mich unglaublich fasziniert hat; besonders die Vorstellung, dass Unkraut«, sie deutete auf die Teekanne, »heilen kann. Ich habe ihm Löcher in den Bauch gefragt, und er hatte keine Probleme damit, mir, einer *bilagáana* – einer Weißen –, ebenso wie seiner Tochter sein gesamtes Wissen weiterzugeben. Damit hat er mich derart in seinen Bann gezogen, dass ich immer noch mehr lernen wollte. Also habe ich nach der Schule begonnen, Biologie mit Schwerpunkt Botanik zu studieren und meine Gesangskarriere auf später verschoben. Ich habe zwei Jahre lang im brasilianischen Amazonasdschungel geforscht und meine Doktorarbeit darüber geschrieben.«

Zell hörte ihr gebannt zu und versuchte, sie sich als kleines Mädchen in einem Indianerreservat und später als junge Frau im Dschungel vorzustellen. Es gelang ihm nicht. Trotz ihrer exotischen Ausstrahlung hatte er das völlig irrationale Gefühl, dass sie hierher gehörte. Dass *er* … Er unterdrückte den unerwünschten Gedanken und zwang sich, ihr weiter zuzuhören.

»Meine Doktorarbeit wurde zu einem dicken Buch, das sehr viel Beachtung fand und mir die Honorarprofessur bescherte. Dadurch kam ich auf die Idee, auch das Wissen, das der Vater meiner Freundin mir vermittelt hatte, in einem Buch zusammenzufassen. Mit seiner Erlaubnis, versteht sich.« Sie grinste. »Es wurde nicht nur ein einziges Buch, sondern gleich drei Bände, die auch noch regelrechte Bestseller geworden sind. Für die Diné – die Navajo – sind diese Bücher fast schon so was wie ein Stammesheiligtum. Allerdings ließ diese Arbeit, von der ich fühlte, dass ich sie einfach tun musste, mir wieder keine Zeit dazu, meinen Traum vom Singen wahrzumachen. Also musste ich ihn um ein paar weitere Jahre hinausschieben.«

Sie schenkte sich und Zell Tee nach. »Nachdem die Bücher fertig waren, stellte ich fest, dass sich eine gewisse Leere in mir ausbreitete und mir die Arbeit an der Universität keinen Spaß mehr machte. Als wäre mit der Veröffentlichung des letzten Buches meine Aufgabe als Botanikerin erfüllt gewesen. Was sie ja auch war. Also habe ich meinen Job an der Uni an den Nagel gehängt, bin in mich gegangen und habe meine weitere Zukunft geplant und vor allem auch die Frage geklärt, wo ich meinen künftigen Lebensmittelpunkt haben möchte.«

Sie trank einen Schluck Tee und lächelte versonnen. »Dass mein nächster Lebensabschnitt der Musik gehören würde, stand von Anfang an fest. Da meine *magic songs* in den USA nichts Besonderes sind, hier aber schon, habe ich beschlossen, nach Deutschland zurückzukehren und meinen Traum hier zu verwirklichen. Meine Eltern sind schon seit Jahren tot, und ich habe in Amerika keine familiären Bindungen. Für meine Diné-Freunde ist es ohnehin selbstverständlich, dass ich eine Zeitlang in der Heimat meiner Mutter leben muss, nachdem ich über dreißig Jahre fast ausschließlich bei ihnen gelebt habe. Andernfalls, meinen sie, würde meine Seele niemals wirklich ganz und eins mit sich selbst werden können. Aber ich gebe zu, dass mir der Abschied doch schwergefallen ist.«

Und mit Sicherheit hatte sie sich zumindest am Anfang so einsam gefühlt, wie Zell sich zunehmend häufiger fühlte. Möglicherweise erging es ihr immer noch so, da sie allein lebte. Spontan empfand er eine tiefe Verbundenheit mit ihr, die er sofort zu unterdrücken versuchte.

»Finanziell war das kein allzu großes Risiko«, fuhr sie fort und schien von seinem emotionalen Ungleichgewicht nichts zu bemerken. »Meine Bücher verkaufen sich immer noch bestens und werden ständig in irgendwelche anderen Sprachen übersetzt. Ich könnte, wenn ich wollte, ausschließlich und gar nicht mal schlecht von den Tantiemen leben. Außerdem habe ich nach dem Tod meiner Eltern deren bescheidenes Vermögen geerbt. Beides zusammen ist ein gutes Polster.«

Sie spielte mit dem Teebecher in ihren Händen. »Allerdings hatte ich Glück, denn das Konzept des *Magic Song* ist voll aufgegangen.« Sie lächelte heiter. »Auch wenn das jetzt vielleicht kitschig oder übertrieben klingt, es ist mir vollkommen ernst, wenn ich sage, dass ich mich beruflich als der glücklichste Mensch der Welt fühle. Und ich freue mich, dass ich durch meine Musik etlichen Menschen ein kleines bisschen von diesem Glück abgeben kann.« Sie sah ihm in die Augen. »Sie haben das ja auch schon gespürt.«

Er nickte. Wann immer er ihre Stimme auf den CDs hörte, die er gekauft hatte, oder sie wie heute Morgen live erleben konnte, fühlte er sich augenblicklich entspannt und wohl. Und nicht nur in diesen Momenten, wie ihm mit jeder Minute bewusster wurde, die er hier bei ihr verbrachte. Er sah sie unverwandt an und stellte fest, dass sich ihr Gesichtsausdruck veränderte.

Zunächst konnte er diesen neuen Ausdruck nicht deuten. Nach einer Weile erkannte er, dass der ein Spiegel seines eigenen sein musste, denn ihr Gesicht drückte dieselbe subtile Sehnsucht aus, gepaart mit einem unterschwelligen, aber dennoch spürbaren Verlangen, das er ebenfalls empfand. Er fühlte, wie sich zwischen ihnen eine Spannung aufzubauen begann, die unweigerlich zu dem führen würde, was nicht sein durfte, wenn er dem nicht augenblicklich einen Riegel vorschob.

»Besitzen Sie eigentlich eine Schusswaffe?«, wechselte er abrupt das Thema und erlebte den dadurch verursachten Bruch der Verbindung zwischen ihnen als überaus schmerzhaft. Natürlich kannte er die Antwort, aber er wollte prüfen, ob Nica ihm in diesem Punkt die Wahrheit sagte.

»Allerdings«, antwortete sie ruhig und ohne jede erkennbare Irritation. Falls ihr sein Rückzug ebenso unangenehm war, so ließ sie sich das nicht anmerken. »Ein Jagdgewehr Dakota 22 Sporter, Kaliber .22 und eine Pistole Colt Government, Kaliber 9 Millimeter. Registriert und mit Waffenbesitzkarte, wie es sich gehört.«

»Sie jagen?«

»Ab und zu. Ein Bekannter hat ein Jagdrevier gepachtet, und wenn ich mal wieder Lust auf frisches, selbst erlegtes Fleisch habe, lade ich mich bei ihm ein, und er nimmt mich mit auf die Pirsch. Vorausgesetzt es ist Jagdsaison.« Sie sah ihm offen in die Augen. »Ich erlege allerdings niemals mehr als nur ein einziges Stück Wild, und ich verbrauche es wirklich komplett, bis hin zu den Klauen oder Hufen, Zähnen, Eingeweiden und Knochen. Ich töte nicht aus Lust am Töten und erst recht nicht für Trophäen, sondern um zu essen.«

»Das könnten Sie auch einfacher haben, indem Sie sich Ihr Fleisch kaufen.«

Sie nickte. »Aber das ist nicht fair. Wenn ich Fleisch essen will und nicht bereit wäre, es selbst zu erlegen, ist das in meinen Augen Heuchelei. Ich ernähre mich zwar weitgehend vegetarisch, doch wenn mich die Lust auf Fleisch überkommt, übernehme ich auch in jeder Beziehung die volle Verantwortung dafür.« Sie zuckte mit den Schultern. »Das ist eins der vielen guten Dinge, die ich von den Diné gelernt habe.«

Zell blickte sie nachdenklich an. »Ich gebe zu, es fällt mir schwer zu verstehen, wie Sie all diese Aspekte unter einen Hut bringen. Sie sind gebildete Akademikerin mit einer ehemaligen Professur an der Universität, Forscherin, Jägerin, Autorin, Sängerin und Geschäftsfrau in einem.« Er schüttelte den Kopf. »Es erscheint mir völlig widersprüchlich, dass ein einziger Mensch derart unterschiedliche Betätigungsbereiche abdecken kann und auf jedem dieser Gebiete auch noch ausgesprochen erfolgreich ist.«

»Mit anderen Worten, Sie sind noch nie einem Menschen wie mir begegnet«, stellte sie schmunzelnd fest.

»Richtig. Würden Sie mir Ihre Waffen zeigen?«

»Damit Sie kontrollieren können, ob kürzlich daraus geschossen wurde«, vermutete sie akkurat. »Ob ich sie korrekt aufbewahre und ob vielleicht eine davon die Mordwaffe ist.« Sie stand auf und machte eine Kopfbewegung zur Tür hin. »Kommen Sie.«

Sie führte Zell in den Keller, und es wunderte ihn nicht, dass sie den nicht nur ausgebaut hatte, sondern dass sich hier unten auch ihr Arbeitsraum befand, in dem sie die erwähnten Salben, Seifen und Räuchermischungen herstellte. Der Duft, der aus diesem Raum drang, war betörend. In einem kleinen Abstellraum stand ein mit einem elektronischen Schloss gesicherter Waffenschrank, der mit mehreren dicken Schrauben unverrückbar an die Wand gedübelt war. Darin befanden sich, noch einmal mit gesonderten Schlössern in ihren Halterungen angekettet, die erwähnten Waffen. Nica machte sie los und reichte sie Zell. Die Art, wie sie das tat, bewies, dass sie tatsächlich mit deren Handhabung vertraut war. Er schnupperte daran und stellte fest, dass sie nach Waffenöl rochen und offenbar seit Längerem nicht mehr benutzt worden waren.

»Wo bewahren Sie die Munition auf?«

Sie schob ein an der Wand hängendes Rollbild zur Seite, hinter dem ein in die Mauer eingelassener Safe zum Vorschein kam, der ebenfalls ein elektronisches Zahlenschloss besaß. Dessen Öffnungscode war, wie Zell bemerkte, ein ganz anderer als der für den Waffenschrank. Im Safe lagen säuberlich gestapelt die Munitionsschachteln. Es handelte sich ausschließlich um Munition, die zu den beiden Waffen gehörte. Keine Makarov-PB-Munition.

Zell hatte nichts anderes erwartet. Nica war eine intelligente Frau. Falls sie tatsächlich jemals eine Straftat beging – oder begangen hatte –, wäre sie höchstwahrscheinlich schlau genug, sämtliche Beweise dafür zu vernichten, sie aber keinesfalls in ihrem Haus aufzubewahren.

»Vorbildlich«, lobte er, als sie die Waffen wieder wegschloss. »Wenn alle Waffenbesitzer ihre Schusswaffen so sorgfältig aufbewahren würden, gäbe es entschieden weniger Amokschützen an Schulen und anderswo«, war er überzeugt.

»Darauf lege ich großen Wert«, antwortete sie ernst. »Schließlich trage ich die Verantwortung für meine Waffen und auch für alles, was ein potenzieller Dieb mit ihnen anstellt, wenn ich sie derart nachlässig verwahrt hätte, dass er sie klauen konnte. Ich möchte nämlich nicht einmal indirekt einen Mord oder gar mehrere auf dem Gewissen haben.«

Sie kehrten ins Wohnzimmer zurück und setzten sich wieder an den Tisch.

»Um noch einmal auf das Darlehen zurückzukommen«, begann Zell. »Mir ist Ihr Motiv, Robert Asmund so viel Geld zu geben, immer noch nicht ganz klar. Einerseits behaupten Sie, er wäre nur ein normaler Stammgast gewesen. Ich kann mir allerdings nicht vorstellen, dass Sie jedem Stammgast, der Sie darum bittet, eine solch unbescheidene Summe leihen würden.« Er sah sie auffordernd an. »Waren da nicht doch Gefühle im Spiel, die über das normale Verhält von Stammgast zu Wirtin oder Sängerin hinausgingen?«

Sie schüttelte den Kopf. »Von meiner Seite aus war es wirklich eine rein geschäftliche Investition. Warten Sie, ich zeige Ihnen den Vertrag.«

Sie holte einen Aktenordner aus einem Regal, der die englische Aufschrift »Other Business« trug und in dem sie demnach wohl Geschäftsunterlagen aufbewahrte, die nichts mit dem Lokal zu tun hatten. Sie blätterte kurz darin und legte ihm den Ordner schließlich aufgeschlagen vor.

Der Kreditvertrag zwischen ihr und Asmund entsprach einem normalen Bankkredit und war von einem Anwalt aufgesetzt und als Zeuge gegengezeichnet. Es war vereinbart, dass Frau Veronica Ravenhorst Herrn Robert Asmund ein auf zehn Jahre befristetes Darlehen in Höhe von zweihunderttausend Euro gewährte zu einem Zinssatz von 3,5 % per anno, rückzahlbar in monatlichen Raten zu je 1987,50 Euro ab dem 1. September dieses Jahres. Im Falle eines Zahlungsverzugs von drei Monatsraten wäre die Gesamtsumme fällig oder würden ersatzweise die als Sicherheit gestellten Gegenstände – Auto und zwei Pferde – in das Eigentum von Frau Veronica Ravenhorst übergehen. Dem angehängt war bereits der Fahrzeugbrief von Asmunds Wagen.

»Wie Sie sehen, Herr Zell, hätte ich an der Rückzahlung des Kredits insgesamt 38.500 Euro verdient. Wissen Sie, was das Diné-Reservat mit so einer Finanzspritze alles anfangen könnte? Nach gegenwärtigem Kurs wären das ziemlich genau 51.000 Dollar. Je nachdem, wann ich die Summe jetzt zurückbekomme, werden immerhin noch die Zinsen für einen Monat oder zwei fällig, und das sind mindestens 583 Euro oder sogar das Doppelte. Falls Frau Asmund als seine Erbin darauf besteht, mir stattdessen tatsächlich Roberts Wagen und die Pferde zu überlassen und ich die bestmöglich verkaufen kann, bekomme ich unter dem Strich sogar noch erheblich mehr. Aber um Ihre Frage ganz konkret zu beantworten: Robert war zwar der erste und bisher einzige Stammgast, der mich um einen solchen Kredit gebeten hat, aber ich hätte und würde ein solches Darlehen fast jedem Stammgast zu denselben Konditionen gewähren. Sofern ich es mir leisten könnte – wie in diesem Fall – und ich das Gefühl hätte, dass ich mein Geld zurückbekomme und der betreffende Mensch nicht die Absicht hat, mich zu betrügen. Eine Garantie für Letzteres gibt es natürlich nicht.« Sie lächelte. »Ich habe allerdings nicht vor, den Geldverleih zur Gewohnheit zu machen. Allein schon deshalb nicht, weil meine Kapazität für größere Summen mit dem Kredit an Robert erschöpft ist.«

Zell klappte den Ordner zu und reichte ihn ihr zurück. Offenbar war es von Nicas – *Frau Ravenhorsts!* – Seite aus tatsächlich nur ein Geschäft gewesen ohne persönlichen Bezug zu Asmund. Er war darüber ausgesprochen froh. Er trank seinen Tee und stellte fest, dass der ihm mit jedem Schluck besser schmeckte. Falls Nicas Angaben stimmten – und seine langjährige Berufserfahrung sagte ihm, dass dem so war –, hatte sie tatsächlich kein Motiv für den Mord an Robert Asmund, aber jedes Interesse daran gehabt, dass er für die nächsten zehn Jahre höchst lebendig wäre. Von einem Toten konnte sie keine Darlehenszinsen mehr kassieren.

»Herr Asmund hat Ihnen gegenüber nicht zufällig mal erwähnt, ob er sich von jemandem bedroht fühlte?«

Nica schüttelte erstaunt den Kopf. »Sagten Sie nicht, er wäre einem Raubmord zum Opfer gefallen?«

»So sieht es aus.«

Sie blickte ihn fragend an, doch er hatte nicht vor, weitere Erklärungen abzugeben. Aber natürlich war sie intelligent genug, um selbst die richtigen Schlüsse zu ziehen.

»Vermuten Sie, dass das nur ein Manöver gewesen sein könnte, um Sie in die Irre zu führen und es in Wahrheit jemand ganz gezielt auf Robert abgesehen hat – hatte?«

»Die Möglichkeit können wir zum gegenwärtigen Zeitpunkt nicht völlig ausschließen«, gab er zu.

Sie stieß geräuschvoll die Luft aus und schaute nachdenklich auf die Tischplatte. »Also, ich hatte nie den Eindruck, dass er vor irgendetwas Angst hätte oder sich gar verfolgt fühlte. Aber wir haben meistens auch nur über Belanglosigkeiten geredet. Abgesehen von seinen anfänglichen Verführungsversuchen, bei denen er mit mir geflirtet hat, was das Zeug hielt. Nachdem er die aufgegeben hatte, war es nur noch Alltagsgeschwätz, das sich von seiner Seite aus darin erschöpfte, sich über seine entsetzliche Ehe und den bösen Schwiegervater zu beklagen.«

»Und worüber haben Sie mit ihm gesprochen?«, konnte Zell sich nicht verkneifen zu fragen.

»Darüber, dass ich manchmal die Wüste vermisse und die Mesas und die Weite des Diné-Landes.«

»Hier muss Ihnen doch alles völlig fremd sein, besonders die Mentalität der Menschen. Und Sie leben auch noch allein. Fühlen Sie sich nicht manchmal einsam?«, entfuhr es Zell unwillkürlich, und er hätte sich am liebsten die Zunge dafür abgebissen. Das würde seine Worte allerdings auch nicht ungesagt machen.

»Oh ja, manchmal«, gab Nica unumwunden zu und schien keinen Anstoß an seiner unziemlichen Neugier zu nehmen. »Zwar relativ selten, aber wenn es passiert, dann gründlich. In solchen Zeiten tue ich mir eine Weile schrecklich selbst leid, schwelge ausgiebig im Einsamkeits-Blues – und wandle den irgendwann in ein neues Lied oder ein paar Gedichte um, bis der Anfall vorbei ist. Ich bin allerdings lieber ab und zu einsam, als eine unbefriedigende Beziehung zu beginnen«, fügte sie nachdrücklich, beinahe schon vehement hinzu. »In dem Punkt bin ich sehr wählerisch und anspruchsvoll. Zwar kann man vorher nie wissen, ob eine Beziehung langfristig funktionieren wird, aber ich bin nicht bereit, etwas mit einem Mann zu beginnen, von dem ich von vornherein weiß, dass es auf die Dauer mit ihm nicht gut gehen wird, nur um eine Weile nicht allein zu sein. Da halte ich lieber meine Anfälle von Einsamkeit aus.« Sie sah ihn lächelnd an. »Wie handhaben Sie das?«

Er nickte. »Weitgehend genauso. Bis auf die Gedichte und Kompositionen. Ich vergrabe mich in dem Fall in ein gutes Buch oder auch mal einen guten Film. Aber –« Er brach ab und fragte sich, was er hier eigentlich tat. Er sprach mit einer Zeugin, möglicherweise sogar Verdächtigen, über persönliche, fast schon intime Dinge. Da er bereits zu seiner Zufriedenheit erfahren hatte, was er wissen wollte, war es an der Zeit zu gehen. Er stand auf.

»Aber manchmal ist die Sehnsucht übermächtig«, stellte Nica ernst fest und erhob sich ebenfalls. »Und wenn es so weit ist, lässt sie sich auch nicht mit einem Buch, Gedicht, Film oder mit Musik besänftigen, sondern tut einfach nur weh. Wenn man Pech hat, hält dieses Gefühl quälend lange an.«

»Ja«, bestätigte Zell und verspürte ausgerechnet jetzt eben diese quälende Sehnsucht, die sie so gut beschrieben hatte.

Sie war ihm so nahe, dass er nur die Hand auszustrecken brauchte, um sie zu berühren. Natürlich würde er das nicht tun, das wäre gegen jede Vorschrift. Außerdem hatte Zell sich bei seiner Arbeit noch nie von persönlichen Gefühlen beeinflussen lassen. Doch zwischen ihm und Nica gab es eine höchst angenehme Spannung, die mit jeder Sekunde wuchs, die er hier stehenblieb, anstatt zu verschwinden, wie er wollte und sollte.

Er machte einen Schritt, um zur Tür zu gehen und trat stattdessen auf sie zu. Diese unerträgliche Sehnsucht brachte die Stimme der Vernunft nachdrücklich zum Schweigen, ließ ihn die Hand heben und ihre Wange berühren, halb hoffend, halb fürchtend, sie würde sie zur Seite schlagen oder ihm sogar eine Ohrfeige verpassen. Sie tat beides nicht, sondern imitierte seine Geste mit einem ermutigenden Lächeln. Diese Berührung elektrisierte ihn von den Haarwurzeln bis zu den Zehenspitzen.

Er zog sie in seine Arme, küsste sie sanft und hatte das irrationale Gefühl, nach Hause zu kommen. Sie erwiderte seinen Kuss in einer Weise, die auch noch den letzten Widerstand in ihm zusammenbrechen ließ. Beinahe wünschte er sich, dass das Handy klingelte und diese Verzauberung zerstörte, wohl wissend, dass er das zutiefst bedauern würde. Doch das Handy schwieg, und so nahm die Sache ihren Lauf, die nicht sein durfte, die er jetzt aber um keinen Preis mehr stoppen wollte.

Nica schmiegte sich an ihn. Ihr Körper und ihr Duft fühlten sich so ungeheuer vertraut an, als hätte er sie schon oft im Arm gehalten. Sie strich ihm mit der Hand am Rückgrat entlang bis zum Steiß, was ihn unglaublich erregte. Er wehrte sich nicht im Geringsten, als sie seine Hand ergriff und ihn ins Schlafzimmer zog.

Wenig später hatten sie einander entkleidet und lagen auf dem schmalen Futonbett, das nach frischem Lavendel duftete.

Für einen Moment lebten in Zell Erinnerungen an die Provence auf, verblassten aber durch die Frau in seinen Armen, die ihm mit jeder Berührung und jedem Kuss zeigte, wie sehr sie ihn begehrte. Nicas Haut fühlte sich seidig und warm an und allein, sie zu streicheln, war wundervoll. Sie erwiderte jede seiner Zärtlichkeiten und gab ihm noch mehr davon zurück, ohne die geringste Scheu oder Unsicherheit, die sie auch nicht zeigte, als sie ihm schließlich ein Kondom überstreifte und ihm half, in ihre warme Tiefe einzutauchen.

Er seufzte leise und genoss jede Sekunde, nicht nur weil sein letztes Zusammensein mit einer Frau schon reichlich lange her war. Es machte einfach Spaß mit Nica, deren eigene Freude am Sex ihn zusätzlich stimulierte. Er konnte sich nicht daran erinnern, wann er zuletzt so glücklich gewesen war. Oder einen Orgasmus als derart befriedigend erlebt hatte wie mit ihr, zu dem ihn ihr eigener Höhepunkt anspornte, den sie mit einem leisen Schrei begleitete, ehe sie eine Weile später ins Kissen zurücksank und Zell innig umarmte.

Sie blieben noch mehrere Minuten ineinander verschlungen liegen, bis auch die letzten Wellen ihrer Ekstase abgeebbt waren, ehe er sich langsam aus ihr zurückzog und sich entspannt und zufrieden neben sie legte, mit einem Arm unter ihrem Kopf und der anderen Hand auf ihrem Bauch. Sie streichelte sanft seine Finger. Für eine Weile fühlte er sich einfach wunderbar, bis die Realität sich langsam und überaus schmerzhaft wieder in sein Bewusstsein drängte.

»Nica«, begann er bedauernd, doch sie legte ihm einen Finger auf die Lippen.

»Ich hoffe, du bereust es nicht«, sagte sie leise.

»Nein. Ja. Ich meine –«

Sie brachte ihn mit einem sanften Kuss zum Schweigen. »Keine Angst, Ralf, ich werde schweigen wie ein Grab«, versicherte sie.

»Nica, bitte missversteh mich nicht. Es war wunderschön mit dir, und ich bereue es keineswegs. Aber ich habe gerade eklatant gegen die Vorschriften verstoßen, und das und *nur* das bereue ich zutiefst. So was ist mir in meiner ganzen Laufbahn noch nie passiert. Ich hoffe, du hattest nicht den Eindruck, dass ich die Situation schamlos ausgenutzt habe.«

»Welche Situation?«, fragte sie verständnislos und schüttelte den Kopf. »*Hey man, we're consenting adults.* Ich meine, wir waren beide einverstanden, und keiner hat den anderen zu irgendwas gezwungen.« Sie sah ihm tief in die Augen. »Ich fand es auch unbeschreiblich schön mit dir, Ralf.« Sie strich ihm eine Strähne seines graumelierten, dunkelblonden Haares aus der Stirn. »Und ich würde das gern bei Gelegenheit wiederholen. Falls du Lust dazu hast.«

»Und ob!«, bestätigte er nachdrücklich.

»Ich gebe zu, dass ich den Tag kaum erwarten kann, an dem euer Fall abgeschlossen ist, damit du den Kopf frei hast für persönliche Dinge. Womit ich nicht nur Sex meine. Bis dahin begnüge ich mich mit dem, was du mir geben kannst und willst, und werde niemals mehr von dir verlangen.«

Ihr Verständnis war äußerst wohltuend und ließ ihn hoffen, dass dies tatsächlich nicht ihr letztes privates Zusammensein gewesen war. Er gab ihr einen Kuss. »Jetzt muss ich wirklich gehen.«

Seine Stimme drückte das tiefe Bedauern aus, das er darüber empfand. Doch ein Blick auf seine Armbanduhr zeigte ihm, dass er schon über eine Stunde hier war. Er stand auf und sah sich suchend um.

Nica deutete mit dem Finger zum Flur. »Erste Tür links.«

Er folgte ihrem Hinweis ins Bad, wo er sich als Erstes kaltes Wasser ins Gesicht spritzte und seinem Spiegelbild eine Grimasse schnitt. Seine graublauen Augen strahlten ihn regelrecht an. Was zum Teufel war nur in ihn gefahren, dass er alle Prinzipien und die notwendige professionelle Zurückhaltung so komplett ignoriert hatte? Es gab keine Entschuldigung dafür. Und egal wie schön es gewesen war, es war einfach falsch.

Das mit der Hoffnung gepaarte Gefühl, vielleicht endlich den Menschen gefunden zu haben, nach dem er so viele

Jahre vergeblich gesucht hatte, verhinderte jedoch, dass er das wunderbare Erlebnis mit Nica derart disqualifizieren konnte. Seufzend wusch er sich kurz und kehrte schließlich in ihr Schlafzimmer zurück, um sich anzuziehen. Sie schenkte ihm ein strahlendes Lächeln, das in ihm den Wunsch weckte, sie gleich noch einmal zu lieben.

»Ich wünschte, ich könnte bleiben«, sagte er bedauernd. »Aber ich hätte schon längst wieder im Präsidium sein müssen.«

Sie nickte. »Komm wieder, wann immer du willst, Ralf«, bot sie ihm an. »Du bist mir jederzeit willkommen. Bis halb fünf bin ich meistens hier und ab halb eins nachts in der Regel wieder zurück. Für alles andere hast du hier meine Telefonnummern.« Sie reichte ihm eine Visitenkarte. »Ich habe auch nichts dagegen, wenn du nur ganz profan zum Schlafen vorbeikommst. Einfach nur beieinander zu liegen und am Morgen gemeinsam aufzuwachen, finde ich nämlich auch wunderschön.«

»Das ist ein verlockendes Angebot«, fand er, steckte die Visitenkarte ein und verließ nach einem innigen Abschiedskuss ihr Haus.

Kaum war er draußen, sehnte er sich schon nach ihr zurück. Er schalt sich einen unverantwortlichen Idioten, kompletten Narren und Schlimmeres, denn er wusste nur zu gut, was für Folgen diese Eskapade haben könnte. Und doch wünschte er sich in diesem Moment nichts sehnlicher als eine Zukunft mit Nica.

Er seufzte tief, vertagte seine Selbstvorwürfe auf später und fuhr ins Büro zurück.

•

Immerhin hatte ihn wohl noch niemand vermisst, denn weder Seifert noch Silvia waren im Büro, als er zurückkehrte. Das gab ihm die willkommene Gelegenheit, seine Gedanken zu ordnen, bevor er seinen Kollegen gegenübertreten musste. Er fürchtete, dass man ihm an der Nasenspitze ansehen konnte, was er gerade getan hatte, und hoffte, dass es trotzdem niemandem auffallen würde. Mit eiserner Disziplin brachte er seine aufgewühlten Gefühle wieder unter Kontrolle und konzentrierte sich auf den Fall Asmund.

In einem Mordfall waren die ersten achtundvierzig Stunden, in denen alle Spuren noch relativ frisch waren, meistens die ergiebigsten, und Zell und sein Team hatten bereits eine Menge herausgefunden. Nur eine Spur zum Mörder ließ sich immer noch nicht entdecken. Also war der nächste Schritt zu überprüfen, wo sich die Menschen aus Asmunds unmittelbarem Umfeld zur Tatzeit aufgehalten hatten. Von Bianca Holbeck würde er das morgen erfahren, wenn sie ins Präsidium kam. Gerhard Holbeck und Isabella Asmund würde er danach befragen.

Lediglich von Nica wusste er es bereits. Der Gedanke allein genügte, um ein wahres Hochgefühl in ihm hervorzurufen. Ganz gleich, wie sehr er versuchte, seinen Verstand davon zu überzeugen, dass dieses bisschen Sex *nicht* der Beginn einer wunderbaren Beziehung oder überhaupt einer Beziehung sein konnte, sein Gefühl widersprach dem entschieden. Zwischen ihm und Nica existierte etwas, das über körperliche Anziehungskraft hinausging.

Sie schien ihn auch ohne viele Worte zu verstehen, und er glaubte, sie ebenfalls zu verstehen. Vor allem aber zogen ihn ihre Offenheit und ihre ausgeglichene Zufriedenheit an, die sie wie ein Mantel umgaben. Falls sich sein »Ausrutscher« – natürlich nur beruflich gesehen – tatsächlich zu einer Beziehung entwickeln sollte, würde er bei Nica bestimmt zur Ruhe kommen können. Ein berauschender Gedanke.

Der in diesem Moment von Seifert verscheucht wurde, der mit allen Anzeichen von Unmut ins Büro stürmte, dicht gefolgt von Silvia Schneider.

»Das glaubt man nicht!«, schnaufte er verächtlich und ließ sich auf seinen Stuhl fallen. »Wenn man den Aussagen der – nebenbei total eingeschüchterten – Angestellten von Holbeck

Glauben schenken würde, war der Asmund ein netter Kollege, bei allen beliebt, und hatte lauter Freunde und keine Feinde. Das erzählte mir *jeder* von denen in nahezu demselben Wortlaut. Ich fresse einen Besen, wenn Holbeck die nicht instruiert hat, genau das zu sagen. Die Frage ist nur, ob wir sie alle einzeln hierher vorladen, um die Wahrheit zu erfahren, oder diskret vorgehen.«

Er blickte Zell aufmerksam an, doch der starrte nur schweigend vor sich hin.

»He, Ralf! Wo zum Teufel bist du mit deinen Gedanken?«

»Das ist der Nach-Urlaubs-Koller«, meinte Silvia schnippisch. »Ralf wünscht sich mit Sicherheit gerade wieder zurück in die herrliche Provence, weit weg von unserem Mordfall.«

Nein, er wünschte sich zurück in Nicas Haus und vor allem in ihr Bett.

»Ja«, antwortete er schließlich mit einem gequälten Seufzen. »Es ist schließlich ein gewaltiger Kulturschock, von der sonnigen Provence nonstop direkt in einen Mordfall zu springen. Ich habe immer noch den Duft von Lavendel und Sonne in der Nase, und der steht in krassem Gegensatz zu unserem Fall.« Was nicht gelogen war, denn auch in Nicas Bett duftete es nach Lavendel und Sonne. »Also, wo waren wir gerade?«, versuchte er sich wieder auf seine Arbeit zu konzentrieren.

»Ob wir Holbecks Angestellte vorladen sollen, um sie einzeln in die Mangel zu nehmen.«

Zell schüttelte den Kopf. »Gegenwärtig würde das wohl nicht viel bringen. Im Bedarfsfall können wir das später immer noch tun. Silvia, wie sieht das mit den Informationen über Sassner aus?«

»Die liegen schon in deinem privaten Bermuda-Dreieck und warten auf Entdeckung.« Sie nickte zu Zells Schreibtisch hin.

Obwohl es darauf grundsätzlich so aussah, als herrsche das totale Chaos, weil Zell die Angewohnheit hatte, die hereinkommenden Akten und andere Schriftstücke scheinbar wahllos auf seinem Tisch aufeinander zu stapeln, hatte er dabei doch ein bestimmtes System und wusste ganz genau, was er wo hingelegt hatte. Wenn allerdings ein anderer etwas darauf legte, das er noch nicht gesehen hatte, dann konnte es tatsächlich passieren, dass er danach suchen musste.

Silvia winkte ab, als er sich mit gerunzelter Stirn auf dem Tisch umsah. »Ich gebe dir die Zusammenfassung mündlich. Sassner ist erfolgreicher Bauunternehmer, Holbecks schärfster Konkurrent und steht in Verdacht, Kontakte zur Unterwelt zu haben. Aber nichts Genaues weiß man nicht, und unsere Kollegen von der Abteilung Organisiertes Verbrechen können ihm nichts beweisen. Sie wissen nur, dass ein Cousin dritten Grades seiner Frau in Italien ein Laufbursche für die Mafia ist. Falls Sassner oder einer der hier lebenden Verwandten seiner Frau zu dem allerdings Kontakt haben sollten, dann so subtil, dass die Kollegen davon bis jetzt nichts mitbekommen haben. Nach außen hin ist Sassners Weste absolut sauber. Und ich habe mir schon die Freiheit genommen, einen Termin mit ihm zu vereinbaren. Er erwartet uns um Punkt sechzehn Uhr dreißig in seinem Büro in Wolfenbüttel.«

»Was täten wir nur ohne dich, Silvia«, lobte Zell.

»Das frage ich mich allerdings auch«, bestätigte sie grinsend.

Das Telefon klingelte, und die Pforte meldete einen Jonas Krämer, der Seifert in Sachen Robert Asmund sprechen wollte.

»Das ist einer von Holbecks Angestellten, den ich vorhin interviewt habe«, erklärte Seifert. »Muss ja verdammt wichtig sein, was er uns zu sagen hat, wenn er extra herkommt.«

Kurz darauf geleitete ein Beamter einen sympathischen Enddreißiger ins Büro, der alle Anzeichen von Nervosität und Zeitdruck zeigte.

»Ich müsste eigentlich schon längst auf der Baustelle sein, und wenn Herr Holbeck erfährt, dass ich hinter seinem Rücken mit Ihnen gesprochen habe, findet er garantiert irgendeinen Vorwand, um mir schnellstmöglich zu kündigen«, eröffnete er den Beamten, kaum dass er auf dem Stuhl saß, den Seifert ihm angeboten hatte.

»Ihr Chef scheint ja eine Seele von Mensch zu sein«, konnte Seifert sich nicht verkneifen ironisch zu bemerken.

»›Teufel in Menschengestalt‹ wäre treffender ausgedrückt«, bestätigte Krämer und entschuldigte sich sofort. »Tut mir leid. Ich sollte nicht die Hand beißen, die mich füttert, aber Robert ist, ich meine war ein guter Kumpel für mich. Es wäre übertrieben zu sagen, wir wären Freunde gewesen. Er war trotz allem der Schwiegersohn vom Chef, und wir anderen gehörten einfach nicht auf dieselbe Stufe, unabhängig davon, wie der Chef ihn behandelt hat. Wenn Sie verstehen, was ich meine. Ich will jedenfalls alles tun, was ich kann, damit Sie herausfinden, wer Robert umgebracht hat.«

Krämer sprach hastig, aber konzentriert. Er erweckte den Eindruck, dass ihm wirklich wichtig war, was er zu sagen hatte, er es gleichzeitig aber kaum erwarten konnte, das Präsidium wieder zu verlassen.

»Ihr Chef ist also eine miese Type und behandelt Sie alle dementsprechend«, brachte Seifert es auf den Punkt.

Krämer nickte. »Kann man so sagen. Der einzige Grund, warum ich und etliche andere nicht schon längst gekündigt haben, ist, dass die Jobs in unserer Branche momentan nicht auf der Straße liegen und wir es uns nicht leisten können, diesen zu verlieren. Also macht man seine Arbeit, schluckt alles runter und hält durch in der Hoffnung, dass sich irgendwann irgendwo was Besseres findet. Das heißt«, fügte er mit einem ironischen Schnaufen hinzu, »besser als bei Holbeck ist es garantiert überall.«

Seifert nickte verständnisvoll. »Was konkret wollen Sie uns denn nun sagen, Herr Krämer?«

»Dass der Chef Robert mitnichten als Stütze des Unternehmens betrachtet hat, wie er Ihnen vorhin weiszumachen versuchte. Das war eine glatte Lüge!« Krämers Stimme klang empört, beinahe wütend. »Er hat Robert wirklich wie den letzten Dreck behandelt, schlimmer als uns andere alle zusammen. Auf Robert hat er immer so richtig rumgehackt. Der konnte sich krumm legen, so viel er wollte, dem Chef war es nie recht. Der Alte hat sich sogar einen regelrechten Spaß daraus gemacht,

Robert zu schikanieren, dass man das schon getrost als Mobbing bezeichnen kann. Oder Bossing heißt das ja, wenn es der Chef tut.«

Krämer nickte nachdrücklich. »Robert ist – war ein wirklich guter Architekt, ehrlich gesagt der Beste von uns. Aber dem Chef war seine Arbeit nie gut genug. Wir – also Robert und ich – sind schon manchmal dazu übergegangen, dass ich Roberts Entwürfe als meine eigenen ausgegeben habe, wenn es Robert wirklich wichtig war, dass der Chef einen von ihm annimmt. Das hat meistens auch funktioniert. Roberts Ideen hat der Chef grundsätzlich immer abgelehnt und vor versammelter Mannschaft lächerlich gemacht.«

»Und das wissen alle anderen Angestellten auch?«, vergewisserte sich Seifert, und Krämer nickte. »Davon hat keiner von Ihnen etwas erwähnt, als ich vorhin bei Ihnen war.«

»Natürlich nicht!«, schnaubte der Architekt. »Holbeck hat uns heute Morgen dementsprechend geimpft, als er uns lapidar mitteilte, dass Robert tot ist und die Polizei uns wahrscheinlich befragen würde. Er hat uns detailliert vorgegeben, was wir Ihnen zu sagen hätten, und das haben wir getan. Wes' Brot ich ess', des' Lied ich sing'. Sie verstehen?«

Seifert, Zell und Silvia verstanden nur zu gut. Das deckte sich schließlich mit dem Ruf, den Holbeck in der Branche genoss, und dem, was Robert Asmund Nica Ravenhorst gegenüber erwähnt hatte.

»Jedenfalls«, fuhr Krämer fort, »haben Robert und der Chef sich regelmäßig gestritten, und zwar derart lautstark, dass wir alle es mitbekommen haben, auch durch verschlossene Türen hindurch. Die haben sich echt gehasst bis aufs Blut. Na ja, zumindest der Chef hatte von Anfang an einen Rochus auf Robert. Das war schon an Roberts erstem Tag in der Firma klar. Wissen Sie, wie der Chef ihn uns vorgestellt hat? Das war derart peinlich, das werde ich im Leben nie vergessen.«

»Da bin ich gespannt«, gestand Seifert und beugte sich interessiert vor.

Krämer warf sich in eine Pose, die akkurat Gerhard Holbecks Haltung und Gebaren imitierte, und zitierte: »›Das ist Ihr neuer Kollege, Robert Asmund, meine Herren.‹ – Die Damen hat er wie gewohnt ignoriert. – ›Unglücklicherweise ist er auch mein Schwiegersohn, aber das wird ihm nicht den geringsten Vorteil bringen, auch wenn er sich das erhofft hat. Hier zählt nur die Leistung, und ob er diesbezüglich etwas zu meiner Zufriedenheit zustande bringt, wird sich erst noch zeigen. Allerdings bezweifle ich, dass er überhaupt jemals etwas Vernünftiges fertigbringen wird, außer sich Beziehungen zu erschleichen, um zu schmarotzen.‹«

Krämer schüttelte den Kopf. »Mann, war uns das unangenehm! Und wie schon gesagt, von dem Tag an hat er Robert das Leben zur Hölle gemacht. Egal was der tat, wie sehr der sich ins Zeug legte, wie gut seine Arbeit wirklich war, der Chef hat ihn nur kritisiert und getriezt. Und das Schlimmste war, dass er sich regelmäßig einen perversen Spaß daraus gemacht hat, Robert vor uns allen wegen jeder Kleinigkeit zu demütigen.«

Das Verhalten, das Krämer beschrieb, korrespondierte nur zu perfekt mit der Art, wie Holbeck am Morgen die Nachricht von Asmunds Tod aufgenommen hatte.

»Mit welchen Worten genau hat er Sie heute Morgen von Herrn Asmunds Tod in Kenntnis gesetzt?«, wollte Seifert wissen.

»Kalt«, kam es wie aus der Pistole geschossen. »Eiskalt. Ich übertreibe nicht, wenn ich sage, dass dagegen sogar ein Eiswürfel noch eine gewisse Wärme besitzt. Er sagte wortwörtlich: ›Der schmarotzende Schandfleck unter uns ist endlich tot.‹ Wirklich, er hat ›endlich tot‹ gesagt! Wir wussten zunächst gar nicht, dass er Robert damit meinte. Erst als er angeordnet hat, dass Frau Sander Roberts Schreibtisch leer räumen soll, sobald die Polizei da gewesen wäre, haben wir begriffen, was los ist. Danach hat er uns instruiert. Zitat: ›Die Polizei wird irgendwann auftauchen und Fragen stellen. Sie werden betonen, dass Ihr Kollege bei allen beliebt war, gute Arbeit geleistet hat und keine Feinde hatte. Vergessen Sie das nicht, wenn Ihnen Ihr Job lieb ist.‹ Zitat

Ende.« Krämer schüttelte den Kopf. »Das war das erste Mal, dass der Chef behauptet hat, dass Roberts Arbeit gut war. Aber das war sie wirklich, glauben Sie mir. Immer und von Anfang an.« Er atmete tief durch und wirkte ehrlich erschüttert. »Natürlich haben wir gesagt, was er von uns verlangt hat, denn auch wenn der Job bei Holbeck mies ist und mies bezahlt wird, es ist der einzige, den wir haben, und wir brauchen ihn.«

»Daraus macht Ihnen niemand einen Vorwurf«, versicherte Seifert. »Immerhin hatten Sie den Mut, jetzt zu uns zu kommen und die Sache richtigzustellen. Gibt es sonst noch etwas, das Sie uns sagen können? Jede Kleinigkeit kann uns helfen. Hatte Herr Asmund wirklich keine Feinde in der Firma?«

Krämer schnaubte ungehalten. »Er hatte einen Feind, oh ja: Holbeck. So wie der ihn behandelt hat, geht man nur mit jemandem um, den man bis aufs Blut hasst. Ich habe manchmal schon gedacht, dass er Robert nur deswegen eingestellt hat, um diesen Hass jeden Tag an ihm auslassen zu können. Ach ja, und er hat Yvonne – Frau Sander – gefeuert, kaum dass Sie vorhin weg waren, Herr Seifert.«

Das überraschte Seifert. »Mit welcher Begründung?«

Krämer zuckte mit den Schultern. »Sie ist eine Seele von Mensch, sehr emotional und noch nicht allzu lange bei uns. Sie wäre wohl auch freiwillig bald wieder gegangen, glaube ich. Das Betriebsklima war ziemlich hart für sie. Jedenfalls hat sie ein bisschen geweint, als sie Roberts Schreibtisch ausräumte. Das hat der Chef mitbekommen und sie aus heiterem Himmel beschuldigt, mit Robert ein Verhältnis gehabt zu haben.«

Das war eine interessante These. »Stimmt das?«, erkundigte sich Seifert.

Krämer schüttelte den Kopf. »Das kann ich mir beim besten Willen nicht vorstellen. Selbst wenn Robert, der bestimmt kein Kind von Traurigkeit war, seine Frau betrogen hätte, dann ganz sicher nicht mit einer Kollegin. Das hätte der Chef garantiert irgendwann bemerkt, und *dann* wäre die Hölle los gewesen. Aber richtig!«

Andererseits hatte Asmund mit großer Wahrscheinlichkeit ein Verhältnis mit seiner Stiefschwiegermutter begonnen, was genau genommen noch dreister war.

»Können Sie sich vorstellen, Herr Krämer, dass Herr Asmund geplant hatte, ins feindliche Lager zu wechseln und sich mit der Sassner Bau GmbH zusammenzutun?«, erkundigte sich Zell.

Krämers Augen wurden groß. »Woher haben Sie das denn?«, fragte er beinahe erschrocken und stieß scharf die Luft aus. »Davon höre ich zum ersten Mal. Aber falls das stimmt …« Ein schadenfrohes Grinsen flog kurz über sein Gesicht. »Mann, das hätte dem Chef einen gewaltigen Schlag versetzt. Und nachdem er Robert neulich so richtig gemein behandelt hat, kann ich mir schon vorstellen, dass der endgültig die Schnauze voll hatte und es dem Alten mal so richtig zeigen wollte. Also, ja, ich halte das für möglich.«

»Ist ›so richtig gemein‹ die Steigerung von ›wirklich mies‹?«, vergewisserte sich Seifert.

Krämer nickte. »Mir fällt leider kein passender Vergleich ein, aber stellen Sie sich die verbal menschenunwürdigste und niederträchtigste Behandlung vor, die Sie sich denken können, dann dürften Sie eine ungefähre Vorstellung haben.«

»Wie sah die konkret aus?«

Krämer wand sich sichtbar. »Ich möchte das nicht unbedingt wiederholen müssen«, bat er. »Das war selbst für uns, die wir unfreiwillige Zeugen werden mussten, extrem unerfreulich.«

»Erzählen Sie es uns trotzdem«, bat Zell mit seinem gewinnendsten Lächeln. »Sie wollten uns doch helfen, Herrn Asmunds Mörder zu finden.«

Krämer zögerte und wurde rot. »Nun gut«, gab er schließlich nach. »Aber es war wirklich unangenehm. Also, der Chef … nein, ich muss das anders erklären. Robert hatte eine Idee für ein neues Baukonzept. Ein wirklich gutes. Ich würde sogar sagen, es ist echt brillant. Es gibt einen neuen Baustoff auf dem Markt, der zwar noch weitgehend unbekannt ist, aber die Baubranche revolutionieren wird. Er ist extrem leicht, extrem dämmfähig und extrem widerstandsfähig zugleich. Im Moment wird noch um die Lizenzrechte verhandelt.

Robert hat jedenfalls ein Haus mit Wänden aus diesem Stoff entworfen. Seiner Kalkulation nach konnte man durch diesen neuen Stoff die Kosten des gesamten Baus nahezu halbieren. Die Heizkosten der späteren Bewohner wären sogar um achtzig Prozent gesenkt worden. Er war überzeugt davon, dass das endlich etwas wäre, das in den Augen seines Schwiegervaters Gnade fände, weshalb er ihm den Entwurf persönlich vorgelegt und Herrn Holbeck empfohlen hat, sich die Lizenzrechte an dem Baustoff zu sichern.«

Krämer machte eine Pause und musste sich sichtbar überwinden weiterzusprechen. »Der Chef hat den Entwurf durchgesehen und schallend gelacht. Anschließend hat er sich mit Robert im Schlepptau mitten ins Büro gestellt – wir arbeiten in einem Großraumbüro –, mit dem Entwurf gewedelt und total gehässig verkündet, Zitat: ›Dies ist die neueste Narretei meines nichtsnutzigen Schwiegersohnes, mit der er seine Zeit und damit mein Geld verplempert hat.‹ – Und was er sonst noch gesagt hat, waren Beleidigungen, die ich hier nicht wiederholen werde«, fügte er vehement hinzu. »Dann hat er Roberts Entwurf vor seinen und unseren Augen zerfetzt und Robert angebrüllt, dass er ein Versager wäre und dergleichen mehr. Glauben Sie mir, es hätte nicht viel gefehlt, und die beiden hätten sich geprügelt. Ich hatte das Gefühl, dass der Chef es darauf angelegt hat, Robert genau dazu zu provozieren. Aber bevor es soweit kam, ist Robert aus dem Büro gestürmt und hat sich den restlichen Tag nicht mehr blicken lassen.«

»Wann ist das passiert?«

Krämer überlegte kurz. »Ungefähr vor vier oder fünf Wochen. Eher fünf.«

Asmund hatte sich vor drei Wochen das Geld von Nica Ravenhorst geborgt. Das passte.

»Aber das Mieseste kommt erst noch«, fuhr Krämer fort. »Nachdem Robert das Büro verlassen hatte, ist Holbeck an dessen Computer gegangen und hat sich den angeblich ach so lächerlichen Entwurf kopiert, bevor er ihn von Roberts Festplatte gelöscht hat. Ich weiß es zwar nicht mit Sicherheit, aber es sieht so aus, als wäre er Roberts Rat gefolgt und hätte sich tatsächlich eine Lizenz an dem neuen Baustoff gesichert. Jedenfalls hing vorhin, als ich das Büro verlassen habe, Roberts Entwurf an Holbecks Pinwand. Falls er das Projekt wirklich durchzieht, bringt ihm das Prestige und eine Menge Geld. Aber Robert, wenn er noch lebte, hätte davon natürlich keinen Cent gesehen. Darauf können Sie wetten.« Krämer sah auf die Uhr und sprang auf. »Ich muss jetzt wirklich los, sonst bekomme ich Ärger. Falls Sie noch Fragen an mich haben sollten, rufen Sie mich auf keinen Fall in der Firma an. Hier sind meine Privatnummern.« Er legte seine Visitenkarte auf den Tisch, schüttelte allen reihum hastig die Hände und verließ beinahe im Laufschritt das Büro.

»Also«, meinte Silvia gedehnt, kaum dass er fort war, »dieser Holbeck muss ja wirklich ein Mistkerl sein.«

»Leider ist das nicht strafbar«, stimmte Zell ihr zu. »Aber was wir gerade gehört haben, ist überaus aufschlussreich. Ich glaube, wir müssen Isabella Asmund noch mal intensiver nach ihrer Ehe und vor allen Dingen dem Verhältnis zwischen ihrem Mann und ihrem Vater befragen.«

»Was hast du eigentlich bei Nicki über den Kredit erfahren, den sie Asmund gegeben hat?«, wollte Seifert wissen.

Zell machte eine wegwerfende Handbewegung. »Frau Ravenhorst«, er gratulierte sich dazu, dass ihm nicht versehentlich ihr Vorname herausgerutscht war, »konnte mir glaubhaft versichern, dass sie tatsächlich nur vergessen hat, uns heute Morgen davon zu erzählen und versicherte ebenfalls glaubhaft, dass der Kredit für sie eine rein geschäftliche Angelegenheit war.«

Seifert schnaufte ironisch. »Und das glaubst du ihr? Also zweihunderttausend verliehene Mäuse würde *ich* garantiert nicht vergessen!«

»Du hast auch keine zwei Millionen auf der hohen Kante«, beschied ihm Silvia.

»Wie bitte?«, sowohl Seifert wie auch Zell glaubten sich verhört zu haben.

Sivlia nickte nachdrücklich. »Ich habe zufällig in Erfahrung gebracht, dass Frau Ravenhorst tatsächlich so viel besitzt. Da ist der Wert ihrer Immobilien noch nicht mit eingerechnet. Soweit ich feststellen konnte, hat sie ihr Vermögen ganz legal erworben. Einen Teil hat sie von ihrem Vater geerbt und dieses Geld sowie den größten Teil ihrer Tantiemen sehr gewinnbringend angelegt. Außerdem ist das Restaurant tatsächlich eine Goldgrube. Jedenfalls dürften für Frau Ravenhorst zweihunderttausend Euro vielleicht nicht gerade Peanuts sein, aber nahe dran.«

»Und wie hast du das ›zufällig‹ in Erfahrung gebracht?«, fragte Zell streng, denn Silvia war berüchtigt dafür, dass sie nicht immer den Dienstweg einhielt und sich solche Informationen auch schon mal auf Pfaden verschaffte, die keineswegs von den Vorschriften abgedeckt wurden. »Du warst doch nicht etwa indiskret?«

»Ich nicht«, antwortete sie mit Unschuldsmiene, »aber ich habe einen Angestellten der Bank telefonisch becirct, bei der Frau Ravenhorst ihre Konten hat. Der ließ sich gegen das Versprechen, mit ihm essen zu gehen, von mir nur zu gern zu gewissen Indiskretionen verleiten.« Sie grinste. »Essen gehe ich mit ihm. Man muss ja schließlich sein Wort halten. Aber mehr bekommt er nicht.«

Zell schüttelte nur den Kopf. »Ich habe unter anderem vorhin festgestellt, dass Frau Ravenhorst ein für unsere Begriffe etwas unkonventionelles Verhältnis zum Geld hat«, ergänzte er.

»Beneidenswert«, fand Seifert. »Verdammt, ich habe den falschen Beruf.« Er schnitt eine Grimasse. »Gut, das mit dem Kredit ist also geklärt. Jetzt bin ich mal gespannt, was dieser Sassner zu sagen hat.«

•

»Nennen Sie in meiner Gegenwart nicht den Namen Robert Asmund«, verlangte Frank Sassner ungehalten, nachdem Zell und Silvia den Grund ihres Besuchs vorgebracht hatten. »Der soll sich hier bloß nicht noch mal blicken lassen!«

»Das wird er garantiert nicht tun«, versicherte ihm Zell. »Herr Asmund ist tot. Er fiel Sonntagabend einem Gewaltverbrechen zum Opfer.«

Sassner, ein rundlicher Endfünfziger, dessen rotes Gesicht davon zeugte, dass sein Blutdruck entschieden zu hoch war, starrte ihn mit offenem Mund schockiert an. Er ließ sich in den Sessel hinter seinem Schreibtisch fallen, aus dem er sich erhoben hatte, um Zell und Silvia zu begrüßen. Mit einer Handbewegung bot er den beiden Beamten ebenfalls Platz an.

»Er ist tot?«, vergewisserte er sich schließlich und schüttelte ungläubig den Kopf. »Wer hat ihn ermordet?«

»Das wissen wir noch nicht«, antwortete Silvia. »Wir hatten gehofft, dass Sie uns vielleicht einen Hinweis dazu geben könnten. Nach unseren Informationen wollte er sich in Ihre Firma einkaufen. Ist das korrekt?«

Sassner nickte heftig. »Allerdings! Der Gesellschaftervertrag war bereits fix und fertig, und Asmund hätte nur noch zu unterschreiben brauchen. Und danach natürlich die vereinbarte halbe Million Euro einzahlen müssen. Aber einen Tag vorher – das müssen Sie sich mal vorstellen – einen einzigen Tag vorher springt er plötzlich ab und lässt die ganze Sache platzen.«

»Weshalb Sie stinksauer auf ihn sind«, stellte Silvia trocken fest.

»Verdammt richtig, junge Dame! Ich bin nicht nur stinksauer, ich bin mordsmäßig wütend auf den Kerl! Seine Investition war bereits fest verplant für zwei neue Projekte, die ich seinetwegen vorläufig auf Eis legen musste. Sie machen sich ja gar keinen Begriff davon, was für ein Verlust das für meine Firma ist. Von dem dadurch erlittenen Imageverlust in der Branche ganz zu schweigen!« Er schnaufte ungehalten.

»Was hat Herr Asmund als Begründung für seinen Schritt angegeben?«, wollte Zell wissen.

»Nichts!«, grollte Sassner. »Das ist ja noch die zusätzliche Unverschämtheit! Der Kerl besaß nicht mal den Anstand, mir wenigstens das zu sagen. Er rief einfach an und teilte mir aus heiterem Himmel mit, er hätte es sich überlegt, und aus unserer Zusammenarbeit würde nichts. Leider hatte er da den Vertrag noch nicht unterzeichnet, sodass ich keine rechtliche Handhabe gegen ihn hatte. Sonst hätte ich ihn in Regress genommen und ihm das Fell über die Ohren gezogen! Glauben Sie mir!«

Zell und Silvia zweifelten keine Sekunde an seinen Worten.

»Haben Sie wenigstens eine Vermutung, weshalb Herr Asmund abgesprungen ist?«, erkundigte sich Silvia.

»Und ob!«, kam es wie aus der Pistole geschossen. »Das war von Anfang an ein abgekartetes Spiel, da bin ich mir sicher. Holbeck ist mein schärfster Konkurrent und trachtet schon lange danach, mich restlos fertigzumachen. Wenn ich jetzt nicht schnellstens einen neuen Investor finde und mit dem die Projekte durchziehen kann, wird es verdammt eng für mich.« Er ballte die Fäuste.

»Verstehe ich Sie richtig, dass Sie vermuten, Herr Asmund hätte Sie im Auftrag seines Schwiegervaters zu Investitionen verleitet, nur um Ihnen danach die Unterstützung zu entziehen, um Sie damit bewusst zu schädigen?«, vergewisserte sich Zell.

Sassner nickte grimmig. »Natürlich! Das war doch für die beiden der perfekte Coup! Asmund tut so, als hätte er sich mit dem Alten endgültig überworfen, schmiert mir Honig ums Maul, dass er sich mit mir zusammentun und den Alten gemeinsam mit mir fertigmachen will, leiert Projekte an, und kaum habe *ich* allein investiert, kneift er.« Er warf Silvia und Zell einen bitteren Blick zu. »Ich sage es Ihnen gerne noch mal: Wenn ich nicht schnellstens Geld auftreibe, ist das möglicherweise mein Ruin. Und das ist genau das, was Holbeck seit Jahren zu erreichen versucht. Ich wette, er und Asmund haben sich kaputtgelacht über mich.«

Zell und Silvia warfen einander einen bedeutsamen Blick zu. Zwar hätte die Sache tatsächlich so gelaufen sein können, aber eine Tatsache sprach dagegen. Robert Asmund hatte sich von Nica Ravenhorst Geld geliehen und auch seine Frau anzupumpen versucht. Hätte er tatsächlich mit seinem Schwiegervater unter einer Decke gesteckt, um Sassner zu schädigen, hätte Asmund gar kein Darlehen gebraucht, sondern nur behaupten müssen, das erforderliche Geld zu besitzen. Und wenn er etwas hätte vorweisen müssen, hätte sein Schwiegervater ihm etwas geben können.

»Wann genau hat Herr Asmund diesen Rückzieher gemacht?«, erkundigte sich Zell.

»Freitag vor einer Woche. Seitdem habe ich von dem Scheißkerl nichts mehr gehört.«

Und zehn Tage danach war Asmund ermordet worden.

»Wo waren Sie am Sonntagabend zwischen elf Uhr und Mitternacht, Herr Sassner?«, wollte Zell wissen.

Sassners Augen wurden groß, und auf seiner Stirn begann eine Ader zu pochen. »Verdächtigen Sie mich etwa, *ich* hätte Asmund umgebracht?«, fuhr er lautstark auf.

»Aber nein, Herr Sassner«, widersprach Zell vollkommen ruhig. »Das ist eine reine Routinefrage, die wir jedem stellen, der mit Herrn Asmund zu tun hatte. Also wo waren Sie?«

»In der Pizzeria meines Schwagers. Das *Squisito* in der Harzstraße. Wir haben bis vier Uhr morgens mit der ganzen Familie seinen Geburtstag gefeiert. War's das jetzt endlich? Ich habe zu arbeiten.«

»Eine letzte Frage noch, Herr Sassner. Besitzen Sie eine Schusswaffe?«

»Ja, drei Gewehre. Ich bin Jäger. Und für jedes Einzelne habe ich eine Erlaubnis. Können Sie gern überprüfen.«

»Werden wir«, versicherte Zell und erhob sich. »Das war es schon für heute. Sollten wir noch Fragen haben, melden wir uns. Auf Wiedersehen, Herr Sassner.«

»Lieber nicht!«, brummte Sassner und ließ Zell und Silvia von seiner Sekretärin hinausbegleiten.

»Der macht ja aus seinem Herzen wahrlich keine Mördergrube«, stellte Silvia fest, als sie die Firma verlassen hatten und wieder im Auto saßen. »Dir ist natürlich auch aufgefallen, dass er ein verdammt gutes Motiv für den Mord hat, nicht wahr, Ralf?«

»In der Tat. Falls das Gerücht über seine Kontakte zum organisierten Verbrechen stimmt, dann braucht er nicht mal selbst geschossen zu haben, sondern kennt garantiert jemanden, der jemanden kennt, der ihm einen Auftragsmörder vermitteln kann. Und auf den eigentlichen Täter haben wir immer noch nicht den geringsten Hinweis. Es ist zum Auswachsen!«, fuhr er ungewohnt heftig auf.

Silvia blickte ihn erstaunt an. »Mensch, Ralf, was ist denn los mit dir? Du bist doch sonst nicht so ungeduldig.«

Er konnte ihr unmöglich erzählen, dass er es gar nicht erwarten konnte, dass der Fall endlich abgeschlossen war. Denn bis dahin konnte und durfte er eigentlich keine Beziehung mit Nica beginnen. Doch dafür war es schon zu spät. Er sehnte sich nach ihr mit einer Heftigkeit, die er nie für möglich gehalten hatte und die so gar nicht zu seinem sonst überaus beherrschten Wesen passte.

»Nach-Urlaubs-Koller«, redete er sich heraus und fragte sich, wie lange er diese Ausrede noch ins Feld führen konnte, ohne unglaubwürdig zu werden. Wohl nicht mehr sehr lange, denn Silvia warf ihm einen misstrauischen Blick zu.

»Der scheint dich in diesem Jahr aber verdammt heftig erwischt zu haben«, stellte sie fest und ließ die Sache damit zum Glück auf sich beruhen.

Als sie wenig später ins Büro zurückkehrten, war es sechs Uhr, und Zell knurrte schon seit einiger Zeit der Magen. Doch er vergaß seinen Hunger augenblicklich beim Anblick von Janna Arnold, die Uwe Seifert gerade einen Computerausdruck gereicht hatte.

»Ah, da seid ihr ja«, begrüßte sie Zell und Silvia. »Ich habe eine mögliche Spur zu eurem Täter, die aber extrem vage ist, wie ich zugeben muss.«

»Wir sind ganz Ohr«, versicherte Zell und blickte sie gespannt an.

»Also, die Makarov ist noch nie irgendwo bei einem Verbrechen benutzt worden. Leider. Auch Interpol hat sie nicht in der Datenbank. Aber: Es gibt vermutlich einen Mörder, der seit ungefähr fünf Jahren im gesamten Bundesgebiet sein Unwesen treibt und seine Opfer ausschließlich mit einer Makarov PB tötet. Das BKA vermutet zumindest, dass es sich erstens immer um denselben Täter handelt, weil sein Modus Operandi immer derselbe ist, und er zweitens ein Auftragskiller sein muss, der für jeden Auftrag immer wieder eine neue Waffe benutzt.«

»Wie der Sohn des Drachen«, warf Silvia ein und ergänzte auf die verständnislosen Blicke ihrer Kollegen: »*Crying Freeman, der Sohn des Drachen.* Der Film mit Mark Dacascos. Darin spielt er einen japanischen Auftragskiller, der für jedes Attentat eine neue Waffe benutzt, die er unmittelbar nach der Tat vernichtet, damit es keine Spur zu ihm gibt.«

Silvia war bekennender Fan von Actionfilmen und kannte wohl jeden, der jemals gedreht worden war. Ihr Urteil über die meisten war allerdings vernichtend.

Janna Arnold nickte. »So handelt dieser Serienmörder wohl auch. Allerdings ist das reine Spekulation, denn es gibt keinen Hinweis auf seine Identität. Da die auf diese immer gleiche Weise Ermordeten größtenteils aus dem kriminellen Milieu stammten, geht das BKA davon aus, dass die Theorie mit dem Auftragskiller zutrifft, der exklusiv für das organisierte Verbrechen arbeitet.«

Zell und Silvia blickten einander an.

»Sassner«, vermutete Silvia. »Das würde passen.«

»Weil in allen Fällen eine Makarov benutzt wurde, vermutet das BKA außerdem, dass er Russe oder sonstiger slawischer Herkunft ist«, ergänzte Janna Arnold, »aber nichts Genaues weiß man nicht.« Sie nickte ihnen zu. »Das war's für heute, Leute. Ich habe noch etliche Spuren auszuwerten.«

»Irgendwas Neues bezüglich der Spuren von der Bushaltestelle?«, fragte Silvia.

»Nichts. Und ich mache mir auch keine Hoffnungen, dass wir da was Brauchbares finden. Falls es sich tatsächlich bei dem

Täter um diesen mutmaßlichen Makarov-Killer handelt, so ist der ein Profi und wird wohl kaum irgendwelche Spuren am Tatort zurückgelassen haben, andernfalls ihn die Kollegen vom BKA längst einkassiert hätten. Und alle sonstigen Spuren, die es vielleicht gab, hat der Regen vernichtet.«

»Mit anderen Worten: Wir haben nichts«, stellte Zell gereizt fest. »Außer einem möglichen Auftragsmörder, den aber niemand kennt und einem möglichen Verdächtigen, dem man aber nichts beweisen kann. Verdammte Scheiße!«

»Dem man *noch* nichts beweisen kann«, korrigierte Silvia, warf Zell einen missbilligenden Blick zu und schüttelte den Kopf. »Wie wäre es, wenn du für heute die Segel streichst, Ralf, und nach Hause fährst. Ohne deine miese Laune arbeitet es sich hier entschieden besser.«

Zell hatte schon eine scharfe Erwiderung auf der Zunge, schluckte sie aber hinunter. Silvia hatte recht.

»Tut mir leid, Leute«, entschuldigte er sich und warf einen Blick auf die Uhr. »Da wir heute wohl kaum noch etwas ausrichten können, nehme ich das Angebot an. Wir sehen uns also morgen. Schönen Feierabend allerseits.«

Er nahm seine Jacke und seine jeansfarbene Umhängetasche, die ihn seit seiner Ausbildungszeit begleitete, und verließ das Büro. Der Gedanke, jetzt wie gewohnt nach Hause zu fahren, verschlechterte seine Laune noch mehr. Dort wartete nichts auf ihn als Leere, die zu ertragen er sich momentan nicht imstande sah. Ein Abstecher ins Freibad schied ebenfalls aus. Da sich der Sommer wieder von seiner besten Seite zeigte, konnte man um diese Zeit vor lauter Menschen im Wasser nicht vernünftig schwimmen.

Er brauchte nicht lange nachzudenken, wohin er eigentlich wollte. Er griff zum Handy, zog Nicas Visitenkarte aus der Hemdtasche, in der sie immer noch steckte, und wählte ihre Nummer.

»Ravenhorst«, meldete sie sich schon nach dem zweiten Klingeln, und Zells Puls ging auf der Stelle schneller.

»Zell«, antwortete er und wusste auf einmal nicht mehr, was er sagen sollte.

»Hallo Ralf!« Ihre Stimme klang erfreut. »Ich hoffe, du hast jetzt Feierabend und musst nicht noch arbeiten.«

»Nein, ich habe gerade Schluss gemacht.«

»Möchtest du vorbeikommen? Ich vermute mal, dass du noch nicht zu Abend gesessen hast. Ich koche mir gerade was. Wenn du Lust hast, bist du eingeladen.«

»Danke, Nica. Ich bin in einer halben Stunde bei dir.«

»Ich freue mich!«, versicherte sie. »Bis gleich.«

Als Zell den Wagen startete, war seine schlechte Laune schlagartig verflogen.

•

Isabella Asmund durchsuchte systematisch und wie besessen die Sachen ihres toten Ehemannes nach irgendwelchen Dingen, die ihr einen Hinweis auf was auch immer geben konnten. Bei dieser Gelegenheit warf sie jedes seiner Kleidungsstücke, das sie untersucht hatte, in einen Umzugskarton. Nachdem sie von dem Kredit erfahren hatte, den Robert bei seiner Geliebten aufgenommen hatte, war sie sich sicher, dass sie etwas finden würde – finden musste, das seinen hinterhältigen Verrat an ihr nicht nur bestätigte, sondern mit dem sie vor sich selbst rechtfertigen konnte, dass sie nicht einmal Roberts Beerdigung abwartete, bevor sie alle Hinweise auf ihn aus ihrem Leben tilgte.

Sie besaß, wie sie zugeben musste, eine gewisse Routine darin, denn sie hatte oft genug in seinen Sachen gestöbert – geschnüffelt – auf der Suche nach Beweisen für seine Untreue, die sie bis jetzt nie gefunden hatte. Sah man von der Tatsache ab, dass er seit einem halben Jahr immer mehr Zeit in dem Lokal von dieser Veronica Ravenhorst verbrachte, mit der er *natürlich* ein Verhältnis hatte, auch wenn er das leugnete und die

Detektivin behauptet hatte, keinen Beweis dafür gefunden zu haben. Das Foto, auf dem diese Sängerin ihn küsste, war ja wohl eindeutig genug. Und all die Quittungen über »Geschäftsessen«, die angeblich im *Magic Song* stattgefunden hatten – einfach lächerlich!

Isabella steckte ihre Hand in eine weitere von Roberts Jackentaschen und ertastete einen harten Gegenstand. Als sie ihn herauszog, hielt sie einen Diamantohrring in der Hand, den sie augenblicklich erkannte. Er gehörte zu dem Paar, das ihr Vater Bianca zu Gereons Geburt geschenkt hatte – eine Spezialanfertigung und damit ein Unikat. Jedenfalls hatte das Schmuckstück in Roberts Jackentasche absolut nichts zu suchen.

Die Eifersucht schlug über Isabella zusammen und drohte sie zu ersticken. Sie musste ein paar Mal tief durchatmen, um wieder ausreichend Luft zu bekommen. Das Bewusstsein, dass Robert sie nicht nur mit dieser Sängerin, sondern auch noch mit Bianca betrogen hatte – ihrer Stiefmutter! – war mehr, als sie ertragen konnte. Sie stürmte ins Wohnzimmer, wo Bianca auf der Couch saß und in einem Fitnessmagazin blätterte.

»Erklär mir das, Bianca!«, verlangte sie und hielt ihr den Ohrring hin.

Bianca Holbeck sah genervt auf. Ihre Augen wurden groß, als sie den Ohrring erkannte. »Oh, du hast meinen Ohrring gefunden. Danke. Wo lag er denn?« Sie griff danach, aber Isabella zog ihre Hand zurück.

»Er lag in einer Jackentasche *meines* Mannes. Und ich verlange eine Erklärung, wie er dahin gekommen ist!« Isabella schrie beinahe und hatte Mühe sich zu beherrschen.

Bianca wurde blass und starrte sie für einen Moment perplex an, ehe sie verächtlich den Kopf schüttelte. »Diese Paranoia ist mal wieder typisch für dich, Bella.« Ihre Stimme triefte vor Verachtung. »Offensichtlich hat dein Mann meinen Ohrring gefunden, den ich hier irgendwo im Haus verloren habe. Und weil er wahrscheinlich in dem Moment irgendwelche anderen Dinge im Kopf hatte, hat er ihn eingesteckt und vergessen. Und ich suche mir tagelang einen Wolf nach dem Ding.« Sie packte Isabellas Hand und nahm ihr den Ohrring beinahe gewaltsam weg.

Isabella schwieg. Das klang vollkommen logisch. Dennoch konnte sie das kleine grüne Teufelchen in ihrem Nacken nicht zum Schweigen bringen.

Bianca musste es ihr wohl ansehen, denn sie fügte verächtlich hinzu: »Wag es ja nicht, mich zu beschuldigen, was mit Robert gehabt zu haben! Sag mal, hast du noch alle Tassen im Schrank? Ist dir eigentlich schon mal der Gedanke gekommen, dass deine bodenlose und – mit Verlaub – lächerliche Eifersucht deinen Mann überhaupt erst in die Arme dieser anderen Frau getrieben hat? Und nur, weil er offensichtlich irgendwann meinen Ohrring gefunden und vergessen hat ihn mir zurückzugeben, bildest du dir ein, er hätte mit mir auch noch was gehabt? Mit der Frau deines Vaters?« Sie maß ihre Stieftochter mit einem Blick tiefster Entrüstung. »Verdammt, Bella, geh zu deinem Psychiater und lass dich therapieren.«

Mit diesem unverblümten Rat ließ sie Isabella stehen und eilte nach oben in ihre eigenen Räume, wo gleich darauf vernehmlich eine Tür ins Schloss fiel.

»Was ist hier los?«

Die scharfe Stimme ihres Vaters ließ Isabella zusammenzucken, und sie versuchte gewaltsam, sich wieder zu beruhigen. Ihr Vater hasste Streit im Haus und erst recht Szenen wie die, die sich gerade hier abgespielt hatte. »Guten Abend, Vater. Es ist nichts. Bianca und ich haben uns nur mal wieder gestritten.«

Bevor Gerhard Holbeck noch etwas sagen konnte, kam ein achtjähriger Junge ins Wohnzimmer gelaufen und warf sich ihm in die Arme.

»Papa, da bist du ja endlich! Ich hab' in der Schule ein ganz tolles Bild gemalt, und die Lehrerin hat mich gelobt! Willst du es mal sehen?«

Holbeck hob den Jungen hoch und drückte ihm einen Kuss auf die Wange. »Hallo Gereon! Hattest du einen schönen Tag?« Gereon nickte eifrig. »Natürlich will ich dein Bild sehen, Sohn.

Komm, wir schauen es uns an.« Mit dem Jungen auf dem Arm eilte er im Laufschritt und eine Feuerwehrsirene imitierend die Treppe hinauf zu Gereons Zimmer.

Isabella sah ihnen nach. Sie empfand es immer noch als grotesk, einen Halbbruder zu haben, der altersmäßig ihr eigener Sohn hätte sein können. Obwohl sie am Anfang eifersüchtig auf ihn gewesen war, weil er von ihrem Vater die Aufmerksamkeit und Förderung erhielt, die er seiner Tochter stets verwehrt hatte, war sie über dieses Stadium schon lange hinaus. Gereon hatte ein liebenswürdiges Wesen, und er hing an seiner großen Schwester mit all der Liebe, die sie von ihrem Vater nie bekommen hatte.

Außerdem brachte er das Kunststück fertig, Gerhard Holbeck in einen liebevollen Vater zu verwandeln, wann immer der mit seinem Sohn zusammen war. Selbst wenn er den Jungen rügte, geschah das auf pädagogisch sinnvolle Weise und mit einer gewissen Milde, die er Isabella gegenüber nie an den Tag gelegt hatte. Ihre Erziehung war von Verachtung und Strafen für die geringste Kleinigkeit geprägt gewesen, nicht zu vergessen die Schläge, die sie bekam, wenn sie sich »unangemessen« verhielt. Isabella wünschte sich, dass ihr Vater heutzutage wenigstens ab und zu ein freundliches Wort auch für sie übrig hätte. Aber das war wohl immer noch zu viel verlangt.

Sie ging nach oben und setzte ihre Untersuchung von Roberts Sachen fort, fand aber nichts, das ihr einen Hinweis auf ein weiteres Geheimnis hätte geben können. Allerdings fand sie auch nirgends Unterlagen über einen Reithof für Behinderte, in den er doch angeblich hatte investieren wollen. Was sie wieder zu dem Kredit und der Frage brachte, was er stattdessen mit dem Geld vorgehabt hatte.

»Robert hat einen Kredit über zweihunderttausend Euro bei dieser Frau aufgenommen«, teilte sie ihrem Vater mit, als zwei Stunden später das gemeinsame Abendessen vorüber und Gereon bereits zu Bett gebracht worden war. »Hast du etwas davon gewusst?«

»Natürlich nicht«, stellte Holbeck nachdrücklich klar. »Wofür hat er das Geld verwendet?«

»Das weiß ich eben nicht, Vater. Das Geld ist erst vor drei Wochen überwiesen worden und befindet sich noch auf Roberts Konto. Ich habe seine Sachen durchgesehen, aber ich konnte nichts finden, das mir einen Anhaltspunkt gibt. Abgesehen von der Sache mit dem Reithof, die er immer wieder erwähnt hat.«

»Was ja wohl nur als Vorwand für irgendwas anderes herhalten musste«, war Holbeck überzeugt. »Mit Sicherheit hat er Vorbereitungen dafür getroffen, dich zu verlassen.«

Der Verdacht war Isabella auch schon gekommen. Dass ihr Vater das so unverblümt und gefühllos aussprach, verletzte sie trotzdem tief.

»Unter dem Strich können wir – kannst du froh sein, dass du ihn los bist«, fuhr Holbeck mitleidlos fort. »Ich habe für nächste Woche die Möbelpacker bestellt, um seine Zimmer auszuräumen. Bis in acht Tagen wird die Beerdigung ja wohl über die Bühne gegangen sein. Was nun das Darlehen betrifft«, fuhr er übergangslos fort, »überweise dieser Frau das Geld schnellstmöglich zurück, und zwar mit Zinsen auf den Tag genau. Notfalls von deinem eigenen Konto. Dann ist die Angelegenheit erledigt. Und worum ging es nun bei eurem Streit vorhin?« Er blickte seine Frau und seine Tochter missbilligend an.

Isabella hätte sich denken können, dass ihr Vater das nicht auf sich beruhen lassen würde. Allerdings hatte sie sich inzwischen wieder beruhigt und musste zugeben, dass ihr Verdacht, ausgerechnet Bianca hätte ein Verhältnis mit Robert haben können, nüchtern betrachtet in der Tat lächerlich war.

»Bianca hat einen der Ohrringe verloren, die du ihr zu Gereons Geburt geschenkt hast«, antwortete sie schlicht. »Ich habe sie getadelt, weil sie mit deinem Geschenk so achtlos umgegangen ist. Die Form, die ich dafür gewählt habe, war allerdings der Sache nicht angemessen. Entschuldige bitte, Bianca.«

Bianca Holbeck neigte zustimmend den Kopf und ignorierte den durchdringenden Blick, den ihr Mann ihr jetzt zuwarf. Sie musste Isabella dankbar sein, dass sie ihrem Vater nichts von ihrer Unterstellung erzählt hatte. Bianca wagte nicht sich auszumalen, wie er reagierte, falls er erfuhr oder auch nur ahnte, dass sie mit seinem verhassten Schwiegersohn ein Verhältnis gehabt haben könnte.

Natürlich hatte sie den Ohrring nicht hier im Haus verloren, sondern vermutlich in dem Liebesnest, das sie und Robert sich eingerichtet hatten. Sie hatte ihn hier wie dort intensiv aber vergeblich gesucht, und war schließlich davon ausgegangen, dass sie ihn doch anderswo verloren haben musste. Nachträglich gratulierte sie sich dazu, dass sie so schlagfertig reagiert hatte, als Isabella sie vorhin mit dem Ding konfrontiert hatte. Robert musste den Ohrring gefunden und tatsächlich vergessen haben, ihn ihr zurückzugeben.

Sie hoffte nur, dass es nicht doch noch irgendwelche anderen Hinweise gab, die sie verrieten und somit nachträglich eine Katastrophe auslösten. Sie konnte nicht verhindern, dass ihre Hände allein bei dem Gedanken leicht zitterten und war sich nur allzu bewusst, dass diese Tatsache auch ihrem Mann nicht entging.

»Fühlst du dich nicht wohl, Bianca?«, fragte er prompt.

»Ich glaube, ich habe mir eine Sommergrippe zugezogen oder so etwas«, antwortete sie. »Ich lege mich am besten gleich schlafen.«

Sie wartete seine Antwort nicht ab, sondern stand vom Tisch auf und ging in ihr Schlafzimmer. Sie durfte sich nicht anmerken lassen, wie tief Roberts Tod sie tatsächlich getroffen hatte, schon gar nicht in Gerhards Gegenwart. Auf keinen Fall durfte ihm der Verdacht kommen, dass sie Robert geliebt hatte. Noch am Freitagnachmittag hatte sie mit Robert geschlafen, und jetzt war er tot. Und morgen früh wollte die Polizei sie verhören. Das konnte nichts Gutes bedeuten.

Als Bianca Holbeck sich eine halbe Stunde später tatsächlich ins Bett legte, verspürte sie ein Gefühl von Angst, das nicht mehr weichen wollte.

Zell kam in ausgesprochen guter Stimmung ins Büro und ertappte sich dabei, dass er einen von Nicas Songs vor sich hin summte. Kein Wunder, denn er hatte die ganze Nacht bei ihr verbracht, obwohl er das eigentlich gar nicht geplant hatte. Doch als er gestern zum Abendessen zu ihr gefahren war, hatten sie anschließend bis in die Nacht hinein geplaudert und gelacht. Da hatte es sich beinahe von selbst ergeben, dass er bei ihr blieb.

Das Erwachen heute Morgen war überaus angenehm gewesen, was keineswegs nur daran lag, dass er seit langem endlich einmal wieder Gelegenheit gehabt hatte, seine Morgenerektion auszuleben. Auch das Frühstück hatte ihm lange nicht mehr so gut geschmeckt, nicht einmal im Urlaub. Er konnte es kaum erwarten, Nica am Wochenende wiederzusehen.

»Morgen, Ralf!«, begrüßte ihn Seifert und grinste. »Wie es aussieht, hast du deinen Urlaubskoller wohl überwunden.«

»Ja, das Leben kann schließlich nicht ständig aus Urlaub bestehen.« Zell summte weiter.

»Das stimmt zwar, mein Freund, aber wenn ich dich nicht besser kennen würde, dann würde ich Stein und Bein schwören, dass du verliebt bist.«

Zu seiner eigenen Überraschung und Verlegenheit lief Zell rot an, was Seifert als Bestätigung für seine Theorie nahm.

»Im Ernst?«, vergewisserte er sich. »Mensch, Ralf, das wurde ja auch mal wieder Zeit! Kenne ich sie? Wenn nicht, will ich sie schnellstmöglich kennenlernen.«

Zell blickte seinen Freund und Kollegen ernst an. »Uwe, ich …«, begann er und schüttelte den Kopf. »Lass uns heute Abend unter vier Augen darüber reden, wenn es dir recht ist«, bat er. »Ich brauche deinen Rat.«

Seifert blickte ihn aufmerksam an und kniff nachdenklich die Augen zusammen. Zell glaubte förmlich zu sehen, wie es in seinem Gehirn arbeitete.

»Nicki!«, vermutete Seifert schließlich akkurat, und Zell nickte bedrückt. Seifert schien nichts Negatives darin zu sehen. »Ich sagte doch gestern schon, dass du ihr Typ bist«, stellte er augenzwinkernd fest. »Mensch, Ralf, das ist doch toll! Und ich wünsche dir – euch – von Herzen, dass es was Langfristiges wird. Nicki ist eine tolle Frau, und sie passt zu dir.«

»Lass uns heute Abend darüber reden, okay?«

»Okay«, stimmte Seifert zu.

»Okay – was?«, wollte Silvia Schneider wissen, die gewohnt schwungvoll das Büro betrat.

»Okay, dass Ralf und ich heute nach Dienstschluss mal wieder eine gepflegte Männerrunde unter vier Augen machen werden«, erklärte Seifert und fügte in verschwörerischem Ton hinzu: »Ralf will mir von seinem Urlaubsabenteuer mit dieser heißen Französin erzählen, die –«

Er verstummte lachend, als Zell ihm wieder einmal ein zusammengeknülltes Blatt Papier an den Kopf warf.

»Geschieht dir recht, Uwe«, fand Silvia schnippisch. »Solche Dinge behandelt man diskret und plaudert sie nicht aus. Aber ›heiße Französin‹ klingt gut. Hat sie vielleicht eine lesbische Schwester?«

»Nicht dass ich wüsste«, antwortete Zell lächelnd.

Er und Seifert hatten nicht das geringste Problem damit, dass Silvia bekennend und offensiv lesbisch war, obwohl sie sich deshalb eine Menge dummer Sprüche von anderen Kollegen anhören musste. Zell erinnerte sich noch gut daran, wie sie sich bei ihrem Dienstantritt in seiner Abteilung vor zwei Jahren eingeführt hatte.

»Ich bin Silvia, und ich bin lesbisch. Und wenn ihr damit ein Problem habt, sagt es jetzt, dann klären wir das gleich ein für alle Mal und können danach das Thema für den Rest unserer Zusammenarbeit auf sich beruhen lassen.«

Zell und Seifert hatten nur verneinend die Köpfe geschüttelt. Und Silvia, die seit dem Ende ihrer Ausbildung unzählige Dienststellen im halben Bundesgebiet durchlaufen hatte, weil die dortigen Kollegen mit ihrer sexuellen Orientierung nicht zurechtgekommen waren, fügte sich nahtlos und hervorragend in Zells Team ein.

»Können wir uns jetzt wieder auf unseren Fall konzentrieren?«, bat Zell. »Habe ich gestern Abend noch irgendwas verpasst?«

»Nein, aber Bianca Holbeck kommt gleich, und das wird garantiert interessant«, war Silvia überzeugt. »Ich habe noch mal versucht, mehr über Sassner herauszubekommen, aber Fehlanzeige. Falls er wirklich Kontakte zur Unterwelt hat, versteht er es hervorragend, die zu verschleiern. Ich habe auch sein Alibi überprüft. Er war tatsächlich mit seiner gesamten Familie in der Pizzeria und hat von zwölf Uhr mittags bis vier Uhr morgens den Geburtstag seines Schwagers gefeiert.

Ich habe auch die Akte von diesem mutmaßlichen Makarov-Killer vom BKA angefordert und postwendend per E-Mail erhalten, aber darin steht nicht mehr, als Janna uns gestern schon sagen konnte. Falls die Makarov-Morde, die in das Schema passen, tatsächlich alle von demselben Mann begangen wurden, dann gehen bisher fünfzehn Tötungsdelikte auf sein Konto. Sechzehn, wenn wir Asmund dazuzählen. Und sein Einzugsgebiet ist wahllos über das ganze Land verteilt, sodass man keinen Anhaltspunkt hat, wo man ihn suchen sollte.«

Zell überdachte das. »Gibt es Hinweise auf irgendeinen Kontaktmann? Irgendwie muss er ja an seine Aufträge herankommen.«

»An eben dieser Frage beißen sich die Kollegen vom BKA die Zähne aus. Sie haben nicht die leiseste Ahnung, und das wurmt sie gewaltig.«

»Das würde es uns auch«, war Seifert überzeugt. »Konzentrieren wir uns also auf die Alibis aller potenziellen Verdächtigen. Sassner können wir als Täter ausschließen, aber als Auftraggeber des Mordes bleibt er immer noch ein heißer Kandidat.«

»Oh ja«, bestätigte Silvia. »Der hat eine Mordswut auf Asmund. Du hättest gestern sehen sollen, Uwe, wie er getobt hat, als er davon sprach, wie Asmund ihn abserviert hat. Wir sollten unbedingt herausfinden, ob Sassner nicht doch über irgendwelche dunklen Kanäle Kontakt zu jemandem aus der Szene hat, der ihm einen Killer besorgen konnte.«

»Dann grab mal schön danach«, schlug Zell ironisch vor. »Da er nicht derart verdächtig ist, dass man uns die Genehmigung erteilen würde, seine Telefondaten einzusehen, müssen wir uns was anderes einfallen lassen.«

Bianca Holbecks Ankunft lenkte seine Aufmerksamkeit vorläufig in andere Bahnen. Die elegant gekleidete Frau nahm mit allen Anzeichen von Unsicherheit und beinahe schon ängstlich auf dem Stuhl Platz, den Zell ihr anbot. Da Zell die Frau nicht verunsichern wollte, verzichtete er darauf sie zu fragen, ob er das Gespräch aufzeichnen dürfte. Stattdessen saß Silvia Schneider an ihrem Computer und würde wie abgesprochen alle Aussagen mittippen.

»Frau Holbeck, ich habe Sie hergebeten, weil das, worüber ich mit Ihnen sprechen will, Ihrem Mann oder Ihrer Stieftochter besser nicht zu Ohren kommen sollte.« Er blickte sie eindringlich an. »Wir haben starke Indizien dafür, dass Sie mit Robert Asmund ein Verhältnis hatten.«

Bianca Holbeck erbleichte und begann unwillkürlich zu zittern. Sie schloss für einen Moment krampfhaft die Augen. »Woher wissen Sie das?«, stieß sie fast geflüstert hervor.

»Die Detektivin, die Ihre Stieftochter beauftragt hat, um Herrn Asmund zu beschatten, fand es sehr verdächtig, dass Sie bei ihr aufgetaucht sind und ihr Geld geboten haben, damit sie etwaige Fotos von Ihnen und Herrn Asmund verschwinden lässt.«

»Oh mein Gott! Sie hat das doch nicht etwa Isabella oder gar Gerhard …« Sie schüttelte den Kopf. »Nein, das kann nicht sein, sonst hätte Gerhard mich schon längst aus dem Haus geworfen.«

»Ich kann Sie beruhigen, Frau Holbeck. Frau Speer steht auf dem Standpunkt, dass Informationen, die nicht unmittelbar mit ihrem Auftrag zu tun haben, den Auftraggeber auch nichts angehen. Ihr Geheimnis ist also von dieser Seite aus sicher.«

Bianca Holbeck blickte Zell flehentlich an. »Ich beschwöre Sie, Herr Zell, sagen Sie bitte meinem Mann nichts davon!«, bat sie mit belegter Stimme. »Er dreht durch, wenn er davon erfährt.«

»Wir behandeln solche Dinge grundsätzlich streng vertraulich und vor allem diskret«, beruhigte Zell sie. »Außerdem gehen uns die Besonderheiten Ihres Familienlebens absolut nichts an, sofern sie nichts mit dem Fall zu tun haben. Mir scheint allerdings, Sie haben Angst vor Ihrem Mann. Und falls dem so ist, frage ich mich natürlich, warum Sie sich nicht von ihm trennen.«

Bianca Holbeck lächelte gequält. »Von einem Gerhard Holbeck trennt man sich nicht, Herr Zell. Man wartet allenfalls darauf, dass er die Scheidung einreicht. Aber wenn er das täte, würde er dafür sorgen, dass ich meinen Sohn nie wiedersehe. Das könnte ich nicht ertragen. Ich liebe Gereon über alles. Er ist mein Lebensinhalt und inzwischen, das gebe ich zu, das Einzige, was mein Leben mit Gerhard erträglich macht.«

Zell schwieg und wartete ab, ob sie das noch weiter ausführen würde. Nach einer Weile sagte sie: »Mein Mann wollte von mir nur eins: einen Sohn, der seinen Namen fortführt und seine Firma übernimmt. Unmittelbar nach unserer Hochzeit hat er beinahe jeden Tag mit mir geschlafen, auch wenn ich mal keine Lust dazu hatte, bis ich schwanger war.«

»Das hört sich ja so an, als hätte Ihr Mann Sie vergewaltigt.«

»Aber nein! Nein!« widersprach Bianca Holbeck erschrocken. »Nein, so kann man das wirklich nicht sagen. Ich habe mich doch nie dagegen gewehrt, also …« Sie unterbrach sich und zuckte mit den Schultern.

»Wenn Sie keine Lust hatten und er Sie trotzdem dazu gezwungen hat –«, wandte Zell vorsichtig ein, doch sie unterbrach ihn hastig.

»So war das nicht, Herr Zell, nein, wirklich nicht! Ich …« Sie lächelte etwas gequält. »Der Appetit kommt beim Essen, wie man so schön sagt. Nein, nein, mein Mann hat mich nie vergewaltigt. Nie!«

Zell tauschte einen einvernehmlichen Blick mit Seifert und Silvia Schneider. Wenn sie drei nicht gerade einer Mordkommission angehörten, bearbeiteten sie die weniger spektakulären Kriminalfälle, zu denen auch häusliche Gewalt und Vergewaltigung gehörten. Bianca Holbeck war nicht die erste missbrauchte Frau, mit der sie es zu tun hatten. Für sie drei war offensichtlich, was Bianca Holbeck so verzweifelt abstritt. Ihr Mann hatte sie vergewaltigt, und sie hatte Angst vor ihm. Doch erfahrungsgemäß würde Zell sie nur noch weiter in die Defensive treiben, wenn er darauf bestand, die Tat beim Namen zu nennen. Bianca Holbeck reagierte wie viele Frauen in ihrer Situation, die tausend Entschuldigungen für die Täter fanden und sich nicht selten obendrein selbst die Schuld an dem Verbrechen gaben.

»Er wollte ja unbedingt einen Sohn«, fügte sie leise hinzu. »Den hat er bekommen. Und«, sie zögerte und blickte verschämt zur Seite, »seit Gereons Geburt hat er kaum noch mit mir geschlafen.«

»Weshalb Sie mit Robert Asmund ein Verhältnis begonnen haben«, vermutete Zell.

Sie nickte. »Natürlich nicht sofort, und es hat auch eher zufällig angefangen, also ich meine, wir haben das nicht geplant. Es ergab sich einfach so. Ganz spontan und gegen jede Vernunft.«

Zell musste an Nica denken. Wenn sich Bianca Holbeck ähnlich einsam gefühlt hatte wie Zell, so war es beinahe unvermeidbar gewesen, dass sie ein Verhältnis mit dem erstbesten Mann begonnen hatte, der bereit war, ihr Bedürfnis nach Zärtlichkeit und Intimität zu befriedigen.

Bianca Holbeck errötete jetzt bis zu den Haarwurzeln. »Unser erstes Mal passierte im Reitstall auf dem Heuschober, und wir hatten unglaubliches Glück, dass uns niemand erwischte. Aber es tat so gut nach all den Monaten, in denen Gerhard mich nicht beachtet und erst recht nicht mehr berührt hatte.« Sie warf Zell einen traurigen Blick zu. »Wissen Sie, wie das ist, wenn einen der Partner mit seinen elementaren Bedürfnissen jahrelang buchstäblich am ausgestreckten Arm verhungern lässt?«

Zell nickte mitfühlend.

»Wir waren selbst ganz erschrocken und wollten es eigentlich bei diesem Ausrutscher belassen. Aber«, sie seufzte gequält, »es passierte immer wieder. Ich habe schließlich ein kleines Ein-Zimmer-Appartement in der Kleinen Straße gemietet, nur ein paar Schritte vom *Magic Song* entfernt. Dort haben wir uns mindestens einmal die Woche nach dem Reiten getroffen. Robert ist nach unserem Zusammensein immer noch ins Lokal gegangen, damit wir niemals gemeinsam nach Hause kamen. Wir sind auch nie zusammen zum Reiten gefahren, sondern immer getrennt, damit weder Gerhard noch Isabella Verdacht schöpften.«

Sie zögerte einen Moment. »Robert sollte so tun, als hätte er mit der Sängerin des Lokals ein Verhältnis, damit niemand auf den Gedanken käme, dass er mit mir eins hatte.«

»Sie können also bestätigen, dass er mit der Sängerin aus dem *Magic Song* kein Verhältnis hatte«, vergewisserte sich Zell.

Sie nickte zögernd. »Ich war mir aber in letzter Zeit nicht mehr sicher, ob da zwischen ihm und dieser Frau nicht doch etwas lief. Nicht nur wegen der Fotos, die diese Detektivin gemacht hat, sondern weil er tatsächlich immer mehr Zeit dort verbrachte. Jedenfalls viel mehr Zeit als notwendig gewesen wäre, um Isabella und auch Gerhard auf eine falsche Fährte zu locken.« Sie blickte Zell ängstlich an. »Sie werden doch meinem Mann nichts sagen?«, bat sie inständig.

Er schüttelte beruhigend den Kopf. »Dazu besteht kein Grund, Frau Holbeck. Wann haben Sie Herrn Asmund zum letzten Mal gesehen?«

»Am Sonntagmorgen nach dem Frühstück, als er diesen Streit mit Isabella hatte. Danach hat er das Haus verlassen und …« Sie schlug die Hand vor den Mund und musste die Tränen zurückhalten. Offenbar war Asmund für sie doch mehr gewesen als nur ein Mann, der ihre sexuellen Bedürfnisse befriedigte. Zell gab ihr Zeit, sich wieder zu fassen, ehe er seine nächste Frage stellte.

»Frau Holbeck, wo waren Sie und der Rest Ihrer Familie am Sonntagabend zwischen elf Uhr und Mitternacht?«

Im Gegensatz zu Gerhard Holbeck, der allein schon die Frage nach dem Grund des Streits der Eheleute Asmund als Zumutung empfunden hatte, sah Bianca Holbeck keine Veranlassung, nicht darauf zu antworten. »Ich war den ganzen Tag zu Hause. Wir hatten am Abend eine Soiree, und ich musste die Vorbereitungen überwachen. Die letzten Gäste sind kurz vor Mitternacht gegangen. Gerhard war als Gastgeber natürlich die ganze Zeit anwesend.«

»Und Ihre Stieftochter?«

»Bella hatte Kopfschmerzen und hat sich nach dem Abendessen zurückgezogen, noch bevor die ersten Gäste gekommen sind. Ich habe sie erst am nächsten Morgen beim Frühstück wiedergesehen.«

Das war interessant. Demnach hätte Isabella Asmund die Gelegenheit gehabt, die Tat zu begehen, denn es war sicherlich nicht schwer, sich unbemerkt aus dem Haus zu schleichen, während der Rest der Familie mit Gästen beschäftigt war. Und sie hatte ein Motiv: Eifersucht.

»Frau Holbeck, gibt es in Ihrem Haus Schusswaffen?«

Sie nickte. »Mein Mann ist im Schützenverein und hat zwei Gewehre.« Sie blickte Zell beinahe entsetzt an. »Ist Robert mit einem Gewehr erschossen worden?«

»Nein«, beruhigte Zell sie. »Hat Herr Asmund mit Ihnen mal darüber gesprochen, dass er die Firma Ihres Mannes verlassen wollte?«

Bianca Holbeck nickte nachdrücklich. »Oft. Gerhard war von Anfang an«, sie zögerte kurz und suchte nach Worten, »niederträchtig zu ihm. Sie müssen wissen, dass Robert und Isabella noch keine fünf Jahre verheiratet sind. Ich habe von Anfang an erleben müssen, wie mein Mann ihn fertiggemacht hat.«

»Gab es dafür einen bestimmten Grund?«

»Gerhard ist sehr, wie soll ich sagen – besitzergreifend. Dabei hat er Bella, wie ich aus seinen Äußerungen mitbekommen habe, seit ihrer Geburt immer spüren lassen, dass sie nicht der Sohn ist, den er haben wollte.« Sie blickte Zell unsicher an. »Ich weiß nicht, ob Sie wissen, dass ihre Mutter Selbstmord begangen hat, als Bella gerade zehn war. Sie hat wohl Gerhards ständige Forderung nach einem Sohn und seine zunehmende Verachtung für sie, weil sie kein weiteres Kind mehr bekommen konnte, nicht mehr ertragen.«

»Das ist ja wie im Mittelalter!«, ereiferte sich Silvia und vergaß die bei solchen Befragungen gebotene Zurückhaltung. »Frauen fliegen in den Weltraum, leiten Firmen, sind Bundeskanzlerin, Managerinnen und in etlichen Ländern Präsidentinnen, und trotzdem gibt es immer noch Männer, die eine Tochter nicht für voll nehmen. Aus welcher gottverdammten Mottenkiste –«

»Silvia, ich könnte einen Kaffee vertragen«, unterbrach Zell sie ruhig. »Wärst du so freundlich, deinem chauvinistischen Vorgesetzten einen zu holen? Möchten Sie auch einen, Frau Holbeck?«

Bianca Holbeck schüttelte den Kopf. »Sie müssen das verstehen«, wandte sie sich an Silvia, die sich auf die Lippen biss und rot geworden war. »Mein Mann ist …« Sie unterbrach sich, weil ihr offensichtlich kein passender Vergleich einfiel. Schließlich zuckte sie mit den Schultern. »Er ist eben so. Wenn ich das früher gewusst hätte, dann hätte ich ihn wohl nicht geheiratet. Ich hatte einen guten Beruf. Ich bin Musikerin. Aber jetzt bin ich nur noch Gereons Mutter. Das bin ich wirklich gern«, fügte sie hastig hinzu, »und ich bringe Gereon die Musik nahe. Er ist sehr begabt. Aber«, ihr Tonfall wurde bekümmert, »natürlich erwartet Gerhard, dass er eines Tages die Firma übernimmt. Zum Glück liegt dieser Tag noch in weiter Ferne.«

Silvia murmelte eine Entschuldigung und verließ das Büro, um Kaffee zu holen und sich wieder in den Griff zu bekommen. Seifert nahm ihren Platz am Computer ein, um Bianca Holbecks weitere Aussagen aufzunehmen.

»Sie wollten uns etwas über das Verhältnis Ihres Mannes zu seiner Tochter und seinem Schwiegersohn erzählen«, half Zell Bianca Holbeck mit sanfter Stimme wieder auf die Sprünge. »Zum Beispiel warum er Herrn Asmund so sehr abgelehnt hat.«

»Mein Mann hat sich ein eigenes Imperium aufgebaut, in dem er allein bestimmt, was geschieht, beruflich und privat. Ihre Kollegin hat mit dem Mittelalter gar nicht mal so unrecht. Gerhard hält zwar nicht viel von Bella, aber er will derjenige sein, der bestimmt, wie sie ihr Leben zu führen hat. Das schließt selbstverständlich ein, dass er zumindest mitentscheidet, welchen Mann sie heiratet.«

Sie blickte Zell traurig an. »Ich glaube, dass Bella und Robert sich am Anfang wirklich geliebt haben. Jedenfalls hat es eine heftige Auseinandersetzung gegeben, als sie uns Robert damals vorgestellt hat. Mein Mann begann augenblicklich, ihn auszufragen, in einer Weise, die mich an die Inquisition erinnerte.« Sie lächelte schwach. »Womit wir wieder beim Mittelalter wären. Er hat Robert unter fadenscheinigen Vorwänden abgelehnt, angefangen bei seiner Herkunft aus einer ›Arbeiterfamilie‹ bis hin zu seinem ›niveaulosen Lebensstil‹. Gerhards Worte, nicht meine. Er ließ jedenfalls schon am ersten Abend kein einziges gutes Haar an ihm. Und ich kann mich des Verdachts nicht erwehren, dass Bella Robert in erster Linie aus Trotz geheiratet hat. Gesagt hat sie das natürlich nicht, aber ihr Verhalten sprach deutlich dafür.«

»Unter diesen Umständen frage ich mich natürlich, weshalb Ihre Stieftochter und Herr Asmund in Ihrem Haus wohnten und nicht ausgezogen sind.«

Bianca Holbeck schüttelte den Kopf. »Gerhard hat deswegen einen immensen Druck auf Bella ausgeübt und ihr beweisen wollen, dass Robert gar nicht in der Lage wäre, allein für sie zu sorgen. Deshalb hat er ihn in seiner Firma angestellt und viel zu schlecht bezahlt. Zuvor hat er seine Beziehungen spielen lassen und dafür gesorgt, dass Robert in der ganzen Stadt keinen anderen Job bekommt. Robert ist ein wirklich guter Architekt, soweit ich das beurteilen kann. Aber seine Leistungen waren Gerhard nie gut genug.«

Das deckte sich mit dem, was Jonas Krämer ausgesagt hatte.

»Selbstverständlich gab es wegen der Wohnsituation zwischen Robert und Isabella ständig Streit. Wenn sie ausgezogen wären, hätten sie vielleicht tatsächlich eine Chance gehabt. Aber so …« Sie schüttelte den Kopf.

»Was ist Ihre Stieftochter eigentlich von Beruf?«, erkundigte sich Zell.

»Tochter«, lautete die sarkastische Antwort. »Im Ernst, Herr Zell. Bella hat zwar Wirtschaftswissenschaft studiert und auch einen guten Abschluss gemacht, aber keinen einzigen Tag gearbeitet. Gerhard hat ihr zum bestandenen Examen eine Edelboutique geschenkt, von deren Einkünften sie lebt, aber sie kümmert sich nicht um das Geschäft. Das ist ja auch kein Wunder, denn Mode interessiert sie überhaupt nicht. Jedenfalls nicht beruflich. Sie beschränkt sich darauf, die monatlichen Bilanzen zu überprüfen, ein paar Unterschriften zu leisten und ihren Lebensunterhalt aus dem Firmenvermögen zu bestreiten. Alles andere erledigt eine Geschäftsführerin. Ansonsten lebt sie in den Tag hinein.«

Bianca Holbeck warf einen nachdenklichen Blick aus dem Fenster. »Ich habe manchmal den Eindruck, dass sie sich selbst schon vor langer Zeit aufgegeben hat und nur noch darauf wartet, dass der sprichwörtliche Ritter auf seinem weißen Pferd kommt und sie rettet. Denn um sich selbst ein weißes Pferd zu kaufen, zu satteln und auf ihm davonzureiten, fehlt ihr der Antrieb. Und vielleicht auch der Mut.«

Zell hatte den Eindruck, dass das nicht nur auf Isabella Asmund zutraf, sondern auch auf Bianca Holbeck. Doch diese Dinge gingen ihn nichts an, da sie nichts mit dem Fall zu tun hatten. Dafür sagten sie eine Menge über das Familienleben im Haus Holbeck aus.

»Wissen Sie zufällig etwas darüber, dass sich Herr Asmund in absehbarer Zeit endgültig aus der Firma Ihres Mannes verabschieden wollte?«

Sie schüttelte den Kopf. »Davon hat er nichts gesagt. Oder meinen Sie das Projekt mit dem Reithof für Behinderte? Ich glaube nicht, dass er das ernsthaft plante.«

»Nein, nach unseren bisherigen Ermittlungen existierte ein solches Projekt tatsächlich nicht. Herr Asmund wollte sich bei der Sassner Bau GmbH einkaufen, und der Reithof diente nur als Vorwand, mit dem er sich von seiner Frau ein Darlehen erschleichen wollte.«

Bianca Holbeck wurde blass. »Oh mein Gott! Hat Gerhard etwa davon gewusst?«, fragte sie entsetzt.

»Unseres Wissens nicht. Was wäre denn gewesen, wenn Ihr Mann davon erfahren hätte?«

»Er hätte ihn –«, begann sie, unterbrach sich aber und biss sich auf die Lippen.

Zell war sich sicher, dass sie spontan »umgebracht« hatte sagen wollen. Unzählige Menschen äußerten aus einer momentanen Wut heraus solche Drohungen, ohne sie je in die Tat umzusetzen. Das begründete noch lange keinen hinreichenden Tatverdacht. Aber nach allem, was Zell bisher über Gerhard Holbeck erfahren hatte, traute er ihm eine solche Tat durchaus zu. Nur hatte der ein Alibi für die Tatzeit. Falls sich allerdings die Theorie mit dem Auftragsmörder als zutreffend erwies, so kam Holbeck als Auftraggeber ernsthaft infrage.

»Er hätte ihn auf der Stelle aus der Firma geworfen, vielleicht sogar aus dem Haus, und Robert in der gesamten Branche unmöglich gemacht«, vollendete Bianca Holbeck jetzt ihren Satz. Der Blick, den sie Zell zuwarf, sagte ihm jedoch, dass sie ihrem Mann den Mord an ihrem Geliebten ohne Weiteres zutraute.

»Eine letzte Frage, Frau Holbeck. Hat Herr Asmund irgendwann erwähnt oder haben Sie auf andere Weise mitbekommen, dass er sich bedroht fühlte oder Feinde hat?«

Sie schüttelte den Kopf. »Davon weiß ich nichts. Der einzige Feind, den er gehabt hat – wenn man es denn so nennen will – war mein Mann. Aber der kann ihn ja nicht ermordet haben.«

»Nein, wenn das Alibi stimmt, das Sie ihm gegeben haben und das wir natürlich routinemäßig überprüfen werden.« Zell lächelte gewinnend. »Das war es auch schon, Frau Holbeck. Kommen Sie doch bitte morgen oder übermorgen früh zum Unterzeichnen Ihres Protokolls, dann ist die Sache für Sie erledigt. Sollte Ihnen aber noch etwas einfallen, so scheuen Sie sich bitte nicht, uns Bescheid zu geben. Jede Kleinigkeit kann wichtig sein.«

Sie nickte und stand auf. Zell erhob sich ebenfalls, um sie zur Pforte zu begleiten.

»Sie werden Roberts Mörder doch finden?«, vergewisserte sie sich, bevor sie das Büro verließ.

»Wir werden alles in unserer Macht Stehende dafür tun, Frau Holbeck. Schließlich können wir einen Mörder nicht frei herumlaufen lassen.«

Als er ein paar Minuten später ins Büro zurückkehrte, stand ein Becher heißen Kaffees auf seinem Tisch. Seifert hielt ebenfalls einen in der Hand, und Silvia hockte sichtlich zerknirscht auf der Kante ihres Schreibtischs.

»Tut mit leid, Ralf, dass ich mich so habe hinreißen lassen«, platzte sie heraus. »Aber wenn ich so etwas höre, schwillt mir der Kamm! Dieser Holbeck hat seine eigene Frau regelrecht als Zuchtstute für seinen Sohn missbraucht, und die nimmt ihn auch noch in Schutz!« Sie schlug mit der flachen Hand auf den Tisch. »Verdammt noch mal! Dass diese Weiber nicht die Courage aufbringen, solche Typen anzuzeigen! Mann!«

In ihrer Jugend hatte Silvia hautnah miterleben müssen, wie ihr eigener Vater ihre Mutter immer wieder schlug und vergewaltigte. Die Mutter hatte sich aus Angst nie dagegen gewehrt und bei ihren Krankenhausaufenthalten und Arztbesuchen unzählige Ausreden erfunden, um ihren Peiniger zu decken. Silvia selbst hatte der Sache schließlich ein drastisches Ende bereitet. Als ihre Mutter wieder einmal im Krankenhaus lag und ihr Vater sich in den Kopf setzte, zur Abwechslung mal seine siebzehnjährige Tochter zu verprügeln und zu vergewaltigen, war sie mit zerrissener Kleidung und blutenden Lippen schreiend zu den Nachbarn gerannt, die unverzüglich die Polizei gerufen hatten. Ihr Vater war für lange Zeit in den Knast gewandert. Das Bitterste für Silvia war, dass ihre Mutter ihr nie verziehen hatte, dass ihr Martyrium durch die Anzeige an die Öffentlichkeit gezerrt worden war. Sie hatte Silvia einen Tag nach ihrem achtzehnten Geburtstag aus dem Haus geworfen.

Diese Erlebnisse waren Silvias Motivation gewesen, zur Polizei zu gehen. Doch trotz einer lange andauernden und guten Therapie nahm sie jedes Sexualdelikt, mit dem sie es zu tun bekam, auf einer gewissen Ebene persönlich. Und die »Feigheit« von Frauen wie Bianca Holbeck, die sie jedes Mal an das Verhalten ihrer eigenen Mutter erinnerte, brachte sie immer wieder in Wut.

Zell machte sich darüber allerdings keine allzu großen Sorgen, denn Silvia hatte ihre eigene Methode, mit solchen Situationen umzugehen. Als »Notfallmaßnahme« zog sie sich in solchen Fällen für eine Viertelstunde auf die Toilette zurück und hielt ihr Gesicht und manchmal sogar ihren ganzen Kopf unter kaltes Wasser. Anschließend absolvierte sie ein paar Atemübungen, die sie in der Therapie gelernt hatte. Danach war sie wieder in der Lage, ihre Arbeit mit der nötigen Professionalität zu erledigen. Außerdem würde sie, sobald es ihre Zeit zuließ, ein Gespräch mit ihrem Therapeuten führen.

Dass ihr Haar trocken war, zeigte Zell, dass sie diesen Fall nicht ganz so schwer nahm wie manchen anderen. Und dass sie nicht nur für ihn, sondern auch für Seifert und sich selbst einen Becher Kaffee mitgebracht hatte, war ein weiteres positives Zeichen.

Jetzt hob sie abwehrend eine Hand. »Tschuldigung Leute, aber das musste ich einfach loswerden.«

»Woraus dir niemand einen Vorwurf macht«, versicherte Zell. »Dass du dich nächstes Mal in Gegenwart von Zeuginnen etwas mehr zurückhalten solltest, brauche ich ja nicht mehr zu betonen. Also Schwamm drüber.« Er nahm einen Schluck Kaffee und verbrannte sich fast den Mund an dem heißen Getränk.

»Es stellen sich uns zwei Fragen«, begann Seifert mit der Besprechung von Bianca Holbecks Aussage. »Erstens: Glauben wir Frau Holbeck? Zweitens: Ist sie vielleicht eifersüchtig auf Nicki? Und wenn ja, ist ihre Eifersucht groß genug, dass sie Asmund umbringt beziehungsweise umbringen lässt?«

»Ausgeschlossen wäre das nicht«, stellte Zell fest.

»Sie hat ja selbst zugegeben, dass sie befürchtete, von Asmund quasi betrogen zu werden«, resümierte Silvia. »Da sehe ich sogar ein sehr starkes Motiv. Mir stellt sich die Sache so dar«, erklärte sie auf die fragenden Blicke ihrer Kollegen. »Frau Holbeck hat sexuellen Notstand und bändelt mit ihrem Stiefschwiegersohn an. Darin sieht sie eine geringere Gefahr als in einer Affäre mit einem Fremden, denn es gibt hundert Möglichkeiten, mit Asmund zusammen zu sein, ohne dass ihr Mann und ihre Stieftochter was merken. Außerdem liefert das unzählige plausible Erklärungen, falls jemand sie mal zusammen sehen sollte und das dem alten Holbeck steckt.«

Sie machte eine kurze Pause und nippte an ihrem immer noch zu heißen Kaffee. »Nehmen wir weiter an – was sie zwar nicht ausdrücklich so gesagt, aber zwischen den Zeilen sehr wohl angedeutet hat –, dass Asmund im Bett die Erfüllung ihrer Träume war. Und dann erfährt sie durch die von ihrer Stieftochter in Auftrag gegebenen Nachforschungen der Detektivin Speer, dass Asmund neben ihr möglicherweise noch eine Geliebte hat: Frau Ravenhorst, mit der er zunehmend mehr Zeit verbringt. Somit hat sie gleich zwei Konkurrentinnen: ihre Stieftochter, der sie aber als Asmunds Ehefrau noch gewisse Rechte zugesteht, und Frau Ravenhorst, die ihrer Meinung nach nun gar keine Rechte auf ihren Lover hat.«

Silvia blickte die beiden Männer bedeutsam an, die zustimmend nickten, was sie als Aufforderung nahm fortzufahren. »Wir wissen nicht, was zwischen Frau Holbeck und Robert Asmund vorgefallen ist, bevor er ermordet wurde. Vielleicht hat sie ihn zur Rede gestellt, sie haben sich gestritten, er ist gemein worden. Oder sie hat sich anderweitig gewaltig auf den Schlips getreten gefühlt.

Vielleicht hat sie ihn sogar vor die Wahl gestellt, sich zwischen ihr und Frau Ravenhorst zu entscheiden. Als er ablehnte, hat sie ihn umgebracht beziehungsweise umbringen lassen.«

»Hm«, machte Zell.

Und auch Seifert nickte nachdenklich. »Das würde durchaus Sinn ergeben«, fand er. »Aber Nicki, wie auch ihre Angestellten, behaupten übereinstimmend, dass zwischen ihr und Asmund nichts war.«

»Muss ja auch gar nicht«, erklärte Silvia. »Bei einer Frau in Bianca Holbecks Situation genügt schon der Verdacht, dass der einzige Mann, dem sie sich wirklich verbunden fühlt, sie betrügt, um ihre Zuneigung oder sogar Liebe in abgrundtiefen Hass zu verwandeln.«

Seifert schüttelte den Kopf. »Das wäre zwar durchaus möglich, aber ich verstehe, ehrlich gesagt, nicht, warum eine Frau dann den Lover umbringt und nicht die Nebenbuhlerin. Das wäre doch viel logischer.«

»Weil es in solchen gefühlsmäßigen Ausnahmezuständen nun einmal nicht nach der Logik geht, Uwe«, erinnerte ihn Silvia. »Da wird derjenige umgebracht, der einem den größten Schmerz zugefügt hat. Wenn das Asmund war, hat Bianca Holbeck ganz klar ein Motiv.«

Sie nippte erneut an ihrem Kaffee, fand ihn jetzt kühl genug und trank auf einen Zug den halben Becher aus. Zell tat nachdenklich dasselbe.

»In jedem Fall sollten wir in Erfahrung bringen, welche Waffen auf Holbeck zugelassen sind«, schlug er vor. »Vielleicht ist rein zufällig auch eine Makarov PB darunter. Auch wenn ich von Eifersucht als Motiv für Frau Holbeck nicht ganz überzeugt bin. Vielmehr von ihrer Eifersucht schon, bin mir allerdings nicht sicher, ob sie wirklich der Typ Frau ist, der hingeht und kaltblütig einen Mord begeht. Oder begehen lässt.«

Er dachte an die Leidenschaft, die Nica bei ihrem Liebesspiel zeigte. Wären diese Gefühle bei ihr in gewissen Situationen auch stark genug, um einen Mord zu begehen? Zell traute ihr das zwar grundsätzlich zu. Andererseits gehörte schon eine außergewöhnliche Portion Kaltblütigkeit dazu, am Sonntag den Geliebten umzubringen und zwei Tage später mit dem ermittelnden Beamten ins Bett zu gehen. Das traute er Nica wiederum nicht zu. Allerdings kannte er sie nicht annähernd gut genug, um das wirklich ausschließen zu können.

»Halten wir uns nicht mit Spekulationen auf«, entschied er. »Sammeln wir Fakten und Spuren.«

»Das tun wir doch schon die ganze Zeit«, hielt Seifert ihm entgegen. »Aber bisher haben wir noch nicht den geringsten Hinweis auf den Mörder.«

»Ein Grund mehr, uns ein bisschen mehr anzustrengen«, meinte Zell. »Sind die gestohlenen Wertgegenstände schon bei irgendeinem Hehler aufgetaucht? Oder hat jemand mit Asmunds Kreditkarte Geld gezapft?«

Doch auch diese Nachforschungen ergaben nichts, und langsam schlich sich ein Gefühl von Frustration in das Team ein.

•

»Nun schieß mal los, Ralf«, forderte Uwe Seifert seinen Freund auf, als sie nach Feierabend im *Gliesmaroder Thurm* saßen und ein alkoholfreies Bier genossen, da sie nachher noch mit dem Auto nach Hause fahren mussten. »Was ist das mit dir und Nicki?«

»Gegenwärtig ist das eine Katastrophe«, meinte Zell düster.

»Und was, bitte, ist daran so schlimm, dass du dich in sie verliebt hast? Oder will sie nichts von dir wissen?«

»Im Gegenteil. Sie ist …, nun ja, ich denke, es hat sie vielleicht genauso erwischt wie mich. Glaube ich jedenfalls. Hoffe ich. Fürchte ich.«

Seifert musste lachen. »Ja, was denn nun?«

Zell fuhr sich müde mit der Hand über das Gesicht. »Verdammt, Uwe, ich habe mich da auf etwas eingelassen, das …« Er zuckte hilflos mit den Schultern. »Sie ist eine Zeugin in einem

Mordfall und eine potenzielle Verdächtige. Ich begreife einfach nicht, wie mir das passieren konnte.«

»Du hast also mit ihr geschlafen.«

Zell nickte.

Seifert machte eine wegwerfende Handbewegung. »Na und? Nicki ist nun mal eine faszinierende Persönlichkeit und eine verdammt anziehende Frau. Wenn ich nicht schwer in meine Halina verliebt wäre, hätte ich schon längst versucht, mit ihr anzubändeln.« Er winkte ab. »Deswegen brauchst du dich nicht mies zu fühlen, Ralf.«

»Tu ich aber«, beharrte Zell zerknirscht. »Ich bin immerhin keine sechzehn mehr, sondern fast fünfzig und sollte genug Disziplin und vor allem Selbstbeherrschung haben, um mich nicht zu so einer Riesendummheit hinreißen zu lassen.«

»Selbst wenn du achtzig wärst, würde dich das nicht davor schützen, dich Hals über Kopf zu verlieben«, erinnerte ihn Seifert. »Deine letzte Beziehung ist wie viele Jahre her? Zwölf?«

»Knapp elf.«

»Jedenfalls lange genug, dass dir schon seit geraumer Zeit was Gravierendes fehlt. Mal abgesehen von den Umständen, unter denen du Nicki kennengelernt hast, glaubst du doch nicht wirklich, dass sie was mit dem Mord zu tun haben könnte.«

Zell schüttelte den Kopf. »Es geht nicht darum, was ich glaube oder nicht, Uwe. Sie ist und bleibt eine mögliche Verdächtige, die ich so lange nicht als Täterin ausschließen kann, bis wir den Mörder gefasst haben oder ihre Unschuld anderweitig zweifelsfrei bewiesen ist.« Er trank einen Schluck Bier und fuhr sich mit den Fingern durch das Haar. »Ich muss die Sache beenden, bevor ich noch tiefer hineinschlittere und das Ganze mir beruflich das Genick bricht.«

»Und privat dein Herz«, erinnerte ihn Seifert gnadenlos. »Mensch, Ralf, Nicki tut dir unglaublich gut. Ich habe dich seit Marion dich damals verlassen hat nicht mehr so gut gelaunt erlebt wie heute, geschweige denn glücklich. Und mal ganz abgesehen von den Begleitumständen und den Indizien, bin ich überzeugt, dass Nicki nichts mit dem Mord zu tun hat. Also brauchst du dich auch nicht schlecht zu fühlen, wenn du mit ihr eine Affäre hast. Oder ist es mehr als das?« Er sah Zell fragend an.

Der schloss die Augen und nahm einen weiteren Schluck Bier, um den schalen Geschmack zu vertreiben, den er im Mund hatte. Er seufzte tief. »Nica ist«, er suchte nach Worten, »nicht nur eine faszinierende Frau, sie ist …« Er schüttelte den Kopf. »Ich kann mich nicht erinnern, mich jemals in Gegenwart einer Frau so …, wohl gefühlt zu haben«, gestand er leise und sah dem Freund mit einem unglaublich gequälten Ausdruck in die Augen. »Uwe, wenn ich es zuließe, könnte aus dieser Affäre schnell sehr viel mehr werden. Aber ich darf das nicht tun«, fügte er nachdrücklich hinzu. »Ich muss das Ganze auf Eis legen, bis dieser vermaledeite Fall gelöst ist. Und«, fügte er bitter hinzu, »welche Frau hätte dafür schon Verständnis und würde das nicht als persönliche Zurückweisung empfinden.«

Er trank den Rest seines Bieres auf einen Zug aus und winkte dem Barkeeper, ihm ein neues zu zapfen. Seifert tat es ihm nach.

»Nicki«, antwortete er schließlich nachdrücklich. »Ich kenne sie natürlich nicht besonders gut, genauer gesagt nahezu gar nicht. So wie ich sie bisher erlebt habe, kann ich mir allerdings nicht vorstellen, dass sie es persönlich nehmen würde, wenn du ganz offen mit ihr darüber redest. Sie ist schließlich nicht Marion.«

»Gott sei Dank!«, bekräftigte Zell und nippte an seinem frischen Bier.

Marion war zwar eine ausgesprochen schöne, aber auch zutiefst unsichere Frau, die ihr Selbstwertgefühl in erster Linie aus dem Verhalten und der Aufmerksamkeit ihres Partners ihr gegenüber schöpfte. War Zell gezwungen Überstunden zu machen, schmollte sie und beschuldigte ihn, seinen Beruf mehr zu lieben als sie. War er geistesabwesend, weil er die Ereignisse des vergangenen Tages nach Feierabend nicht einfach ausschalten konnte wie den Fernseher, verdächtigte sie ihn, mit seinen Gedanken bei einer anderen Frau zu sein. Und wenn er nach dem Fund einer besonders scheußlich zugerichteten Leiche nicht die geringste Lust verspürte, mit ihr zu schlafen, machte sie ihm eine Szene, weil er sie angeblich nicht mehr liebte.

Ja, Marion hätte es sehr persönlich genommen und wäre zutiefst gekränkt gewesen, wenn er in einem Fall wie diesem seine Beziehung zu ihr auf Eis gelegt hätte. Doch Uwe hatte recht. Nica schien wohltuend anders zu sein.

»Als Erstes solltest du dir mal darüber klar werden, was du wirklich willst«, schlug Seifert vor. »Abgesehen davon, dass ihr euch erst seit zwei Tagen kennt. Nehmen wir mal an, du könntest es möglich machen, dass diese Beziehung – oder was immer es für dich ist und sein soll – den optimalen Verlauf nimmt. Welcher wäre das? Eine vorübergehende Affäre? Ein flüchtiges Abenteuer für ein paar Nächte, bis du dich ausgetobt hast? Oder was Langfristiges?«

Zell seufzte tief und schüttelte den Kopf. »Nach dem wenigen, was ich bisher mit Nica erlebt habe – ich wage es kaum auszusprechen –, könnte sie tatsächlich die Frau sein, die ich mir immer gewünscht habe. Wenn es also allein nach mir ginge, sollte es unbedingt etwas Langfristiges sein. Ich habe nur nicht die leiseste Ahnung, wie sie das sieht. Vielleicht bin ich für sie ja nur eine flüchtige Affäre.«

»Möglich. Nicki scheint mir allerdings nicht der Typ für flüchtige Affären zu sein. In jedem Fall solltest du die Chance, die du bekommen hast, nicht ungenutzt verstreichen lassen. Egal was am Ende dabei herauskommt, wenn du die Sache beendest, wirst du es möglicherweise für den Rest deines Lebens bereuen. Notfalls kannst du die Leitung der Moko immer noch wegen Interessenkonflikts abgeben. Das wird deiner Laufbahn garantiert keinen Knick nach unten verpassen.«

Zell nickte zustimmend. »Du hast recht, Uwe. Ich werde mit Nica reden und auf ihre wohlwollende Nachsicht und vor allem ihr Verständnis hoffen.«

»Ich glaube, dessen kannst du dir sicher sein«, war Seifert überzeugt. »Sie ist schließlich kein unreifer Teenager mehr.«

»Das war Marion auch nicht.«

»An Jahren nicht«, bestätigte Seifert. »Was die charakterliche Reife betrifft, kann sie dagegen in gewissen Dingen höchstens siebzehn gewesen sein. Allerhöchstens.«

Zell musste lachen.

Seifert stimmte darin ein. »Und außerdem«, fügte er pragmatisch hinzu, »ist Nicki nicht die Richtige für dich, wenn sie kein Verständnis für deine Entscheidung hat. In dem Fall solltest du sogar froh sein, dass zwischen euch bisher nicht mehr gewesen ist als ein One-Night-Stand oder so.« Er blickte seinen Kollegen fragend an. »Fühlst du dich jetzt besser?«

Zell nickte. »Danke, Uwe. Du hast mir wirklich sehr geholfen.«

»Dafür sind Freunde doch da«, meinte Seifert und grinste. »Als guter Freund darfst du mich jetzt zum Dank einladen und die nächste Runde bezahlen.«

Zell grinste und nickte. Er würde Nica noch heute Abend aufsuchen und mit ihr reden. Falls das tatsächlich das Aus für sie beide bedeutete, dann wenigstens zu einem Zeitpunkt, an dem es ihm nicht das Herz brechen würde. Trotzdem würde es unglaublich wehtun.

•

Als Zell eine Stunde später das *Magic Song* erreichte, war es kurz vor neun. Nica und ihre Band hatten gerade das letzte Lied vor der Pause beendet. Sie kam mit einem freudigen Lächeln auf ihn zu.

»Hallo Ralf«, begrüßte sie ihn. »Ich hatte schon befürchtet, ich müsste tatsächlich bis Samstag warten, ehe wir uns wiedersehen.«

Er lächelte ebenfalls. »Ich hoffe, du empfindest mich nicht als aufdringlich oder gar lästig, weil ich schon wieder hier bin.«

»Im Gegenteil«, versicherte sie ihm. Sie drückte seine Hand und führte ihn zu dem für die Belegschaft reservierten »Medusa-Tisch«, der momentan nicht besetzt war. »Ich werte das als Kompliment. Außerdem finde ich es schön, dass du deiner Neigung nachgibst. Viele Männer würden sich mit Gewalt zurückhalten, nur um sich nicht die Blöße zu geben, dass sie sich zutiefst nach einer Frau sehnen.«

»Damit habe ich keine Probleme«, gestand er und streichelte ihre Hand.

»Hat du Lust, nachher noch mit zu mir zu kommen?«, schlug sie vor. »In dem Fall streiche ich hier die Segel, sobald wir unser Musikprogramm beendet haben.«

»Gern, Nica. Aber«, er räusperte sich unsicher, »ich muss dringend mit dir reden.«

Sie blickte ihn forschend an. »Oh, oh«, sagte sie gedehnt, »das hört sich nach was Ernstem an.« Sie legte ihre Hand auf seine. »Solange du nur reden und mich nicht verhaften willst, bist du mir immer willkommen.« Sie zwinkerte ihm zu. »Willst du was essen?«

Er nickte, und sie holte ihm die Speisekarte. Dabei gab sie ihren Leuten Anweisung, dass Zell ab sofort berechtigt war, am »Medusa-Tisch« zu sitzen, und einen Sonderrabatt auf alles bekam, was er bestellte.

Wenig später aß er eine »Drachenzunge« – ein vegetarisches, scharf gewürztes Schnitzel – und lauschte Nicas Gesang. Dabei konnte er nicht verhindern, dass seine Gedanken um das Gespräch kreisten, das vor ihm lag. Die Aufklärung des Mordes mochte noch Wochen dauern. Wenn er seine privaten Kontakte zu Nica bis dahin abbrach, würde es ihre Beziehung, die mit jeder Minute fester zu werden schien, wahrscheinlich zerstören. Die Leitung der Moko abzugeben, kam für ihn nicht infrage. Das würde bedeuteten zuzugeben, dass er sich nicht im Griff hätte und seine Gefühle seinen Beruf beeinflussten. Davon abgesehen wusste er ja nicht einmal, welche Vorstellungen Nica über ihrer beider Zukunft hatte. Er musste unbedingt wissen, wie sie darüber dachte, bevor er mit ihr über ihre vorläufige Trennung sprach.

Wie sie es versprochen hatte, machte sie unmittelbar nach dem letzten Auftritt der Band Schluss und fuhr mit Zell zu ihrem Haus, wo sie ihn die Küche führte.

»Tee?«, fragte sie schon halb auf dem Weg zum Herd.

Er nickte, während er sich auf die Bank am Fenster setzte und seine Jacke auszog. Sie holte ein Feuerzug aus der Schublade und warf es ihm zu.

»Zündest du bitte die Kerzen an?«

Zell fing das Feuerzeug auf und fühlte sich im selben Moment, als habe man ihm einen Schlag in die Magengrube versetzt. Das Feuerzeug war aus Gold und trug die eingravierten Initialen R. A. Dies war zweifellos das Feuerzeug, das Isabella Asmund als gestohlen gemeldet hatte.

»Woher hast du das Feuerzeug?« Ihm war schlagartig kalt.

»Von Robert«, antwortete Nica ohne jede Spur von Unsicherheit oder gar schlechtem Gewissen. »Er hat es irgendwann im *Magic Song* liegen gelassen und wollte es nicht mehr, als ich es ihm zurückgeben wollte. Er sagte, es erinnere ihn zu sehr daran, wie er zu Hause gegängelt wird«, fügte sie mit einem verächtlichen Unterton hinzu. »War wohl ein Geschenk seiner Frau. Was ist damit?«

»Seine Frau hat behauptet, dass es ihm zusammen mit seiner Brieftasche, dem Handy und seiner Uhr gestohlen worden ist, als man ihn ermordet hat.« Zell fühlte sich alles andere als wohl in seiner Haut.

Nica zuckte mit den Schultern. »Da sieht man mal, wie wenig sie von ihm wusste. Er hat das Rauchen vor knapp einem halben Jahr aufgegeben und das Feuerzeug seitdem nur noch im *Magic Song* zum Kerzenanzünden benutzt. Wie gesagt, vor ein paar Wochen hat er es dort vergessen und mir anschließend geschenkt.« Sie blickte ihn aufmerksam an.

Zell schloss die Augen und fühlte sich jetzt richtig elend. Doch es half alles nichts. Er musste tun, was er tun musste.

»Nica, da dieses Feuerzeug als gestohlen gemeldet wurde und sich hier bei dir befindet, legt das den Verdacht nahe, dass sich vielleicht auch Asmunds Brieftasche, Uhr und die anderen gestohlenen Dinge bei dir befinden könnten. Nicht dass ich das glaube«, fügte er hastig hinzu, »aber ich bin verpflichtet und gezwungen, wegen Gefahr im Verzug jetzt eine Durchsuchung deiner Wohnung vorzunehmen, da hinreichende Verdachtsmomente bestehen, dass du etwas mit seinem Tod zu tun haben könntest oder doch zumindest was weißt.« Das würde sie ihm garantiert nie verzeihen. »Das ist meine Pflicht, Nica«, betonte er noch einmal.

Sie nickte mit ausdruckslosem Gesicht. »Natürlich, Ralf.« Sie machte eine ausholende Bewegung. »Bitte. Durchsuche alles, was du willst. Ich habe nichts zu verbergen. Ich koche in der Zwischenzeit Tee.«

Zell kam sich zum ersten Mal bei einer Durchsuchung vor wie ein Voyeur, als er systematisch begann, zuerst die Schubladen und Schränke in der Küche zu kontrollieren und sich anschließend die anderen Zimmern vornahm. Besonders widerstrebte es ihm, ihren Kleiderschrank mit der intimen Wäsche darin zu öffnen, aber es musste sein. Er glaubte Nica natürlich ihre Version, wie sie an das Feuerzeug gekommen war. Doch er war Kriminalbeamter und hier unvermittelt auf ein Beweisstück in einem Mordfall gestoßen.

Nica saß währenddessen in der Küche, trank Tee und schrieb etwas auf einem Laptop. Sie beachtete Zell nicht und sah ihn erst wieder an, als er zwei Stunden später die Durchsuchung beendet hatte und wieder vor ihr stand. Ihr Gesicht war immer noch ausdruckslos.

»Ich habe nichts gefunden«, sagte er überflüssigerweise.

»Du hast ja auch etwas übersehen.«

Sie stand auf und bedeutete ihm mit einer Kopfbewegung ihr zu folgen. Sie führte ihn ins Schlafzimmer, wo sie einen der indianischen Teppiche an der Wand zur Seite schob. Dahinter kam ein in die Wand eingebauter Safe zum Vorschein. Sie tippte die Kombination ein, öffnete ihn und machte eine einladende Handbewegung. Zell warf einen Blick hinein und entdeckte nur ein paar wichtige persönliche Papiere, wie ihre beiden Pässe, Geburtsurkunde, Schulzeugnisse und dergleichen mehr.

»Wenn ich allerdings die Mörderin wäre«, betonte sie, »würde ich das belastende Diebesgut garantiert nicht in meinem Haus aufbewahren.« Sie sah ihm ernst in die Augen. »Was bedeutet das jetzt für dich, Ralf? Dass ich immer noch verdächtig bin?«

»Nicht für mich, Nica, das musst du mir glauben. So leid es mir tut, ich konnte nicht anders handeln. Und ich kann vollkommen verstehen, dass du jetzt sauer auf mich bist.«

Damit hatte sich wohl auch eine Beziehung mit ihr erledigt. Er ging in die Küche, zog seine Jacke an und stellte fest, dass das Ende verdammt wehtat, obwohl sie sich erst seit zwei Tagen kannten. Als er sich umdrehte um zu gehen, stand sie vor ihm und sah ihn nachdenklich an.

»Du bist ein überaus ehrenhafter und gewissenhafter Mann«, sagte sie bedächtig. »Ich kann nur unvollkommen ermessen, wie quälend diese Situation für dich sein muss. Nein, ich bin nicht sauer auf dich. Hättest du nicht deine Pflicht getan, hättest du das wahrscheinlich bis zum Abschluss eures Falls bereut, weil du ständig Zweifel gehabt hättest, ob ich nicht doch was mit dem Mord zu tun habe. Außerdem kennen wir uns ja kaum, und du weißt noch nahezu nichts über mich. Wären wir allerdings schon ein paar Jahre zusammen und du hättest mich trotzdem verdächtig, ja, dann wäre ich wohl sauer gewesen.«

Zell konnte kaum glauben, was er da hörte. Alle Frauen, die er bisher kennengelernt hatte, wären in so einer Situation zutiefst verletzt gewesen und hätten entsprechend reagiert. Nica dagegen verstand ihn. Beinahe war er versucht, sie anzustupsen, um sich davon zu überzeugen, dass sie wirklich existierte und kein Traumgebilde war. Er wagte kaum zu hoffen, dass sich zwischen ihnen tatsächlich eine Beziehung entwickeln könnte, die über Verliebtheit und körperliche Anziehung hinausging.

Sie bat ihn mit einer Handbewegung Platz zu nehmen, und er setzte sich. Sie nahm neben ihm Platz und schenkte ihm Tee ein. »Hat das, was du ursprünglich mit mir besprechen wolltest, mit dem Fall zu tun?«

Er nickte. »In gewisser Weise. Nica, ich …« Er zögerte und wusste nicht, wie er sein Anliegen diplomatisch vorbringen sollte. Deshalb entschied er sich für ungeschminkte Offenheit. »Ich habe schon seit sehr langer Zeit nicht mehr für einen Menschen – eine Frau empfunden, was ich für dich fühle.« Er schüttelte verwundert den Kopf. »Mein Gott, wie kennen uns erst seit zwei Tagen. Das ist noch viel zu kurz, um entscheiden zu können, ob wir vielleicht langfristig eine Chance hätten. Kann ja sein, dass das, was ich für tiefere Gefühle halte, einfach nur eine Illusion ist, die mir mein momentan erheblich erhöhter Testosteronspiegel vorgaukelt.«

Nica lächelte leicht.

»Ich fände es trotzdem unendlich schade, wenn mein Beruf, vielmehr meine Pflicht als Polizeibeamter das zerstören würde, noch bevor es richtig begonnen hat. Von meiner Seite aus würde ich gern versuchen herauszufinden, ob das, was uns zu verbinden scheint, vielleicht für längere Zeit Bestand haben kann. Falls ja, muss ich die Leitung des Falls abgeben. Bevor ich diesen schwerwiegenden Schritt tue, wollte ich erst mal wissen, wie du das Ganze siehst. Darüber wollte ich mit dir reden.« Er blickte sie erwartungsvoll an.

»Du meinst, ob ich deine Gefühle erwidere«, brachte sie es auf den Punkt und nickte. »Das tue ich, Ralf. Von ganzem Herzen. Und auch mir ist so was noch nie passiert. Ich gebe zu, das hat etwas Erschreckendes an sich. Aber ja, ich möchte unbedingt herausfinden, ob diese Verliebtheit zu einer festen Beziehung werden kann. Ich glaube nämlich, dass wir vielleicht nie wieder so eine Chance bekommen.«

Er ergriff ihre Hände und fühlte sich in diesem Moment beinahe glücklich. Deshalb widerstrebte es ihm zutiefst, sie jetzt allein zu lassen. Doch ein Blick auf die Uhr, die hinter ihr an der Wand hing, zeigte ihm, dass es schon nach ein Uhr morgens war. Er musste nach Hause, wenn er noch ein bisschen Schlaf bekommen wollte.

»Es ist schon spät«, stellte sie fest, als hätte sie seine Gedanken erraten. »Magst du hier übernachten?«

Es gab nichts, das er lieber wollte. »Wenn es dir recht ist, sehr gern.«

Ihre Antwort bestand aus einem zärtlichen Kuss, und Zell hatte das Gefühl, eine gute Entscheidung getroffen zu haben. In jeder Hinsicht.

»Ich sehe, du hast eine Entscheidung getroffen«, stellte auch Seifert am nächsten Morgen fest, als Zell wieder vor sich hin summend ins Büro kam. »Du siehst so zufrieden aus.«

»Das bin ich auch, Uwe. Ich steige aus dem Fall aus.« Er berichtete Seifert, was gestern Abend vorgefallen war und dass er Asmunds verschwundenes Feuerzeug bei Nica gefunden hatte.

»Wenn sie die Mörderin wäre, hätte sie dir garantiert nicht ausgerechnet Asmunds Feuerzeug zum Kerzenanzünden gegeben«, war Seifert überzeugt. »So dumm ist sie nun wirklich nicht.«

»Um wen geht es?«, wollte Silvia Schneider wissen, die in diesem Moment zur Tür hereinkam. »Morgen, Jungs! Also, was gibt es?« Sie blickte die beiden Männer fragend an.

»Uwe übernimmt ab sofort die Leitung der Ermittlungen im Fall Asmund«, teilte Zell ihr mit. »Ich bin raus dem Fall.«

»Wieso das denn?«

»Wegen Nica. Frau Ravenhorst«, erklärte Zell und blickte beinahe schuldbewusst drein.

Silvia Schneiders Augen wurden groß. »Oh!«, meinte sie und fügte in einem Tonfall, der mehr sagte als alle Worte, hinzu: »Oha!« Sie begann zu grinsen. »Also, Ralf, dass dir so was mal passiert, hätte ich nicht für möglich gehalten! Gerade du, der du immer so beherrscht bist und mit kühler Logik an alles herangehst …« Sie schüttelte den Kopf. »Also nee, das hätte ich wirklich nicht gedacht! Diese Nica muss ja eine außergewöhnliche Frau sein.«

»Ich finde das nicht witzig!«

Silvia Schneider ließ sich davon nicht beeindrucken. »Ich schon«, sagte sie immer noch grinsend und schenkte ihrem Vorgesetzen einen beinahe liebevollen Blick. »Mensch, Ralf, ist doch schön, dass du endlich wieder jemanden gefunden hast. Damit dürfte der permanente Notstand in deinem Bett ja nun erst mal vorbei sein.«

»Aber Nica ist eine potenzielle Mordverdächtige«, betonte Zell und ignorierte die Anzüglichkeit und Seiferts amüsiertes Grinsen.

»Eigentlich nicht«, war seine Kollegin überzeugt. »Nach der bisherigen Beweislage deutet nichts darauf hin, dass Frau Ravenhorst mit der Sache mehr zu tun hat, als dass sie das Opfer kannte und wahrscheinlich die Letzte war, die es lebend gesehen hat. Ich kann mir allerdings lebhaft vorstellen, dass es eine Menge Sticheleien gäbe, wenn du die Leitung abgibst, weil du dich in Frau Ravenhorst verliebt hast.«

Zell seufzte tief. »Die werden sich wohl nicht vermeiden lassen.«

»Ich denke doch«, war Silvia überzeugt. »Wie ich schon sagte, spricht momentan nichts für Frau Ravenhorst als Täterin. Solange das so bleibt, sehe ich keinen Grund, weshalb du die Ermittlungen nicht weiterführen solltest. Uwe und ich werden ein besonderes Augenmerk auf dich haben und sofort Laut geben, wenn wir den Eindruck haben, dass du befangen reagierst. Ich gehe mal davon aus, dass bisher nur wir drei von deinem Verhältnis zu Frau Ravenhorst wissen.«

Zell nickte.

»Dann sehen wir zu, dass es dabei bleibt. Solange sonst niemand was davon erfährt, sollten wir keine schlafenden Hunde wecken.«

»Das ist gegen die Vorschrift«, erinnerte Zell sie. »Sobald ein Beamter persönlich involviert ist, in welcher Art auch immer, hat er augenblicklich aus dem Team genommen zu werden.«

»Stimmt«, bestätigte Silvia und machte ein scheinheiliges Gesicht. »Aber ich habe keinerlei Kenntnis davon, dass du, Ralf, in irgendeiner persönlichen Form in den Fall involviert bist. Du, Uwe?«

Seifert hob abwehrend die Hände. »Ich weiß von nichts.«

»In dem Fall«, wandte sich Silvia wieder an Zell, bevor der protestieren konnte, »vertrauen wir darauf, Ralf, dass du so diskret bist, dass niemand was merkt. Somit kannst du die Ermittlungen weiterhin leiten. Sollte etwas rauskommen, ist es für dich immer noch früh genug, den Fall abzugeben. Uwe und ich wussten dann natürlich von absolut rein gar nichts.«

»Natürlich«, bestätigte Zell ironisch und blickte die beiden erleichtert an. »Danke. Ihr könnt euch auf mich verlassen.«

»Als ob wir das nicht wüssten«, meinte Seifert immer noch grinsend und klopfte ihm auf die Schulter. »Machen wir uns also wieder an die Arbeit.«

Das war leichter gesagt als getan, denn die Ermittlungen hatten einen toten Punkt erreicht. Obwohl Zell das Feuerzeug natürlich asservierte und einen detaillierten Bericht schrieb, wie und wo er es gefunden hatte, gab es keine weiteren Anhaltspunkte, die eine Spur zu Robert Asmunds Mörder wiesen. Zell ließ Silvia sicherheitshalber nachprüfen, ob Nica ein Bankschließfach oder etwas Ähnliches besaß, um ausschließen zu können, dass sie, als potenzielle Täterin, ihre Beute außer Haus versteckt hatte. Sie hatte keins, und es ergaben sich auch keine weiteren Verdachtsmomente gegen sie.

Die Auswertung der Spuren am Tatort brachte ebenfalls keinen Hinweis. Seifert hatte das Alibi der Holbecks überprüft und bestätigt bekommen, dass Bianca und Gerhard Holbeck zur Tatzeit tatsächlich mit Gästen in ihrem Haus gewesen waren. Auch Frank Sassners Alibi war wasserdicht, und nichts deutete auf eine Verbindung zu einem möglichen Auftragsmörder hin.

Wenn man Nica als Verdächtige ausschloss, so war die Einzige, die kein hinreichendes Alibi vorweisen konnte, Isabella Asmund. Allerdings gab es nicht den geringsten Beweis dafür, dass sie nicht, wie sie ihrer Stiefmutter gegenüber behauptet hatte, zur Tatzeit im Bett gewesen war. Die Ermittlungen traten auf der Stelle.

Als Nächstes musste man sich bei den Informanten in der Szene umhören, ob irgendjemand von einem kürzlich vergebenen Mordauftrag wusste oder über dunkle Kanäle eine Makarov verkauft worden war. Doch bis sie Antworten auf ihre Fragen erhielten, würde es erfahrungsgemäß ein paar Tage dauern. Außerdem bestand die Möglichkeit – auch wenn es nicht sehr wahrscheinlich erschien – dass der Mord an Asmund gar nichts mit seinem Leben der letzten paar Jahre zu tun hatte, sondern mit irgendeinem Ereignis in seiner Vergangenheit. Deshalb konzentrierten Zell und sein Team die Ermittlungen jetzt auf Asmunds Herkunft sowie den früheren und jetzigen Freundeskreis.

•

Bianca Holbeck wurde seit ihrem Besuch beim Zentralen Kriminaldienst gestern Morgen von einem Gefühl der Angst beherrscht. Zu erfahren, dass nicht nur die Polizei von ihrem Verhältnis mit Robert wusste, sondern auch diese Detektivin, die Isabella auf ihren Mann angesetzt hatte, schockierte sie regelrecht. Vielmehr dass sie, Bianca, sie erst durch ihren Bestechungsversuch darauf gebracht hatte. Natürlich hatten sie und Robert sich nach dieser Aktion eine Weile nicht mehr getroffen, bis sie sicher sein konnten, dass die Überwachung beendet war.

Dennoch blieb die Angst unterschwellig ständig präsent. Nachdem sie damals begriffen hatten, wie haarscharf sie einer Entdeckung durch Gerhard oder Isabella entgangen waren, hätten sie das Verhältnis in absehbarer Zeit ohnehin aus Sicherheitsgründen beenden müssen. Mit Roberts Tod hatte sich das von selbst erledigt. Jetzt musste Bianca nur noch schnellstmöglich alle restlichen Spuren tilgen, um danach ihr Leben weiterzuführen, als hätte ihre Liebe zu Robert nie existiert. Sie hatte nur nicht die leiseste Ahnung, wie sie das bewerkstelligen sollte.

Als Erstes hatte sie heute das möblierte Appartement in der Kleinen Straße gekündigt. Abends, nachdem sie Gereon kurz nach acht zu Bett gebracht hatte, war sie unter dem Vorwand, noch eine Runde reiten und anschließend schwimmen zu wollen, nach Lehndorf gefahren. Sie hatte ihre Sachen aus dem Appartement geholt, die jetzt im Kofferraum ihres Wagens lagen. Sie würde sie erst am nächsten Tag auspacken, wenn Gerhard in der Firma war und Isabella wie jeden Freitagnachmittag in ihrer Boutique vorbeischaute. Roberts Sachen – ein Bademantel, eine Garnitur Unterwäsche zum Wechseln, Hygieneartikel und ein frisches Hemd – hatte sie in der Mülltonne des Hauses entsorgt.

Danach war sie tatsächlich Reiten gegangen, was ihr heute nicht die Ruhe verschafft hatte wie sonst und sogar recht anstrengend gewesen war. Ihr Pferd hatte ihre Unruhe gespürt und nervös reagiert, beinahe bockig. Anschließend war sie noch ins Schwimmbad gefahren, um ein paar Bahnen zu ziehen, aber auch das hatte die unterschwellige Angst nicht zum Schweigen gebracht.

Als Nächstes würde sie den Mietvertrag vernichten. Zwar bewahrte sie ihn in einem Ordner mit ihren ganz persönlichen Papieren auf, aber sie kannte ihren Mann gut genug, um zu wissen, dass er dort als Erstes nachsehen würde, falls er nach Beweisen für ihre Untreue suchte. Natürlich hatte sie sich eine plausible Begründung zurechtgelegt, warum sie das Appartement gemietet hatte. Da sie es nun nicht mehr brauchte, wäre es jedoch reichlich dumm von ihr, es weiterhin zu behalten.

Schlagartig wurde ihr bewusst, wie einsam ihr Leben jetzt sein würde, wo sie nur noch Gereon und seine kindliche Liebe besaß. Hätte sie nicht die Konsequenzen gescheut, sie hätte Gerhard auf der Stelle verlassen. Doch der Preis, in dem Fall auch ihren Sohn zu verlieren, war einfach zu hoch. Sie würde also noch acht oder sogar zehn Jahre aushalten, bis Gereon alt genug war, sich von seinem Vater nicht mehr verbieten zu lassen, seine Mutter zu sehen, wenn er das wünschte. Danach konnte sie sich endlich von Gerhard befreien. Doch zunächst musste sie die gegenwärtige Situation überstehen.

Sie lenkte den Wagen auf den Hof der Villa und fuhr ihn in die Garage. Es war schon dunkel, und ein Blick auf die Uhr zeigte ihr, dass es bereits kurz vor elf war. Sie wusste, was ihr deswegen blühte, sobald sie das Haus betrat. Gerhard würde sie verhören, wo sie die ganze Zeit über gewesen war. Nicht dass er ihre Gesellschaft vermisst hätte, aber es missfiel ihm, nicht ständig alles unter Kontrolle zu haben. Das galt ganz besonders für seine Familie.

Bianca stieg aus, hängte sich ihre Tasche mit den Schwimmsachen über die Schulter und verließ die Garage, deren Tor sich automatisch hinter ihr schloss. Ein Schlag traf sie vor die Brust und raubte ihr den Atem. Sie taumelte zurück und spürte, wie ihr Herz aussetzte und etwas Warmes, Feuchtes über ihre Brust rann. Unvermittelt gaben ihre Beine nach, und sie brach zusammen.

Noch ehe ihr Körper auf dem Boden aufschlug, war Bianca Holbeck bereits tot.

•

Ralf Zell hatte zum wiederholten Mal während der letzten drei Tage das Gefühl, dass er sich wie ein unreifer Teenager aufführte, der spontan seinen Bedürfnissen nachgab, ohne darüber nachzudenken. Anders war es nicht zu erklären, dass er heute Abend schon wieder mit Nica zusammen sein wollte, obwohl er sich erst am Morgen von ihr verabschiedet hatte.

Hätte ihm irgendwann jemand prophezeit, dass er sich mit fast fünfzig von einem Tag auf den anderen derart heftig verlieben würde, er hätte es nicht geglaubt. Das war einfach nicht normal. Trotzdem war es ein herrliches Gefühl, und Zell genoss es in vollen Zügen, denn er hatte sich schon lange nicht mehr so lebendig gefühlt. Aus diesem Grund fand er sich nach Dienstschluss schon wieder im *Magic Song* ein, um Nica zu sehen, sie singen zu hören und nebenbei auch etwas zu essen.

Er hatte Nica spontan zu sich nach Hause eingeladen, nachdem sie ihm signalisiert hatte, dass sie es sich ohne Weiteres leisten konnte, auch heute wieder um zehn Uhr Feierabend zu machen. Dass er nach so kurzer Zeit schon bereit war, sie in seine ganz private Welt einzulassen, sagte ihm eine Menge über die wahre Natur seiner Gefühle für sie.

Trotzdem empfand er eine gewisse Spannung und auch Nervosität, als er jetzt die Tür seiner Wohnung aufschloss, das Licht einschaltete und Nica den Vortritt ließ.

»Willkommen in der Wolfshöhle«, sagte er mit leiser Selbstironie. »Und ich habe dich nur hierher eingeladen«, er senkte die Stimme und flüsterte knurrend, »damit ich dich besser fressen kann!« Er umfing sie von hinten mit den Armen und biss ihr sanft in den Hals.

Sie lachte, drehte sich zum ihm herum und legte die Arme um ihn. »Na, das will ich doch hoffen! Zufällig mag ich Wölfe und füttere sie gern.«

Ehe er sich versah, küsste sie ihn innig. Auch in diesem Punkt war sie wohltuend anders als Marion und die meisten anderen Frauen, mit denen er ab und zu eine Nacht verbracht hatte. Nica scheute sich nicht ihm zu zeigen, dass sie ihn begehrte.

»Ist dir eigentlich bewusst, dass wir beide total verrückt sind?«, fragte er, nachdem sie sich wieder voneinander gelöst hatten und er sie ins Wohnzimmer geleitete.

»Ja«, stimmte sie unumwunden zu. »Aber ich bin gern verrückt.«

Er streichelte ihre Wange. »Wieso hat eine Frau wie du nicht schon längst einen festen Partner? Oder bist du geschieden?«

»Nein. Ich habe bis jetzt einfach keinen Mann gefunden, mit dem ich den Rest meines Lebens verbringen möchte. Gerade in diesem Punkt bin ich nicht bereit, Kompromisse einzugehen. Wenn man nicht zusammenpasst, hat die Sache keinen Wert.«

»Das sehe ich auch so. Tee?«

»Gern.«

Während er in die Küche ging, um Wasser aufzusetzen, fragte er sich, wie seine Wohnung auf Nica wirken, was sie ihr wohl über ihn verraten mochte.

Dass er Bücher liebte, denn die Bücherregale aus massivem Kiefernholz okkupierten zwei Wände im Wohnzimmer vollständig und die dritte halb, wo sich die Regale den Platz mit Fernseher und Musikanlage sowie dem Fenster teilten. An der vierten Wand stand die Couchgarnitur mit einem ebenfalls massiven Holztisch davor, auf dem ein paar Zeitschriften lagen: eine Fernsehillustrierte, die Tageszeitung, die aktuelle Ausgabe von »Kriminalistik« und ein Fitnessmagazin.

Dass er sich fit hielt, denn schräg gegenüber dem Fernseher standen ein Ergometer und ein Muskelturm. Der darauf fehlende Staub sowie gewisse Abnutzungserscheinungen an den Polstern zeugten davon, dass beides nicht nur als Mahnung oder Alibi herhalten musste.

Alles andere gab der Inhalt der Regale preis, in denen außer den gesammelten Werken über Sherlock Holmes kein einziger Krimi zu finden war. Krimis hatte er im täglichen Leben genug; manchmal mehr als ihm lieb war. Stattdessen besaß er die Klassiker der Romanliteratur – und hatte sie auch alle mindestens einmal gelesen – von »So weit die Füße tragen« über die Bücher von Dumas und Dostojewski bis zu Tolkiens »Herr der Ringe«, das er mit großer Begeisterung verschlungen hatte.

Und er liebte Lyrik, besonders die klassisch gereimte, die heute meistens als altmodisch angesehen wurde und beinahe schon verpönt war. Joseph von Eichendorff und William Butler Yeats waren seine erklärten Lieblingsdichter. Dazu ein paar moderne Autoren der Weltliteratur und die obligatorischen Fachbücher, unter anderem über Psychologie.

Ein Blick auf seine CD-Sammlung zeugte von einem vielfältigen Geschmack, der nahezu die ganze Bandbreite der Stile abdeckte, von der Klassik – Zell liebte Violinkonzerte – über Pop und Rock und einige ausgewählte Country-Interpreten – allen voran Johnny Cash und Burl Ives – bis zu Hardrock, den er sich allerdings nur anhörte, wenn er besonders mies drauf war. Und seit Neuestem gab es da seine Vorliebe für die »magischen Lieder« von Nica.

Als er schließlich mit der Teekanne und zwei Bechern ins Wohnzimmer kam, stand sie vor seinem Musik-Regal, hielt eine CD in den Händen und machte ein überaus ernstes Gesicht.

»Ist etwas nicht in Ordnung, Nica?« Sie schwenkte die CD, und er erkannte, dass sich um eine von Nat King Cole handelte. »Soll ich sie auflegen?«

Sie schüttelte den Kopf. »Ich habe gerade die Titel darauf gelesen, und der eine hier ist mir aufgefallen: *After you get what you want*. Das erinnert mich an etwas, das Robert mal über seine Pläne mit Sassner Bau gesagt hat.« Sie lächelte entschuldigend und stellte die CD zurück ins Regal. »Du hast ja Feierabend, und ich will nicht die Arbeit in deinen Privatbereich tragen.«

»Schon in Ordnung, Nica. Wenn wir nicht den ganzen Abend darüber sprechen, interessiert mich natürlich, was er gesagt hat. Bis morgen könntest du es wieder vergessen haben.« Er blickte sie auffordernd an.

»Vielleicht ist es ja ganz unwichtig. Aber als wir den Kreditvertrag aufgesetzt haben, hat er für einen Moment gezögert und überlegt, ob er wirklich das Richtige tut. Sassner hätte da so eine Andeutung gemacht, die ihm merkwürdig vorkam, sagte er. Sobald er mit Roberts Hilfe bekommen hätte, was er wollte – *after you get what you want* –, würde er eine ganz große Sache ins Rollen bringen, die Holbeck das Genick bricht. Sinngemäß. Den genauen Wortlaut habe ich nicht mehr im Kopf.«

Zell nahm sich einen Schreibblock und notierte das. »Welchen Eindruck hattest du, als er das sagte? War er nervös oder …« Er blickte sie fragend an.

Sie dachte einen Moment nach und rief sich die Szene offensichtlich wieder in Erinnerung. »Nervös nicht. Er schien sich lediglich mit Sassners Plänen bezüglich seines Schwiegervaters nicht ganz wohl zu fühlen. Kann ich durchaus nachvollziehen.

Es ist eine Sache, sich mit dem Konkurrenten zu verbünden, um Holbeck eins auszuwischen, aber eine ganz andere Sache, unmittelbar zum Ruin seines Schwiegervaters beizutragen. Jedenfalls hat er sich trotzdem entschieden, zu Sassner zu wechseln. Mehr weiß ich darüber leider nicht.«

»Mehr herauszufinden ist ja auch Aufgabe der Polizei«, erinnerte Zell sie, schenkte ihnen beiden Tee ein und lud Nica ein, ihm auf der Couch Gesellschaft zu leisten.

»Du hast eine schöne Wohnung«, fand sie, als sie sich an ihn kuschelte. »Und etliche Bücher, die ich auch besitze, nur in Deutsch.« Sie sah ihm die Augen. »Wir haben offenbar vieles gemeinsam.«

Er legte den Arm um ihre Schultern. »In der Tat. Ich finde nicht nur das überaus angenehm.«

Er gab ihr einen zärtlichen Kuss, den sie in der ihr eigenen Art hingebungsvoll erwiderte, ehe sie langsam begann, sein Hemd aufzuknöpfen. Er ließ sie gewähren, und seine Finger wanderten zu ihrer Bluse.

Der Tee konnte warten.

Als Zell am nächsten Morgen mit leichter Verspätung ins Büro kam, wusste er sofort, dass etwas Gravierendes vorgefallen war, denn Seifert und Silvia steckten die Köpfe über einer dünnen Akte zusammen und sahen überaus ernst aus.

»Wir haben einen weiteren Mord«, teilte ihm Silvia mit, ohne sich mit einer Begrüßung aufzuhalten. »Bianca Holbeck.«

»Was?«, entfuhr es Zell unwillkürlich.

Wenn er mit allem gerechnet hätte – damit nicht. Vorsätzlicher Mord war ohnehin kein alltägliches Verbrechen in Braunschweig. Auch wenn die sogenannten »Straftaten gegen das Leben« hier durchschnittlich fünfzig- bis siebzigmal im Jahr vorkamen, bei den meisten handelte es sich um Beziehungstaten, deren größter Teil im Affekt geschah und somit als Totschlag galt. Der Rest verteilte sich auf fahrlässige Tötungen oder Körperverletzungen mit Todesfolge bei Schlägereien und Ähnlichem. Vorsätzlicher Mord war äußerst selten. Dass es innerhalb einer einzigen Woche gleich zwei davon gab, die noch dazu Personen aus derselben Familie trafen, war definitiv kein Zufall.

»Sie wurde gestern Abend kurz vor elf im Hof ihrer Villa erschossen, und zwar auf dieselbe Weise wie Asmund. Janna hat das Geschoss schon einer Makarov zugeordnet. Der Abgleich mit der Kugel, die Asmund getötet hat, läuft noch. Was sagt uns das?«

»Dass damit die letzten Zweifel daran beseitigt sind, dass Asmunds Tod ein Raubmord gewesen sein könnte. Es war vielmehr eine gezielte Hinrichtung. Jemand scheint es darauf abgesehen zu haben, Holbeck fertigzumachen, denn es dürfte ja wohl kein Zufall sein, dass nur vier Tage später seine Frau ermordet wird. Ich wage allerdings nicht zu hoffen, dass wir diesmal mehr Glück haben und eine Spur finden, die uns zum Täter führt.« Er blickte die beiden fragend an.

»Die Untersuchungen des Tatorts sind noch nicht abgeschlossen«, sagte Uwe. »Wenn es derselbe Täter ist, wovon wir wohl ausgehen können, handelt es sich um einen Profi, und Spuren wären reine Glückssache.«

»Wollen wir hoffen, dass wir dieses Glück haben. Als Erstes fragen wir mal Holbeck, ob er uns nicht doch noch etwas zu sagen hat.«

•

Gerhard Holbeck befand sich bereits im Aufbruch zur Arbeit in seiner Firma, als Zell zusammen mit Silvia in seinem Haus ankam.

»Herr Holbeck, ich muss Sie bitten zu bleiben«, hielt Zell den Bauunternehmer zurück. »Wir haben ein paar Fragen an Sie.«

»Die kann Ihnen meine Tochter beantworten«, wehrte der Mann ab und erweckte den Eindruck, als wäre er nicht im Geringsten erschüttert über den Tod seiner Frau. »Sie bringt meinen Sohn in die Schule und ist gleich wieder zurück.«

Er wollte sich an Zell vorbeidrängen, doch der vertrat ihm den Weg. »Herr Holbeck, es ist mit Sicherheit kein Zufall, dass erst Ihr Schwiegersohn ermordet wird und danach auch noch Ihre Frau. Jemand hat es anscheinend ganz gezielt auf Ihre Familie abgesehen, und es wäre überaus hilfreich, wenn Sie uns sagen würden, wer dahinterstecken könnte. Es ist ja wohl offensichtlich, dass jemand Ihnen damit schaden will. Vor dem Hintergrund dessen halte ich es für ausgesprochen leichtsinnig, dass Sie Ihren Sohn in die Schule schicken. Abgesehen davon, dass der Junge gerade seine Mutter verloren hat, könnte der Mörder ihn als Nächsten umbringen. Oder Ihre Tochter.«

Holbeck maß Zell mit einem verächtlichen Blick. »Selbst wenn Ihre haltlose Vermutung den Tatsachen entspräche, Herr Zell, so wird mich doch niemand dazu bringen, mich oder meine Familie zu verstecken und mich in einem Mauseloch zu verkriechen. Ich habe eine Firma zu leiten. Falls mich tatsächlich jemand fertigmachen will, so sollten Sie mal nach Wolfenbüttel zur Firma Sassner blicken. Und von dem Kerl lasse ich mich erst recht nicht einschüchtern!«

Bevor Zell antworten konnte, nahm Holbeck seine Aktentasche und drängte den Kommissar rüde beiseite. »Ich an Ihrer Stelle würde allerdings mal nachforschen, wen mein sauberer Herr Schwiegersohn verärgert haben könnte. Da finden Sie garantiert mehr als einen Verdächtigen.«

»Und wen hat Ihre Frau Ihrer Meinung nach verärgert?«, fragte Silvia scharf, die sich von so viel Gefühllosigkeit genauso abgestoßen fühlte wie Zell.

Holbeck wandte sich ihr zu und maß sie mit einem undefinierbaren Blick. »Was weiß ich!«, knurrte er abfällig.

»Herr Holbeck!« Zells Stimme klang dermaßen eisig, dass Silvia unwillkürlich einen Schritt von ihm zurückwich. »Sie werden uns hier und jetzt Rede und Antwort stehen, oder ich nehme Sie vorläufig fest wegen des Verdachts der Verdunkelung einer Straftat, in welchem Fall Sie mich aufs Präsidium begleiten werden. Sie haben die Wahl.«

Holbeck richtete sich kerzengerade auf und maß Zell mit einem drohenden Blick, der wohl schon so Manchen eingeschüchtert hatte. Ralf Zell beeindruckte er nicht im Geringsten. Er erkannte in diesem Moment glasklar, was für ein Mensch Gerhard Holbeck wirklich war: ein zutiefst unsicherer Charakter, der keine Gefühle zuließ, aus Angst, die Kontrolle zu verlieren und sich eine Blöße zu geben, an der man seine Schwäche erkennen konnte. Ein Kleingeist, der sich nur groß fühlte, wenn er andere unterdrückte und despotisch beherrschte. Ein Mann, der seinen inneren Halt verlöre, sobald die Dinge nicht so liefen, wie sie für ihn laufen mussten, und der deshalb seinen Willen um jeden Preis durchzusetzen trachtete.

Im Grunde genommen war Gerhard Holbeck ein bedauernswertes Geschöpf. Zell verkniff sich ein Lächeln, als er jetzt auffordernd an ihm vorbei zum Salon deutete. Wie er erwartet hatte, gehorchte Holbeck sichtbar widerstrebend der stummen Aufforderung, ging ihm voran und nahm in einem Sessel Platz, ohne den beiden Beamten ebenfalls einen Platz anzubieten.

»Was wollen Sie wissen?« Obwohl der Bauunternehmer sich bemühte, souverän zu wirken, hatte sich eine kaum wahrnehmbare Unsicherheit in seinen Tonfall eingeschlichen.

»Das sagte ich bereits. Wer könnte Ihrer Meinung nach einen solchen Hass auf Sie haben, dass er nicht davor zurückschreckt, Ihre Familienmitglieder umzubringen?«

»Sassner«, wiederholte Holbeck nachdrücklich.

»Herr Sassner ist schon seit Jahren Ihr erbitterter Konkurrent«, warf Silvia ein. »Was haben Sie ihm *kürzlich* angetan, dass er jetzt auf einmal beschließt, Ihre Familie umzubringen? Vorausgesetzt natürlich, er ist tatsächlich der Schuldige.«

»Daran ist mein sauberer Herr Schwiegersohn Schuld, der …« Holbeck unterbrach sich und presste wütend die Lippen zusammen.

Zell blickte ihn aufmerksam an, doch Holbeck wich seinem Blick aus. »Sie wussten also, dass Ihr Schwiegersohn den Wechsel zur Sassner Bau GmbH plante«, schloss er messerscharf.

Holbeck öffnete den Mund, um zu leugnen, sah aber ein, dass das wenig Sinn hätte, nachdem ihm dieser Lapsus unterlaufen war. »Ja, ich habe davon erfahren. Solche Dinge bleiben in der Branche nicht lange geheim. Und ich habe Robert nachdrücklich klar gemacht, was es für ihn bedeuten würde, falls er diesen Schritt wagen würde, diesen …«, Holbeck suchte nach einem passenden Vergleich, »eklatanten Verrat.«

Demnach war Sassners Verdacht, dass es sich bei Asmunds Rückzieher um eine mit seinem Schwiegervater abgesprochene Sache handelte, gar nicht mal so falsch. Nur hatte Asmund den

Rückzieher wohl nicht freiwillig gemacht, sondern auf Druck seines Schwiegervaters. Für Sassner kam das natürlich aufs Gleiche heraus. Damit hatte er in der Tat ein verdammt gutes Motiv für einen Rachefeldzug, auch wenn er das leugnete.

Holbeck blickte Zell jetzt in die Augen. »Außer Sassner und dieser Spelunkensängerin wüsste ich wirklich niemanden, der irgendeinen Grund hätte, mir so etwas anzutun.«

Zell konnte sich unschwer noch eine Reihe weiterer Leute vorstellen, die wahrscheinlich eine mindestens ebenso große Wut auf den Bauunternehmer hatten: jeden brüskierten Geschäftspartner, jeden unterbezahlten, missachteten, entlassenen Angestellten und jeden ausgebooteten Konkurrenten. Doch von all denen hatte Sassner wohl tatsächlich das stärkste Motiv.

»Welches Motiv sollte Frau Ravenhorst Ihrer Meinung nach haben?«, erkundigte sich Silvia und stellte die Frage, die auch Zell auf der Seele brannte.

Holbeck zuckte mit den Schultern. »Ich sage es Ihnen ganz offen: Mein Schwiegersohn war ein Feigling und ein Waschlappen. Deshalb bin ich überzeugt, dass er seine Weigerung, sich von meiner Tochter zu trennen und diese Frau zu heiraten, ihr gegenüber damit gerechtfertigt hat, dass er mir die gesamte Schuld daran in die Schuhe schob. Sie wissen ja, wie solche Weiber sind. Wenn man sie abserviert werden sie zu Furien. Und diese Frau versteht mit Waffen umzugehen.«

»Das wissen Sie woher?«, fragte Zell scharf und musste sich zusammenreißen, um nicht unangemessen zu reagieren.

»Ein Geschäftspartner hat mich und andere Herren im letzten Herbst zu einer Jagd eingeladen, und diese Frau war doch damals tatsächlich seine ...«, er zögerte kurz und machte eine wegwerfenden Handbewegung, »mit großer Wahrscheinlichkeit seine Mätresse. Jedenfalls hat sie an der Jagd teilgenommen und einen Bock auf relativ große Entfernung mit einem einzigen sauberen Schuss erlegt.«

Nica kannte Holbeck. Schon wieder etwas, was sie ihm verschwiegen hatte. Ob sie das auch mit Vergesslichkeit entschuldigen würde? Was, wenn ihre Geschichten hinten und vorne nicht stimmten?

»Herr Holbeck, wo war Ihre Frau, bevor sie gestern Abend nach Hause kam?«

»Meines Wissens reiten und anschließend schwimmen. Sie ist gleich nach dem Abendessen losgefahren.«

»Und Sie haben kein verdächtiges Geräusch gehört, etwa einen Schuss?«

»Nein, nichts. Ich habe nur kurz vor elf ihren Wagen auf den Hof fahren gehört. Als sie zehn Minuten später immer noch nicht im Haus war, habe ich nachgesehen, wo sie bleibt. Da lag sie schon tot auf dem Hof.« Holbeck blickte Zell finster an. »War's das jetzt mit Ihren Fragen? Meine Arbeit wartet.«

»Für den Moment ja. Allerdings rate ich Ihnen dringend, Ihren Sohn zu seiner eigenen Sicherheit für die nächsten Tage nicht zur Schule zu schicken, bis wir den Mörder haben.«

Holbeck schnaufte. »Dazu müssten Sie ja wohl erst mal eine Spur zu ihm finden. Aber es sieht nicht so aus, als hätten Sie die.« Er stand auf und verließ sein Haus, ohne sich noch um Zell oder Silvia zu kümmern.

»Wenn du mich fragst, Ralf, haben wir, da er uns nicht ausdrücklich rausgeworfen hat, damit quasi seine Genehmigung, uns im Haus mal umzusehen.«

»Eigentlich haben wir die nicht«, korrigierte Zell. »Aber ausnahmsweise könnten wir das durchaus so interpretieren. Sehen wir uns Bianca Holbecks Zimmer an und das von Robert Asmund auch noch mal, wenn wir schon dabei sind.«

Da sie beide ganz genau wussten, worauf sie bei einer solchen Wohnungsbegehung zu achten hatten, waren sie relativ schnell fertig. Eine ausgesprochene Tatortbegehung und Spurensicherung durch den Erkennungsdienst war hier nicht erforderlich, da der Mord nicht in einem der Zimmer stattgefunden hatte.

Zwei Dinge fielen Zell sofort auf. In Robert Asmunds Zimmer hatte schon jemand begonnen, die Schränke auszuräumen und ihren Inhalt in Umzugskisten zu packen. Außerdem war der Computer beschädigt, ebenso der Drucker und der Bildschirm. Offensichtlich konnte es jemand kaum erwarten, sämtliche Spuren von Asmund in diesem Haus restlos zu tilgen. In Bianca Holbecks Zimmer hatte jemand – wahrscheinlich Holbeck – alle ihre privaten Papiere durchwühlt und offen auf dem Tisch liegen lassen.

Zell sah sie durch, konnte aber nichts Verdächtiges entdecken. Er und Silvia hatten die Durchsuchung kaum beendet, als sie hörten, wie die Haustür geöffnet wurde, und gingen nach unten.

Isabella Asmund, die gerade ihre Kostümjacke auszog, zuckte erschrocken zusammen, als sie sich so unvermittelt den beiden Beamten gegenübersah.

»Darf ich fragen, was Sie hier tun?«, erkundigte sie sich. Ihre Stimme klang gepresst.

»Wir versuchen immer noch herauszufinden, wer Ihren Mann und jetzt auch Ihre Stiefmutter umgebracht hat«, antwortete Zell. »Und wir sind für jeden Hinweis dankbar, der uns dabei helfen könnte, bevor es noch mehr Tote in Ihrer Familie gibt.«

Isabella Asmund griff sich unwillkürlich an die Kehle. »Glauben Sie, dass ich«, sie schluckte nervös, »dass Gereon und ich auch in Gefahr sind?«

»Davon sind wir überzeugt«, antwortete Zell ernst. »Deshalb sollten Sie auf Ihren Vater einwirken, dass er Ihren Bruder wenigstens für die nächsten Tage zu Hause behält. Abgesehen davon, dass der Junge Zeit zum Trauern braucht und die Schule dafür der denkbar schlechteste Ort ist«, fügte er nicht ohne Vorwurf hinzu. »Wir werden für Ihre Familie Polizeischutz organisieren. Aber natürlich müssen Sie auch selbst alles für Ihre Sicherheit tun: im Haus bleiben, Türen und Fester geschlossen halten und Aktivitäten außer Haus so weit wie möglich absagen. Vielleicht sollten Sie einen privaten Sicherheitsdienst engagieren, der Sie und Ihr Grundstück bewacht.«

Sie nickte leicht.

»Frau Asmund, haben Sie einen Verdacht, wer Ihren Vater derart hassen könnte, dass er sich, um ihm zu schaden, an dessen Familie vergreift?«

Sie zögerte mit der Antwort. »Sie glauben wirklich, dass es der Mörder gar nicht …« Sie unterbrach sich und suchte nach Worten. »Ich dachte, dass Robert jemandem was getan hätte, der sich an ihm rächen wollte.« Sie blickte Zell und Silvia fragend an.

»Nach dem Mord an Ihrer Stiefmutter sieht es für uns jetzt so aus, als wäre Ihr Vater derjenige, der jemanden extrem verärgert hat. Ihr Ehemann war vielleicht nur rein zufällig das erste Opfer, weil er entweder zur falschen Zeit am falschen Ort war oder der Mörder ihn am leichtesten erwischen konnte. Fällt Ihnen irgendjemand ein, Frau Asmund, der einen solchen Hass auf Ihren Vater hegen könnte, um gleich mehrere Morde zu begehen, beziehungsweise in Auftrag zu geben?«

Isabella Asmund ging langsam ins Wohnzimmer und ließ sich in einen Sessel sinken. Wie schon bei Zells erstem Besuch setzte sie sich aufrecht hin, faltete die Hände im Schoß und starrte eine Weile zu Boden. Schließlich hob sie den Blick, und in ihren Augen lag ein Ausdruck tiefer Traurigkeit, gepaart mit einem Hauch von Verzweiflung.

»Ich weiß zwar nicht, ob jemand von den infrage Kommenden zu einem Mord fähig wäre, aber um der Wahrheit die Ehre zu geben, es gibt eine Menge Leute, die von meinem Vater …«, sie zögerte kurz, um ihre Worte sorgfältig zu wählen, »die mein Vater auf die eine oder andere Weise verärgert hat und die schon mehr oder weniger offen gedroht haben, es ihm heimzuzahlen.« Sie zupfte unsicher an ihrem Ohrläppchen. »Glauben Sie wirklich, Robert musste sterben, weil jemand meinem *Vater* schaden wollte?«

Zell nickte. »Es sieht ganz danach aus.«

Isabella Asmunds Augen füllten sich überraschend mit Tränen. »In dem Fall hat er nicht nur den Falschen erwischt, sondern meinem Vater auch noch einen Gefallen getan, denn der ist mehr als froh über Roberts Tod!«

Ihre Selbstbeherrschung brach übergangslos zusammen. Mit einem Schluchzen sprang sie auf und rannte die Treppe hinauf in ihre Zimmer. Da sie jetzt wohl nichts mehr von Isabella Asmund erfahren konnten, verließen Zell und Silvia das Haus.

»Ein bisschen betroffen scheint sie ja doch über den Tod ihres Mannes zu sein«, fand Silvia.

»Du weißt doch, dass es manchmal ein paar Tage dauert, bis Hinterbliebene so richtig begreifen, dass ihre Angehörigen tot sind. Ich glaube, dass diese Erkenntnis bei Frau Asmund jetzt langsam durchsickert.«

Silvia seufzte. »Wenn wir davon ausgehen, dass sie mit ihrem Verdacht recht hat und der Mörder einer von denen ist, die Holbeck irgendwann mal gewaltig vor den Kopf gestoßen hat, dürfte die Liste der Verdächtigen reichlich lang sein. Mit anderen Worten: Es kommt verdammt viel Arbeit auf uns zu, die alle zu überprüfen.«

»Wir fangen mit Sassner an«, entschied Zell. »Nica ist übrigens noch eingefallen, dass Asmund ihr gegenüber eine Bemerkung von Sassner erwähnt hat, die sinngemäß lautet, dass er mit Asmunds Hilfe eine ganz große Sache ins Rollen bringen wollte, die Holbeck das Genick brechen könnte.«

»Ich überprüfe das, sobald wir wieder im Büro sind.«

Und auf dem Weg dorthin betete Zell stumm darum, dass es ihnen gelang, den Mörder zu fassen, ehe er noch ein weiteres Opfer töten konnte.

•

Uwe Seifert hatte keine Neuigkeiten zu vermelden, als die beiden ins Büro zurückkehrten, wo Silvia sich unverzüglich an ihren Computer setzte, um mit ein paar intensiveren Nachforschungen über Sassner zu beginnen.

»Interessant«, verkündete sie schließlich. »Sassner und Holbeck haben sich beide um die Lizenzrechte für einen neuen Baustoff namens *Lightwall* beworben. Das muss der Stoff sein, den Asmunds Kollege erwähnte. Die Gebühr für die Lizenz beträgt drei Millionen Euro. Sassner hat seinen Antrag eingereicht, ein paar Tage nachdem Asmund sich von Frau Ravenhorst den Kredit hat geben lassen. Heute vor zwei Wochen hat er ihn wieder zurückgezogen.« Sie blickte Zell bedeutungsvoll an. »An genau dem Tag, an dem Asmund Sassners eigener Aussage nach den Deal mit ihm hat platzen lassen.«

»Na, wenn das nicht ein schönes Motiv ist«, freute sich Seifert. »Zehn Tage braucht man mindestens, um einen Profikiller anzuheuern, der die Drecksarbeit erledigt. Das passt auch. Offensichtlich brauchte Sassner das Geld von Asmund, um die Lizenzrechte zu erwerben. Als er das nicht bekommen hat und den fehlenden Betrag anderweitig nicht auftreiben konnte, musste er aufgeben.«

»Es kommt noch besser, Uwe. Drei Tage später hat Holbeck den Zuschlag für die Lizenz bekommen. Und das ist für Sassner sogar ein sehr starkes Motiv, nicht nur Asmund umzubringen, sondern sich auch an Holbeck zu rächen.«

Zells Telefon klingelte mit dem Ton, der anzeigte, dass es sich um einen hausinternen Anruf handelte. »Zell!« Er runzelte die Stirn, als die Telefonzentrale jemanden meldete, der angeblich Informationen zu dem Mord an Bianca Holbeck hatte. »Okay, stell durch«, bat er und schaltete den Lautsprecher des Telefons ein, damit Silvia und Seifert mithören konnten. »Sie sprechen mit Hauptkommissar Ralf Zell«, stellte er sich vor. »Mit wem habe ich das Vergnügen?«

»Unwichtig«, erklang eine beinahe geflüsterte und in jedem Fall verstellte Stimme, von der er nicht einmal sagen konnte, ob sie einem Mann oder einer Frau gehörte. »Sehen Sie sich mal im Haus dieser Sängerin aus dem *Magic Song* um, wenn Sie wissen wollen, wer die Frau von Holbeck umgebracht hat.«

Ein Klicken und das gleich darauf einsetzende Tuten zeigten, dass der anonyme Anrufer aufgelegt hatte. Seifert und Silvia blickten Zell an, und einen Moment schwiegen sie alle drei.

Zell legte den Hörer auf und schüttelte bedächtig den Kopf. »Nica kann unmöglich die Mörderin sein.«

»Tja, Ralf, das glaube ich ja auch nicht«, stimmte Seifert ihm zu. »Allerdings brauchen wir schon mehr als einen ›festen Glauben‹ an ihre Unschuld, auch wenn sie immer noch kein erkennbares Motiv hat. Wir müssen diesem Hinweis in jedem Fall nachgehen.«

»Sie kann es nicht gewesen sein«, wiederholte Zell nachdrücklich und fügte leicht verlegen hinzu: »Sie war zur Tatzeit bei mir. Von halb elf bis heute Morgen um halb acht. Und davor habe ich sie ab sieben Uhr im *Magic Song* die ganze Zeit im Auge gehabt, bis wir nach Hause gefahren sind.«

Seifert stieß erleichtert die Luft aus.

»Hattet ihr wenigstens eine tolle Nacht?«, stichelte Silvia und winkte ab, als Zell sie mit einem finsteren Blick bedachte. »Das wirft natürlich die Frage auf, wer ein Interesse daran hat, deine Nica als Mörderin aufzubauen.«

Zell schüttete den Kopf. »Irgendwas passt da absolut nicht zusammen. Bisher sind wir davon ausgegangen, dass der Mörder dieser unbekannte Makarov-Killer ist, der in irgendjemandes Auftrag handelt. Da er – falls er existiert und kein Phantom ist – für jede Tat eine andere Waffe verwendet, kann man ihm nichts beweisen. Wir haben also nicht die geringste Spur, die zu ihm führt. Demnach hätte der Killer überhaupt kein Motiv, irgendjemanden als Verdächtigen hinzustellen, um von sich selbst abzulenken. Erst recht nicht Nica.«

»Ich sage es wirklich nicht gern, Ralf«, warf Silvia vorsichtig ein, »aber es bleibt immer noch die Möglichkeit, dass deine Nica die Auftraggeberin der Morde ist.«

»Quatsch!«, war Zell überzeugt. »Zugegeben, Sie könnte ein Motiv für den Mord an Asmund gehabt haben, wenn sie ein Verhältnis mit ihm gehabt hätte und Eifersucht im Spiel gewesen wäre. Aber welchen Grund sollte sie haben, Bianca Holbeck umzubringen?« Er schüttelte nachdrücklich den Kopf. »Sie hat damit nichts zu tun. Gar nichts!«

»Entschuldige bitte, Ralf, du reagierst gerade ziemlich emotional«, stellte Silvia nüchtern fest. »Ich stimme dir zwar zu, dass sie zumindest für den Mord an Frau Holbeck kein erkennbares Motiv hat. Aber vielleicht haben wir unsere Ermittlungen von der falschen Seite aufgezogen. Wir sollten uns mal intensiver mit Frau Ravenhorst beschäftigen. Wenn wir tief genug graben, finden wir vielleicht das Motiv.«

Zell warf ihr einen bitterbösen Blick zu, musste jedoch zugeben, dass sie recht hatte. Er reagierte tatsächlich nicht mehr sachlich. Nüchtern betrachtet, könnte Nica tatsächlich die Auftraggeberin der beiden Morde sein. Das allerdings würde bedeuten, dass die Gefühle, die sie vorgab für ihn zu empfinden, nur geheuchelt waren, ein eiskaltes Kalkül, um jeden Verdacht von sich abzulenken. Allein der Gedanke war entsetzlich.

Außerdem kannte sie Holbeck offenbar und hatte Zell – ihnen allen das verschwiegen.

»Versuchen wir einen richterlichen Beschluss für eine Durchsuchung bei Nica zu bekommen«, entschied er. »Falls der Richter ablehnt, führen wir sie trotzdem durch und berufen uns auf Gefahr im Verzug. Falls sich in Nicas Haus tatsächlich Beweismittel befinden, wie der Anrufer angedeutet hat, besteht – offiziell – die Gefahr, dass sie die beseitigt. – Na los!«, fügte er nachdrücklich hinzu, als Silvia und Seifert ihn nur mitfühlend ansahen.

Mitleid war das Letzte, das er in diesem Moment ertragen konnte.

•

»Frau Ravenhorst, wir haben eine richterliche Anordnung zur Durchsuchung Ihres Hauses und aller dazugehörigen Gebäude«, eröffnete Silvia Schneider Nica, als die ihnen vier Stunden später die Tür öffnete.

Zell und Seifert hatten entschieden, ihrer Kollegin die Leitung der Durchsuchung zu übertragen, damit ihnen am Ende niemand Nachlässigkeit vorwerfen konnte, weil sie beide mit Nica per Du waren.

Nica nahm das Schreiben entgegen und las es sorgfältig durch, ehe sie zur Seite trat und den Beamten vom Erkennungsdienst mit einer Handbewegung Einlass gewährte.

»Nur zu, ich habe nichts zu verbergen. Ich hätte allerdings gern gewusst, welchem Umstand ich diese Durchsuchung verdanke.«

»Einem anonymen Hinweis«, erklärte Zell, der es sich nicht hatte nehmen lassen dabei zu sein. Falls Nica schuldig war, wollte er das aus erster Hand erfahren. »Der Anrufer behauptete, dass wir hier im Haus Beweise für den Mord an Bianca Holbeck finden werden. Sie wurde gestern Abend kurz vor elf Uhr ermordet.«

Nica blickte ihn betroffen an. »Bianca Holbeck ist tot?« Sie schüttelte den Kopf. »Gestern kurz vor elf Uhr«, sie zögerte kaum merklich, »habe ich einen Freund besucht.«

»Der das sicherlich auch bestätigen wird«, versicherte Zell ihr. »Trotzdem sind wir verpflichtet, diesem Hinweis nachzugehen.«

»Natürlich«, stimmte Nica liebenswürdig zu. »Bitte sehr, meine Damen und Herren, durchsuchen Sie alles, was Sie wollen. Mein Waffenschrank ist im Keller, falls Sie den inspizieren möchten.«

»Unbedingt«, bestätigte Janna Arnold. »Wo geht's lang?«

Nica führte die Beamten in den Keller. Dort sah es noch genauso aus wie am Dienstag, als sie Zell ihre Waffen gezeigt hatte. Beinahe jedenfalls, denn unter dem Waffenschrank lugte die Mündung einer Pistole hervor. Janna Arnold entdeckte sie natürlich sofort, fischte sie heraus und hielt sie Nica unter die Nase.

»Was haben wir denn hier?« Sie nahm einen Asservatenbeutel und steckte die Waffe hinein, bei der es sich eindeutig um eine Makarov handelte.

»Eine Waffe, die mir nicht gehört und die ich noch nie gesehen habe«, versicherte Nica ernst und warf Zell einen beinahe flehentlichen Blick zu. »Wenn ich tatsächlich die Mörderin wäre, würde ich die Mordwaffe garantiert nicht in meinem Haus aufbewahren. Und wenn ich sie schon zu verstecken gedenke, dann auf keinen Fall derart schlampig, dass man sie auf den ersten Blick finden muss. Außerdem benutze ich keine Makarov.«

»Immerhin erkennen Sie gleich, dass das hier«, Janna Arnold hielt den Beutel mit der Pistole hoch, »eine Makarov ist.«

»Makarov PB, Kaliber 9 mm«, bestätigte Nica. »Ich habe etliche Pistolen und Revolver ausprobiert, bevor ich mich schließlich für die Government entschieden habe. Eine Makarov war auch darunter. Ebenso wie ein gutes Dutzend weiterer Fabrikate.« Sie seufzte leicht. »Ich war seit gestern Nachmittag halb fünf Uhr nicht mehr zu Hause und habe auch die Nacht anderswo verbracht. Ich bin erst heute Morgen um neun zurückgekommen. Das ist mehr als genug Zeit für einen Einbrecher, ins Haus zu kommen und die Waffe hier zu deponieren.«

Sie blickte von einem zum anderen und sah schließlich Zell eindringlich an.

»Herr Zell«, sagte sie jetzt ruhig, und er war ihr überaus dankbar dafür, dass sie ihn in Gegenwart der Kollegen vom Erkennungsdienst nicht duzte, »meines Wissens ist es doch auch die Aufgabe der Polizei, Entlastungsbeweise zu sammeln.«

»Selbstverständlich.«

»Dann bitte ich Sie, Ihre Kollegen dazu anzuhalten, sämtliche Hauseingänge, Fenster und Dachluken auf Einbruchspuren zu untersuchen.«

»Hätten Sie es nicht schon längst bemerkt, wenn in Ihrer Abwesenheit eingebrochen worden wäre?«, meinte Silvia skeptisch.

Nica schüttelte den Kopf. »Das Haus ist nicht gerade klein, wie Sie vielleicht gesehen haben. Es gibt Räume hier, in die ich nur alle paar Wochen einmal hineingehe. Das Gäste-WC, dieser

Waffenkeller, der Dachboden, die beiden Gästezimmer. Mit anderen Worten: das gesamte Obergeschoss. Zwar habe ich an allen Fenstern und Türen Sicherheitsschlösser anbringen lassen, aber eine hundertprozentige Sicherheit bieten die schließlich nicht.« Sie blickte Zell auffordernd an.

Der nickte Janna Arnold zu. »Wärt ihr so freundlich?«

»Okay, Leute«, wandte die sich an ihr Team. »Suchen wir unter anderem nach Einbruchspuren.«

Zell hoffte inständig, dass sie tatsächlich welche fanden. Er vermied es, Nica anzusehen, nahm Janna die Makarov aus der Hand und betrachtete sie eingehend. Auf den ersten Blick waren darauf keine Fingerabdrücke zu erkennen. Er war sich sicher, dass auch eine intensive Untersuchung keine zutage fördern würde. Ein Profi hinterließ keine verräterischen Spuren wie Fingerabdrücke. Zumindest nicht außen auf der Waffe. Die meisten Verbrecher, die eine Schusswaffe benutzten, vergaßen jedoch, dass sie auch auf den Patronen, mit denen sie die Waffe luden, Abdrücke hinterließen.

Eine quälende Stille breitete sich zwischen Zell und Nica aus, die alleine vor dem Waffenschrank stehengeblieben waren. Es bedeutete daher für beide eine große Erleichterung, als Janna Arnold meldete, dass sie tatsächlich Spuren eines Einbruchs gefunden hatten. Das schmale Lukenfenster, das zu dem als Gästezimmer ausgebauten Teil des Daches gehörte, war eingeschlagen worden. Spuren im Beet unter dem Fenster, die jemand nicht sehr erfolgreich versucht hatte zu verwischen, bewiesen, dass der Täter mit einer Leiter hier eingedrungen war. Die Leiter fand sich in Nicas Geräteschuppen, dessen Vorhängeschloss offensichtlich aufgebrochen worden war.

Trotz dieser eindeutig entlastenden Spuren brachte Jannas Team die Durchsuchung in gewohnter Gründlichkeit zu Ende, während Nica gastfreundlich für alle Tee kochte und den Leuten nicht im Weg war. Als alle Teammitglieder anderweitig beschäftigt und außer Hörweite waren, nutzte Zell die Gelegenheit, Nica auf Holbeck anzusprechen.

»Du hast uns nicht erzählt, dass du Holbeck kennst«, hielt er ihr leise vor.

Sie blickte ihn erstaunt an. »Wer behauptet das denn?«

»Holbeck. Du hast ihn letzten Herbst auf einem Jagdausflug kennengelernt. Angeblich hast du einen kapitalen Bock mit einem einzigen Schuss erlegt. Warum sollte ausgerechnet Holbeck lügen?«

»Gegenfrage: Warum sollte er nicht?«, konterte sie und hob abwehrend die Hand, als er protestieren wollte. »Ich weiß, welchen Jagdausflug du meinst. Er wurde von Stadtratsmitglied Bernd Kordes veranstaltet. Er ist der Bekannte, von dem ich gesprochen habe, bei dem ich ab und zu jagen darf. Bevor du fragst, woher ich ihn kenne: Er ist ein alter Schulfreund meiner Mutter. Er hatte jedenfalls zu dem Ereignis alles eingeladen, was hier in der Gegend Rang und Namen hat. Mich auch, um mich mit ein paar Leuten bekannt zu machen, die mir geschäftlich vielleicht nützlich sein könnten. Unter anderem den Chef der Volksbank. Wenn ich schätzen sollte, waren alles in allem an dem Tag an die hundert Leute dabei. Falls einer davon Holbeck war, so hat er sich mir nicht vorgestellt und ist mir auch nicht vorgestellt worden. Zu behaupten, ich würde ihn kennen, entspricht also definitiv nicht der Wahrheit.«

Sie blickte ihn fragend an. Zell schwieg. Er wollte ihr gern glauben, und was sie sagte, klang plausibel. Aber ein leiser Zweifel blieb.

»Ist das Vertrauen, das du heute Morgen noch zu mir hattest, jetzt derart erschüttert, Ralf, dass du mir kein einziges Wort mehr glaubst?«

»Natürlich nicht, Nica«, versicherte er ihr. »Aber der Fall geht mir so verdammt an die Nieren, weil ich dich erst dann als Verdächtige wirklich ausschließen kann, wenn der Täter gefasst ist. Ich hoffe, du verstehst das.«

Sie seufzte tief. »Ist dir eigentlich bewusst, dass du reichlich viel Verständnis von mir verlangst? Ich soll verstehen, dass du vorgestern meine Wohnung durchsucht hast und das jetzt schon wieder tust. Ich soll verstehen, dass du mir plötzlich misstraust und mir unterstellst, dich belogen zu haben.« Sie schüttelte den Kopf. »Zu deinem Glück bin ich kein Teenager mehr und außerdem bei den Diné aufgewachsen. Dort sieht man etliche Dinge sehr anders als hier. Also lautet meine Antwort: Ja, ich verstehe durchaus, dass du so handeln musst. Ich gebe allerdings zu, dass mir das nicht besonders gefällt.«

»Ich tue mein Möglichstes, damit wir den Täter schnellstens finden«, versprach er. Er wollte noch etwas hinzufügen, aber in diesem Moment kamen Janna Arnold und ihr Team sowie Silvia und Seifert zurück.

»Durchsuchung abgeschlossen«, meldete Janna in beinahe militärischer Manier. »Außer der Makarov haben wir nichts gefunden. Ich brauche jetzt nur noch Ihre Fingerabdrücke, Frau Ravenhorst.«

Sie stellte ihren Koffer mit den Utensilien auf den Tisch und packte das tragbare Set zum Abnehmen von Fingerabdrücken aus. Fünf Minuten später war alles erledigt, und die Beamten zogen ab. Zell verabschiedete sich förmlich von Nica, obwohl er sie am liebsten in die Arme genommen hätte. Das gab er jedoch mit keiner noch so winzigen Geste zu erkennen. Zumindest hoffte er, dass es niemandem auffiel, dass er ihre Hand beim Abschied länger als nötig festhielt.

Als er hörte, wie sie die Tür hinter ihm schloss, hatte er beinahe das Gefühl, dass sich damit auch der Weg in eine gemeinsame Zukunft verschlossen hätte.

•

»Was, zum Teufel übersehen wir?«, rätselte Zell, als sie eine gute halbe Stunde später wieder im Büro waren. Es klang wütend, frustriert und betroffen zugleich.

»Gehen wir die Sache mal der Reihe nach durch«, schlug Silvia in ruhigem Ton vor.

»Dass Nica weder die Mörderin von Bianca Holbeck ist noch die Auftraggeberin des Killers, ist ja jetzt wohl offensichtlich«, meinte Zell. »Sie würde wohl kaum die Tatwaffe in ihrem eigenen Haus verstecken und auch noch anonym anrufen, um uns darauf aufmerksam zu machen.«

»Das wohl nicht«, stimmte ihm Silvia zu. »Trotzdem ist sie nicht entlastet. Lassen wir ihr mögliches Motiv erst mal außen vor und betrachten wir nur die Tatsachen. Auftragsmörder kosten Geld. Nach allem, was wir über die Branche wissen, nicht gerade wenig, sofern sie Profis sind, zu denen unser Killer mit Sicherheit gehört. Falls Frau Ravenhorst die Auftraggeberin ist, so müsste sie für zwei Morde eine ganz schöne Stange Geld bezahlen. Vielleicht hat sie versucht, den Preis zu drücken oder gar nicht zu bezahlen, der Killer ist darüber sauer und will ihr eins reinwürgen.«

»Unwahrscheinlich«, enthob Seifert Zell einer Antwort. »Nach deinen eigenen Recherchen schwimmt Nicki in Geld und könnte sich rein hypothetisch zehn Killer leisten. Ich kann mir bei ihrer lockeren Einstellung zum Geld nicht vorstellen, dass sie bei einem Auftragskiller knausern würde.« Er warf Zell einen entschuldigenden Blick zu.

»Dennoch könnte sie den Fund der mutmaßlichen Tatwaffe inszeniert haben«, widersprach Silvia, »um sich ganz gezielt als Verdächtige ausschließen zu lassen. Nachdem wir jetzt davon überzeugt sind, dass jemand ihr wohl was anhängen will, konzentrieren wir uns auf jeden anderen, nur nicht mehr auf sie.«

»Das ist verdammt weit hergeholt«, stellte Zell nüchtern fest, musste aber zugeben, dass es nicht völlig von der Hand zu weisen war. Er hatte schon öfter Fälle bearbeitet, in denen ein Mörder einen wahrhaft teuflischen Plan entwickelt hatte und am Ende nur durch einen wirklich dummen Zufall, den er nicht hatte einkalkulieren können, überführt worden war.

»Wir wissen, dass Frau Ravenhorst überaus intelligent ist«, hielt Silvia ihm entgegen. »Einen solchen verzwickten Plot traue ich ihr ohne Weiteres zu, auch wenn die Wahrscheinlichkeit dafür tatsächlich nicht allzu groß ist.«

»Sie hat kein Motiv«, insistierte Zell.

»Keines, das wir bisher entdeckt haben«, korrigierte Silvia. »Immerhin hat sie uns verschwiegen, dass sie Holbeck kennt.«

»Sie kennt ihn nicht, sondern ist ihm irgendwann mal zufällig begegnet, ohne zu wissen, wer er ist.«

»Das mag tatsächlich so sein«, stimmte Silvia ihm zu. »Wir werden das natürlich überprüfen. Was ich bisher über Frau Ravenhorst ausgegraben habe, stammt von ihrer offiziellen Website, anderen Homepages und aus dem Melderegister. Ich werde in jedem Fall noch mal gründlicher nachforschen.«

»Wir sollten uns lieber auf Sassner konzentrieren«, knurrte Zell ungehalten. »Und auf alle anderen Leute, die Holbeck irgendwann verärgert hat. Mit Nica verschwenden wir nur unsere Zeit.«

Silvia blickte ihren Vorgesetzten ernst an. »Ralf, wir müssen *alle* Möglichkeiten in Betracht ziehen, und deshalb werden wir auch Frau Ravenhorst intensiv durchleuchten. Mit oder ohne dein Einverständnis.«

»Das ist auch in deinem Interesse, Ralf«, schlug sich Seifert auf Silvias Seite. »Stell dir doch mal vor, wie du dich fühlst, falls sich tatsächlich rausstellt, dass Nicki die Auftraggeberin ist und du sie als Verdächtige ausgeschlossen hast. Und damit meine ich nur, was es für dich ganz persönlich bedeutet, nicht etwaige dienstliche Konsequenzen.«

Zell stand abrupt auf und stiefelte zur Tür. »Macht doch, was ihr wollt!«, grollte er, knallte die Tür hinter sich zu und fühlte sich von seinen Kollegen völlig im Stich gelassen.

Auf dem Gang bereute er seine Unbeherrschtheit. Natürlich hatten die beiden recht. Und ja, in jedem anderen Fall wäre er der Erste gewesen, der darauf bestanden hätte, Nica auf Herz und Nieren zu überprüfen. Ihm wurde bewusst, dass es ein schwerer Fehler gewesen war, sich nicht aus dem Fall zurückzuziehen, wie er es vorgehabt hatte. Jetzt war es dafür zu spät; er musste ihn persönlich zu Ende bringen. Demnach blieb ihm tatsächlich nichts anderes übrig, als seine Beziehung zu Nica bis zum Abschluss des Falls auf Eis zu legen und zu hoffen, dass sie sich nicht doch als die Mörderin entpuppte.

Er suchte den Waschraum auf und schüttete sich so lange kaltes Wasser ins Gesicht, bis er sich wieder beruhigt hatte. Allein der Gedanke, dass Nica schuldig sein könnte, drehte ihm den Magen um. Ihr ganzes Verhalten konnte tatsächlich Teil eines wohl durchdachten Plans sein, der so kompliziert war, dass ein normales Kriminalbeamtenhirn ihm nicht ohne Weiteres zu folgen vermochte. Aber Zell weigerte sich immer noch zu glauben, dass sie zu solcher Perfidie fähig wäre. Allerdings war er definitiv nicht mehr objektiv genug, das wirklich ausschließen zu können. Als er gleich darauf in sein Büro zurückkehrte, stand sein Entschluss fest.

»Silvia, Uwe, ich entschuldige mich in aller Form für mein Verhalten. Es wird nicht wieder vorkommen. Ich erteile hiermit offiziell den Auftrag, Nica Ravenhorsts Hintergrund und alles, was dazugehört, akribisch zu überprüfen. Ich will *alles* wissen, bis hin zu der Information, mit welchen Taschentüchern sie sich bevorzugt die Nase putzt. Das gilt auch für ihre Vergangenheit in Amerika. Es besteht immerhin die Möglichkeit, dass sie Asmund und die Holbecks von früher kennt.«

Er griff zum Telefon und schaltete den Lautsprecher ein, damit seine Kollegen das Gespräch mithören konnten.

»Ravenhorst«, meldete sich zu deren Überraschung Nica.

»Zell. Hör mal, Nica, wir können uns vorläufig nicht mehr sehen. Du bist jetzt nicht mehr nur eine Zeugin, sondern eine potenzielle Verdächtige. Bevor der Fall nicht aufgeklärt ist, kann ich mir«, er schluckte und räusperte sich, »eine Beziehung mit dir nicht leisten.«

Er sah, dass Silvia bei dieser ungeschminkten Formulierung zusammenzuckte und das Gesicht verzog, als hätte sie Zahnschmerzen. Am anderen Ende der Leitung war es einen Moment still.

»Ich verstehe«, sagte Nica schließlich, doch es klang ausgesprochen kühl und absolut nicht verständnisvoll. »Ich dachte, dass ich aufgrund dessen, was eure Durchsuchung bei mir ergeben hat, nicht mehr verdächtigt werde.«

»Leider doch. Es gibt noch zu viele Ungereimtheiten und ungeklärte Fragen. Ich …« Er atmete tief durch. »Es tut mir leid, Nica. Es geht nicht anders.«

Wieder schwieg sie eine Weile, ehe sie leise antwortete: »Mir tut es auch leid, Ralf. Aber ich verstehe natürlich, dass du deine Pflicht tun musst.« Das klang ausgesprochen sarkastisch. »Und die vereinbart sich nun mal nicht mit«, sie machte eine kurze Pause, »mit uns. Ich hoffe, ihr löst diesen Fall schnell. *See you*«, fügte sie auf Englisch hinzu. »*At least I hope so.*« Ohne ein weiteres Wort legte sie auf.

»Ein bisschen diplomatischer hättest du ihr das schon beibringen können«, warf Silvia Zell vor und äffte seinen Tonfall nach: »›Ich kann mir eine Beziehung mit dir nicht leisten.‹ Mann! Unsensibler ging's ja wohl nicht. Wenn sie wirklich unschuldig ist, würde es mich nicht wundern, wenn sie sich danach eine Beziehung mit dir nicht mehr ›leisten‹ kann!« Sie blickte Zell strafend an. »Männer!«

Zell ging nicht darauf ein. »An die Arbeit, Leute!«, befahl er mit unbewegtem Gesicht. »Silvia, du checkst Frau Ravenhorsts Background. Und du, Uwe, organisierst eine Bewachung der Holbecks rund um die Uhr. Ich werde mir noch mal Sassner vorknöpfen.«

Nebenbei hoffte er, dass der Bruch mit Nica irgendwann aufhörte, so elend wehzutun.

•

»Herr Sassner, Sie haben uns ein paar Dinge verschwiegen«, hielt Zell dem Bauunternehmer vor, der ihn mit allen Zeichen von Ungeduld, Missmut und einem »Machen Sie's kurz!« empfangen hatte.

»Ich habe Ihnen eine Menge Dinge verschwiegen«, gab der unumwunden zu. »Meine Geschäfte gehen Sie nämlich nichts an.«

»Wenn eins dieser Geschäfte ein mögliches Mordmotiv ist, so geht das die Polizei sehr wohl etwas an.« Er maß Sassner mit einem auffordernden Blick.

Der schüttelte nur den Kopf. »Ich habe keine Ahnung, wovon Sie reden.«

»Ich rede von *Lightwall* und Ihren Bemühungen, die Lizenzrechte an dem Stoff zu erwerben. Nach unseren Recherchen haben Sie Ihre sämtlichen Mittel für die Lizenz zusammengekratzt, Ihre Kreditrahmen bei verschiedenen Banken bis über das Limit ausgereizt und brauchten nur noch Asmunds Einlage, um die Sache perfekt zu machen. Nachdem Asmund überraschend von dem Deal zurückgetreten ist, waren damit auch Ihre Pläne zunichte«, stellte Zell unverblümt fest. »Noch schlimmer: Die Lizenzrechte an dem neuen Baustoff hat sich ausgerechnet Ihr Konkurrent Holbeck gesichert. Nach allem, was Sie in unserem letzten Gespräch bereits zugegeben haben, bringt Sie das ganz schön in die Bredouille. Für uns sieht das nach einem klaren Motiv aus, und zwar nicht nur für den Mord an Asmund, sondern auch für die Rache an Holbecks Familie.«

Sassner schnaubte. »Wollen Sie mir ein Kind in den Bauch reden, indem Sie mir jetzt auch noch unterstellen, ich hätte geplant, Holbecks Familie was anzutun? Wenn ich mit jemandem Streit habe, Herr Kommissar, dann trage ich den persönlich aus und vergreife mich nicht an Unschuldigen.«

»Ich unterstelle Ihnen gar nichts, Herr Sassner. Ich befrage Sie lediglich. Bianca Holbeck wurde gestern Abend ebenfalls ermordet. Auf dieselbe Weise wie Robert Asmund. Sie, Herr Sassner, haben für beide Morde ein verdammt gutes Motiv.«

Sassner war blass geworden. »Das ist doch wohl nicht Ihr Ernst!«, polterte er los. »Ja, ich habe Holbeck schon tausendmal verflucht und ihn mindestens hundertmal umgebracht: in meiner Fantasie! Aber ich würde niemals in der Realität einen Mord begehen.«

»Für die Drecksarbeit kann man sich Leute kaufen«, bemerkte Zell süffisant.

Sassner Gesichtsfarbe wechselte zu einem zornigen Rot und er stach anklagend einen Finger in Zells Richtung. »Oh, ich weiß, was Sie denken. Was ihr von der Polizei alle denkt! Glauben Sie, ich kenne die Gerüchte nicht, die über mich kursieren – die Holbeck schon vor Jahren in die Welt gesetzt hat, um mich fertigzumachen? Nur weil meine Frau Italienerin ist, werden wir gleich in die Mafiaschublade gesteckt. Aber mit diesem Gesocks haben wir nichts zu tun und hatten es auch nie! Und wenn Sie keine handfesten Beweise für das Gegenteil haben, dann scheren Sie sich raus aus meiner Firma und lassen Sie sich hier nicht wieder blicken!«

Sassners Stimme war mit jedem Wort lauter geworden. Jetzt sprang er auf und deutete nachdrücklich zur Tür. Zell blieb sitzen.

»Sie vergreifen sich im Ton, Herr Sassner«, stellte er vollkommen ruhig fest. »Niemand hat Sie bis jetzt beschuldigt. Doch unsere neuesten Ermittlungsergebnisse werfen Fragen auf und geben Ihnen – völlig wertungsfrei betrachtet – ein Motiv. Und wir sind verpflichtet, jedem Hinweis nachzugehen. Wenn Sie unschuldig sind, haben Sie nichts zu befürchten. Ich kann Ihnen jedenfalls versichern, dass wir uns nicht von Vorurteilen leiten lassen. Es gibt durchaus noch andere Verdächtige. Können wir uns also vernünftig weiter unterhalten?«

Sassner setzte sich und trank einen Schluck Wasser aus einem Glas, das neben dem Telefon stand. »Aus Ihrer Sicht habe ich wohl wirklich ein Motiv«, gestand er danach erheblich ruhiger. »Ich habe Holbeck schon oft genug in die tiefste Hölle gewünscht, ebenso Asmund, nachdem er mich derart reingelegt hatte. Aber ich würde nicht einmal dann einen Mord begehen, wenn ich tatsächlich wüsste, wie ich einen Auftragsmörder kontaktieren sollte. Im Moment interessiert mich nur eines: wie ich meine Firma vor dem Desaster bewahren kann, in das Asmund mich hineingeritten hat. Und wenn Sie keine weiteren Fragen haben, wäre ich Ihnen wirklich sehr verbunden, wenn Sie mich nicht länger von meiner Arbeit abhalten würden.«

»Eine Frage habe ich natürlich noch«, ließ sich Zell nicht drängen. »Wo waren Sie gestern Abend zwischen halb elf und elf Uhr?«

»Mit meiner Frau in Braunschweig im Theater und anschließend im *Rondo* im Kleinen Haus. Dafür gibt es Dutzende von Zeugen.«

»Vielen Dank, Herr Sassner.«

Zell verabschiedete sich und ging. Möglicherweise sagte der Bauunternehmer tatsächlich die Wahrheit. Für das Gegenteil gab es keinen Beweis, der vor Gericht standhalten oder auch nur einen Durchsuchungsbeschluss oder die Überprüfung von Sassners Telefondaten rechtfertigen würde. Falls Sassner tatsächlich hinter den Morden steckte, mussten sie ihm anders auf die Schliche kommen.

»Posten Chefwagen: alles ruhig und friedlich«, meldete Uwe Seifert über Funk den beiden Wagen mit Silvia Schneider, Ferudun Özyavas und zwei weiteren Beamten, die zu dem Team gehörten, das das Holbeck'sche Anwesen bewachte.

Ein Blick auf die Uhr zeigte Zell, der zusammen mit Seifert Wache schob, dass es Dienstagabend kurz nach zehn Uhr war, was seine ohnehin miserable Laune noch verschlechterte. Die hatte nichts damit zu tun, dass er sich hier die halbe Nacht um die Ohren schlagen musste; er hatte sich schließlich freiwillig für diesen Nachtdienst gemeldet. Sie resultierte daraus, dass er diesen Abend mit Nica verbracht hätte, wenn sich der Fall nicht so ungünstig entwickelt hätte.

Nachdem er ihr am Freitag mitgeteilt hatte, dass sie einander vorläufig nicht sehen konnten – und ja, verdammt, Silvia hatte recht damit, dass er das reichlich undiplomatisch und beinahe schon brutal ausgedrückt hatte – rief er sie am Samstagmorgen an, um sich zu entschuldigen und die Sache mit ihr zu klären. Sie hatte den Versuch abgeblockt.

»Du musst mir nichts erklären, Ralf«, hatte sie ihm versichert. »Doch es ist in deinem Interesse sicher besser, wenn du mich nicht mehr privat anrufst, bis ihr euren Fall geklärt habt, damit du nicht mit euren Vorschriften in Konflikt gerätst.«

Er wollte ihr begreiflich machen, warum er es nicht fertigbrachte, den Fall abzugeben, wie er geplant hatte, doch auch davon wollte sie nichts hören. »Erklär mir das, wenn unsere Beziehung dich nicht mehr in Schwierigkeiten bringt. Dann haben wir Zeit genug dafür.«

Damit beendete sie das Gespräch, und Zells Laune befand sich seitdem auf dem Nullpunkt. Obwohl er sich bemühte, sich davon nichts anmerken und sie erst recht nicht an seinen Kollegen auszulassen, gelang ihm das nur unvollkommen.

Wenigstens hatte die Überprüfung von Nicas Leben und Vergangenheit absolut nichts zutage gefördert, das sie mit den beiden Morden in Verbindung brachte. Dabei hatte Silvia sogar Dinge über sie ausgegraben, von denen Zell vermutete, dass sie Nica selbst gar nicht bewusst waren. Für Zell zählte nur, dass sie sauber war. Das machte es umso schmerzhafter, dass er nicht mit ihr zusammen sein konnte. Ihre abweisende Reaktion bei ihrem letzten Telefonat deutete nun auch darauf hin, dass sie gar keine Zukunft mehr für sie beide sah.

Er zwang seine Gedanken zurück zum Fall. Sie hatten zu seinem großen Unmut noch immer nicht den geringsten Hinweis auf den Mörder, obwohl sie gestern und übers Wochenende jedem noch so winzigen Anhaltspunkt gefolgt waren; sogar solchen, bei denen sie sich von vornherein sicher waren, dass sie zu keinem Ergebnis führten. Die bei Nica gefundene Makarov war zwar tatsächlich die Waffe, mit der Bianca Holbeck erschossen worden war. Janna Arnold hatte auf den Patronen, mit denen sie geladen war, sogar Fingerabdrücke entdeckt, die leider nirgends registriert waren. Zu Zells großer Erleichterung stimmten sie nicht mit Nicas überein. Trotzdem war das noch kein Beweis dafür, dass sie nicht die Auftraggeberin der Morde war.

Die Beerdigungen von Robert Asmund und Bianca Holbeck hatten heute Morgen stattgefunden. Holbecks Sohn Gereon befand sich seit Freitagnachmittag in einer psychiatrischen Privat-Kinderklinik in der Schweiz. Zell war sich zwar nicht sicher, ob die Trennung von der Familie wirklich das Richtige für einen Achtjährigen war, der gerade seine Mutter verloren hatte, aber es brachte den Jungen in jedem Fall buchstäblich aus der Schusslinie. Falls der Mörder also wieder zuschlug und seinem Muster treu blieb, wäre Isabella Asmund vermutlich sein nächstes Ziel.

Holbeck hatte sich nach wie vor unnachgiebig gezeigt und keine Vorsichtsmaßnahmen zulassen wollen. Er hatte sogar den

Polizeischutz ablehnen wollen, was allerdings nicht in seiner Macht stand. Deshalb saßen Zell und seine Kollegen jetzt hier und hofften, den Killer rechtzeitig aufhalten zu können, bevor der den nächsten Mord beging.

Die Überwachung gestaltete sich allerdings schwierig, denn offiziell war aufgrund des üblichen Personalmangels nur ein einziger Wagen dafür eingeteilt. Viel zu wenig für das Eckgrundstück der Holbecks, das auch noch an drei Seiten von hohen Bäumen und Sträuchern eingefasst war. Für einen Profikiller wäre es ein Leichtes, ein Fluchtfahrzeug in einer der Seitenstraßen abzustellen und sich dem Haus über eins der angrenzenden Grundstücke von hinten zu nähern.

Aus diesem Grund hatten Zell, Seifert, Silvia und Özyavas sich freiwillig für eine zusätzliche Bewachung gemeldet. Dennoch konnten sie das nicht bis in alle Ewigkeit beibehalten. Sie opferten nicht nur ihre Freizeit, sondern auch einen Teil ihres Schlafs und mussten morgen früh trotzdem spätestens um neun Uhr wieder zum Dienst erscheinen. Immerhin konnten zumindest die Freiwilligen ihren Posten verlassen, sobald im Haus das Licht gelöscht wurde.

Der Mörder hatte Asmund auf offener Straße erschossen und Bianca Holbeck bei ihrer Heimkehr auf dem Garagenhof. Die Polizisten hielten es für unwahrscheinlich, dass er von seinem Modus Operandi abweichen und ins Haus eindringen würde, was die anschließende Flucht unnötig erschweren würde. Da Holbeck und auch Isabella Asmund versichert hatten, die Türen sorgfältig abzuschließen und die Fenster nachts geschlossen zu halten, würde er wohl warten, bis sie das Haus verließen, ihnen folgen und an einer günstigen Stelle seinen Schuss abgeben.

»Die sollten verdammt noch mal ihre Vorhänge zuziehen oder die Jalousien runterlassen«, erklang im Lautsprecher die Durchsage aus dem dritten Wagen. »Die sitzen da wie auf dem Präsentierteller. Wenn sich der Attentäter über die Terrassenseite anschleicht, hat er ein hervorragendes Schussfeld.«

»Ja, manche Leute sind so leichtsinnig, dass sie vor Schmerz brüllen müssten, wenn Leichtsinn wehtäte«, bestätigte Seifert ironisch.

»Ich werde versuchen, ihnen den Leichtsinn auszureden«, entschied Zell und öffnete die Wagentür. Er war in der perfekten Stimmung, sich mit jemandem zu streiten. Ein verbaler Schlagabtausch mit Holbeck wäre ihm ein Vergnügen, falls der seinen Rat, die Fenster zu verdunkeln, nicht befolgen wollte.

»Verdächtiger Wagen nähert sich in langsamer Fahrt von Osten«, meldete Silvia, deren Wagen auf der gegenüberliegenden Straßenseite vor der Ecke zur Hamelnstraße stand.

Zell klappte die Wagentür wieder zu. Er und Seifert parkten unmittelbar am Grundstück hinter der Ecke zur Harzburger Straße. Jetzt sah er den angekündigten Wagen ebenfalls kommen, einen dunklen Mittelklassewagen mit einem Braunschweiger Kennzeichen. Seifert machte routinemäßig eine Halterabfrage.

»Entwarnung«, gab Silvia überflüssigerweise durch, denn auch Zell sah, dass der Wagen auf das Nachbargrundstück einbog.

»Der Wagen gehört einer Mietfirma«, teilte Seifert ihm mit.

Zell öffnete erneut die Wagentür. »Ich überrede die Holbecks, ihre Fenster zu verdunkeln.« Er nahm ein tragbares Funkgerät und machte sich auf den Weg zum Haus. Wenigstens war die Garagenauffahrt zum Grundstück hell erleuchtet, was es dem Attentäter erschwerte, sich von dieser Seite aus unbemerkt zu nähern. Zell dachte unwillkürlich, dass Bianca Holbeck vielleicht noch leben könnte, wenn diese Staatsbeleuchtung auch am Donnerstagabend eingeschaltet gewesen wäre.

Er hatte gerade die Haustür erreicht, als er auf der Rückseite des Hauses Glas splittern hörte, gefolgt von Isabella Asmunds entsetztem Aufschrei. Er spurtete los und bog gerade rechtzeitig um die Ecke, um sehen zu können, wie eine schwarz gekleidete Gestalt mit einer Sturmhaube über dem Kopf in die entgegengesetzte Richtung zum Nachbargrundstück davonlief – eine schmale, nicht allzu große Gestalt, die sich bewegte wie eine Frau!

Zell riss das Funkgerät hoch. »Er ist hier! Er flüchtet aufs Nachbargrundstück! Wagen drei! Personenschutz im Haus übernehmen! Wagen eins und zwei, Weg abschneiden! Ich komme!«

Er lief an der Terrasse vorbei und warf nur einen flüchtigen Blick durch das Fenster ins Haus. Isabella Asmund hing schreckensbleich in den Armen ihres Vaters, der wütend und empört zur Terrasse blickte. Beide schienen unverletzt zu sein, weshalb Zell sich nicht weiter um sie kümmerte. Er spurtete dem Attentäter – der Attentäterin – hinterher, um deren Hals er etwas Goldenes schimmern zu sehen glaubte. Er hatte das Gefühl, dass sich ihm der Magen umdrehte. Das konnte – das *durfte* nicht Nica sein!

»Polizei! Stehenbleiben!«, rief er.

Sie drehte sich um, und Zell warf sich instinktiv zur Seite. Keinen Moment zu früh, denn er hörte das dumpfe »Plopp! Plopp!« zweier schallgedämpfter Schüsse. Die Frau wartete das Ergebnis ihrer Schüsse nicht ab, sondern rannte auf das Nachbargrundstück zu. Zell riss jetzt seine Waffe aus dem Halfter und feuerte einen Schuss in die Luft.

»Stehenbleiben!«

Sie dachte gar nicht daran, fuhr erneut im Laufen herum und schoss zurück. Er ließ sich fallen und kam schmerzhaft auf dem Boden auf. Sie rannte weiter und sprang wenig später in den Mietwagen, der ein paar Minuten zuvor auf den Garagenhof des Nachbarn gefahren war. Zell rappelte sich vom Boden hoch.

»Sie ist in dem Mietwagen!«, teilte er seinen Leuten über Funk mit.

»Sie?«, vergewisserte sich Silvia.

Zell ignorierte den Einwand, sondern lief so schnell er konnte in Richtung Straße. Die Frau setzte das Auto mit kreischenden Reifen zurück auf die Straße, ohne sich darum zu kümmern, ob dort gerade ein anderer Wagen fuhr. Seifert versuchte, ihr mit seinem Wagen den Weg abzuschneiden, doch sie fuhr haarscharf an ihm vorbei und wich gleich darauf über den Bürgersteig

Silvias Wagen aus, den diese geistesgegenwärtig quer auf die Fahrbahn gestellt hatte.

Zell steckte im Laufen seine Waffe ins Halfter zurück und sprang in den Wagen. »Hinterher!«, befahl er Seifert grimmig, setzte das Blaulicht aufs Dach und schaltete die Sirene ein.

Seifert wendete und nahm die Verfolgung auf. Silvias Wagen befand sich bereits unmittelbar hinter dem Fluchtfahrzeug. Die Frau in dem Mietwagen fuhr wie der Teufel in Richtung Wolfenbüttler Straße und bog dort nach links ab, ohne auf den Verkehr zu achten. Reifen quietschten, Hupen ertönten, Lichthupen blendeten auf, als sie dabei um ein Haar mit einem Van kollidierte, der eine Vollbremsung vollführte und mitten auf der Straße stehen blieb.

Silvia musste scharf abbremsen, um nicht mit ihm zusammenzustoßen, und dasselbe tat auch Seifert. Zell presste die Lippen zusammen, doch ihm blieb nichts anderes übrig, als abzuwarten, bis sein Kollege den Wagen an dem Van vorbeibugsiert hatte und wieder Gas geben konnte.

Der Fluchtwagen raste über die Wolfenbüttler Straße und bog wenig später in die Auffahrt zur A 39 ein. Die beiden Wagen der Polizisten folgten ihm und versuchten, ihn auf der Strecke bis zum Dreieck Südwest einzuholen. Doch durch den Beinaheunfall hatten sie wertvolle Sekunden verloren, die die Attentäterin genutzt hatte, um einen guten Vorsprung rauszuschlagen, der immer größer wurde, da sie ohne Rücksicht auf Verluste über die Autobahn brauste. Als der Wagen am Dreieck Südwest auf die A 391 nach Norden einbog, war Zell sich sicher, wohin die Frau flüchtete.

»Verdammt!«, fluchte er und hieb mit der Faust gegen die Tür.

»Ich sage es nur höchst ungern, Ralf«, teilte Silvia ihm über Funk mit, »aber du weißt, in welche Richtung der Wagen fährt.«

Das war ihm nur allzu bewusst. Die A 391 führte direkt nach Lehndorf und zum Madamenweg. *Schwarze Dame Tod.* Robert Asmund hatte tatsächlich mit seinen letzten Worten seine Mörderin beschrieben. Es passte alles zusammen. Und Zell erlebte seinen persönlichen Albtraum.

»Nächstes Ziel: Madamenweg, das Haus von Nica Ravenhorst«, ordnete er an und beorderte über Funk einen weiteren Streifenwagen von der Dienststelle in Lehndorf dorthin. »Silvia, du bleibst an dem Wagen dran, wir versuchen ihr den Weg abzuschneiden.«

»Verstanden«, bestätigte Silvia.

»Verdammt, Uwe, gib Gas!«, schnauzte Zell den Freund an, der sich wohlweislich jedes Kommentars enthielt.

•

Als sie fünfzehn Minuten später Nicas Haus erreichten, parkte der Mietwagen ein Stück vor dem Grundstück in Fluchtrichtung. Im Haus brannte Licht. Silvia, Özyavas und eine Streifenwagenbesatzung waren bereits vor Ort und ließen die Eingangstür nicht aus den Augen.

»Sie ist drinnen«, teilte Silvia Zell mit und hielt ihre Waffe in der Hand wie die anderen Beamten auch.

Zell antwortete nicht, sondern ging entschlossen auf die Haustür zu und klingelte. »Aufmachen! Polizei!«

Er hörte wenige Augenblicke später Schritte hinter der Tür und entsicherte seine Waffe. Die Kollegen folgten seinem Beispiel.

»Nur schießen, wenn es unbedingt sein muss«, ordnete er an.

Nica öffnete die Tür. Sie war ganz in Schwarz gekleidet und trug um den Hals ihren goldenen Torque. Wenigstens hielt sie keine Waffe in der Hand.

»Hello Ralf«, begrüßte sie ihn auf Englisch, das sie immer benutzte, wenn sie emotional angespannt war. Ihm fiel die Veränderung an ihr sofort auf. Sie wirkte kalt. Die Warmherzigkeit, die sie sonst ausgestrahlt hatte, war vollkommen verschwunden.

»Hallo Nica«, sagte er und warf einen Blick an ihr vorbei in den Flur.

Auf dem Garderobentisch stand eine gepackte Reisetasche. Ihre schwarze Jacke lag darüber und obenauf eine schwarze Sturmhaube. Zell schloss für einen Moment die Augen und kämpfte die Übelkeit nieder, die in ihm aufstieg. Die Erkenntnis, dass er sich die ganze Zeit in ihr getäuscht hatte – dass *sie* ihn getäuscht und nur benutzt hatte – tat wahnsinnig weh.

»Du willst verreisen?«, bemerkte er eisig. »Mitten in der Nacht?«

»Not really.« Ihr Stimme klang gepresst.

»Verdammt, Nica, lüg mich auch noch an!«, verlangte er scharf und starrte ihr in die Augen. »Warum? Warum, zum Teufel, hast du das getan?«

»Well«, antwortete sie gedehnt, machte eine leichte Kopfbewegung zum Wohnzimmer hin und wechselte in die deutsche Sprache, »ich habe keine andere Wahl.«

Er schnaufte verächtlich. »Eine bessere Ausrede fällt dir nicht ein? Ich bin enttäuscht!« Was sich nicht nur auf ihre lapidare Ausflucht bezog. Zell straffte sich. »Frau Ravenhorst, Sie sind vorläufig festgenommen wegen des dringenden Verdachts, Robert Asmund und Bianca Holbeck ermordet zu haben, und wegen des versuchten Mordes an Isabella Asmund. Und ich hoffe, du leistest keinen Widerstand.«

»Ich bin nicht lebensmüde, Ralf. Darf ich noch meine Jacke aus dem *Wohnzimmer* holen?«

Zell stutzte. Ihre Jacke lag gleich hinter ihr auf der Tasche im Flur, und zwei weitere Jacken hingen an der Garderobe daneben. Und warum betonte sie das Wort »Wohnzimmer« so merkwürdig? Jetzt fiel ihm auch auf, dass sie ihn in einer Art und Weise anblickte, als wollte sie ihm etwas Wichtiges mitteilen. Wieder machte sie eine leichte Kopfbewegung ins Haus hinein, ehe sie langsam die Hand hob und quer über ihren Hals zog. Sie trat einen halben Schritt zur Seite und gab Zell den Blick auf einen Teil des Wohnzimmers frei. Das Licht einer Stehlampe, die in der Ecke neben der Tür stand, malte in ihrem Lichtkegel auf dem Fußboden den Schatten einer Person, die offensichtlich im

Wohnzimmer neben der Tür an der Wand lehnte. Einschließlich des Schattens einer Pistole, die diese Person in der Hand hielt.

Schlagartig begriff er, was sich hier wirklich abspielte. Das Ganze war ein Ablenkungsmanöver! Die Attentäterin war in Nicas Haus eingedrungen und hatte die Spuren – Tasche, Jacke, Sturmhaube – so platziert, dass Zell sie sehen und glauben musste, Nica wäre die Frau, die er verfolgt hatte. Er sollte sie verhaften und mitnehmen. Bevor es Nica beim Verhör – vielleicht – gelungen wäre, ihre Unschuld zu beweisen, wäre die wahre Täterin längst über alle Berge.

»Zweite Person im Wohnzimmer! Waffe!«

Er schob Nica zur Seite und riss seine Pistole im selben Moment hoch, als eine schwarz gekleidete Gestalt in den Flur sprang und ohne Vorwarnung das Feuer eröffnete. Zell hatte seine Waffe noch nicht vollständig im Anschlag, befand sich aber genau in der Schusslinie der Angreiferin. Er wusste, was passieren würde noch ehe es geschah, und blickte völlig unvorbereitet seinem Tod ins Auge.

Doch es kam anders. Nica warf sich mit einem Hechtsprung gegen ihn und brachte ihn zu Fall. Die Kugel, die ihm gegolten hatte, zischte über ihn hinweg. Er hörte einen Mann hinter sich schreiend fallen und hoffte inständig, dass die Verletzung nicht tödlich war.

Seine Pistole war Zell durch den Sturz aus der Hand gefallen und lag außerhalb seiner Reichweite. Aber nicht außerhalb von Nicas, die sie jetzt ohne zu zögern ergriff und aus der Hocke heraus schoss. Die Attentäterin stürzte mit einem Aufschrei zu Boden. Nica sprang auf die Füße, richtete Zells Waffe auf die Frau und schien entschlossen, sie zu erschießen.

»Nein!«, rief er und kam ebenfalls wieder hoch. »Tu's nicht, Nica!«

Sie warf ihm über die Schulter einen dermaßen eisigen, wahrhaft mörderischen Blick zu, dass er regelrecht zurückzuckte. Schlagartig erkannte er, dass Nica durchaus zu einem Mord fähig war und kurz davorstand, ihn zu begehen.

»*She was about to kill you!*«, stieß sie auf Englisch hervor. »*And I'm not going to let her get away with it! No one harms my beloved.*«

Zell hatte zwar nicht alles verstanden, aber die Botschaft war klar. Da er sich nicht sicher war, ob er Nica erreichen konnte, wenn er jetzt Deutsch mit ihr sprach, kratzte er seine besten Englischkenntnisse zusammen. »*If you kill her, you won't be any better. And I'm sure that you don't want to be like her.*«

»Nicki, nimm die Waffe runter!«, verlangte Seifert jetzt und hielt seine eigene auf sie gerichtet.

Offensichtlich war er unverletzt und Silvia und Özyavas ebenfalls. Um den Verletzten kümmerte sich ein Kollege und rief bereits einen Krankenwagen. Auch die Attentäterin lebte noch, wand sich aber stöhnend am Boden.

Zell bedeutete Seifert mit einer Handbewegung, sich zurückzuhalten. »Nica«, sagte er sanft, »willst du dich wirklich mit ihr auf eine Stufe stellen? Sie kommt garantiert ins Gefängnis und erhält ihre angemessene Strafe. Also gib mir die Waffe. *Bitte.*«

Sie atmete tief durch, ehe sie sich sichtbar entspannte, Zells Waffe sicherte und ihm mit dem Griff voran reichte. Seifert und Silvia drängten sich augenblicklich an ihnen vorbei zu der Attentäterin und nahmen deren Waffe an sich. Da ihr rechter Arm schwer verletzt zu sein schien, legten sie ihr nur eine Handschelle an und warteten auf den Krankenwagen, dessen Sirene in der Ferne bereits zu hören war. Das Gold um ihren Hals, das Zell für Nicas Torque gehalten hatte, entpuppte sich als eine fingerdicke, kurze Goldkette, die sie wahrscheinlich nur angelegt hatte, um eine äußere Ähnlichkeit mit Nica herzustellen.

Nica blickte Zell mit einem Ausdruck in die Augen, den er nicht deuten konnte. »Du hast recht«, sagte sie ruhig. »Ich bin nicht wie sie.« Sie legte fragend den Kopf schief. »Hast du wirklich geglaubt, dass ich die Morde begangen hätte?«

»Ja«, gestand er. »Es sprach alles gegen dich. Wir sind der Frau von Holbecks Anwesen hierher gefolgt. Ihr Fluchtwagen steht vor deiner Tür, ich sah die gepackte Reisetasche und die

Sturmhaube, die sie getragen hat«, er deutete auf den Garderobentisch, »und du hast dich völlig anders benommen als sonst.« Er nickte. »Ich habe in der Tat für einen Moment geglaubt, dass du die Mörderin bist und ich mich schrecklich in dir getäuscht habe. Ich gebe zu, das war einer der entsetzlichsten Augenblicke meines Lebens. Es tut mir leid, Nica. Aber wir kennen uns erst seit einer Woche und haben uns die letzten drei Tage nicht gesehen. Das ist entschieden zu wenig Zeit, um einander wirklich einschätzen zu können.«

Sie antwortete ihm nicht. Er empfand ihr Schweigen schlimmer als den wütenden Ausbruch, den er erwartet hatte. Sie schien auf etwas zu warten, doch er fühlte sich derart verunsichert, dass er nicht wusste, was er sagen oder tun sollte.

»Du hast mir gerade das Leben gerettet, Nica«, wurde ihm erst jetzt bewusst.

Ohne auch nur eine einzige Sekunde zu zögern, hatte sie ihr eigenes Leben riskiert und dann die Angreiferin außer Gefecht gesetzt. Für einen Moment war sie sogar bereit gewesen, sich für die bloße Bedrohung Zells zu rächen. Falls ihn seine Menschenkenntnis nicht ausgerechnet jetzt im Stich ließ, sagte das eine Menge über ihre Gefühle für ihn aus. Die er jetzt wahrscheinlich mit seinem Verdacht gegen sie zerstört hatte.

»Nica, ich –«, begann er.

Sie unterbrach ihn rüde. *»Oh, for heaven's sake, shut up, Ralf!«*

Ehe er sich versah, nahm sie seinen Kopf in beide Hände und drückte ihm einen heftigen Kuss auf die Lippen. Er legte die Arme um sie und erwiderte ihren Kuss nicht minder intensiv.

»Ich will ja nicht stören«, unterbrach Seiferts Stimme sie, »aber es gibt da ein paar Dinge, die wir klären müssen.«

Widerstrebend lösten sie sich voneinander.

»Unter Protest«, stellte Nica nachdrücklich klar und warf Seifert einen gespielt vernichtenden Blick zu. »Hier oder in euren ›heiligen Hallen‹?«

»Im Präsidium«, entschied Zell. »Dort kannst du auch gleich deine Aussage zu Protokoll geben.«

Sie lächelte kurz. »Aber diesmal darf ich doch meine Jacke holen, oder?«

Zell nickte und lächelte ebenfalls. »Nur zu.«

•

Eine knappe Stunde später saßen sie in Zells Büro, und Nica berichtete bei laufendem Aufnahmegerät, was vorgefallen war.

»Als es an meiner Tür klingelte, habe ich ohne meine gewohnten Sicherheitsvorkehrungen – den vorgelegten Sicherheitsbügel – aufgemacht, weil ich jemanden erwartet hatte«, begann sie.

Zell fragte sich mit einem Anflug von Eifersucht, wen sie wohl zu so später Stunde noch hatte empfangen wollen.

»Statt des erhofften Besuchs stand diese Frau vor mir und bedrohte mich mit einer Pistole. Sie stellte ihre Reisetasche in den Flur, zwang mich, meine schwarze Bühnenkleidung anzuziehen und dann auf die Ankunft der Polizei zu warten. Sie drohte, mich zu erschießen, sollte ich nicht genau tun, was sie sagt. Sobald die Polizei auftauchen würde, sollte ich auf keinen Fall auch nur andeuten, dass ich nicht allein im Haus wäre.«

Sie machte eine kurze Pause. »Sie wollte mich als Ablenkungsmanöver benutzen, um ungestört zu entkommen, sobald ich als Mörderin verhaftet wäre. Sie ging davon aus, dass die Polizei nicht mehr in meiner Wohnung nachsehen würde, wenn ich schon im Flur verhaftet werde. Sobald ihr mich mitgenommen hättet, wäre sie durch die Terrassentür verschwunden und über alle Berge gewesen, bis ich in der Lage gewesen wäre, meine Unschuld zu beweisen.« Sie blickte Zell besorgt an. »Sie hat doch nicht noch jemanden umgebracht?«

»Sie hat es versucht, aber Isabella Asmund ist mit dem Schrecken davon gekommen.«

»*Thank God!*«

»Hat sie sonst noch was gesagt?«

»Noch einiges. Unter anderem hat sie sich gewundert, wieso ich nicht schon längst im Gefängnis sitze. Als ich ihr auf den Kopf zusagte, dass sie wohl diejenige war, die die Makarov in meinem Keller versteckt hatte, hat sie das unumwunden zugegeben und auch gestanden, dass sie die Mörderin von Bianca Holbeck und Robert ist und auf Anweisung ihres Auftraggebers gehandelt hat. Mehr hat sie nicht gesagt, denn da klingelte schon die Polizei an meiner Tür.«

»Die zum Glück noch rechtzeitig erkannt hat, dass du nicht die gesuchte Person bist, Nicki«, stellte Seifert nüchtern fest.

Nica zuckte mit den Schultern. »Meine Unschuld hätte sich schnell erwiesen.«

»Wodurch?«

»Die Reisetasche, die Sturmhaube und die Jacke gehören der Frau. Ich habe die Sachen nie angefasst. Den Inhalt der Tasche natürlich auch nicht. Bei einer Überprüfung von Fingerabdrücken und DNA-Spuren wäre sofort klar geworden, dass das nicht meine Sachen sind. Bis das entsprechende Ergebnis vorgelegen hätte, wäre die Frau allerdings längst untergetaucht.« Nica grinste flüchtig und fügte zufrieden hinzu: »Der Plan wurde sauber vereitelt.«

Was sie oder Zell beinahe das Leben gekostet hätte. Er schaltete das Aufnahmegerät aus.

»Wie geht es eurem verletzten Kollegen?«, erkundigte sich Nica.

»Er hat Glück gehabt und nur einen Schulterdurchschuss abbekommen, der keine wichtigen Organe oder Arterien verletzt hat. Abgesehen davon, dass die Verletzung schmerzhaft ist und er ein paar Wochen dienstuntauglich sein wird, geht es ihm gut.«

»Ich bin jedenfalls gespannt, was die Frau uns zu sagen hat, wenn wir sie vernehmen«, meinte Seifert. »Vor allem, wer ihr Auftraggeber ist.«

Die Antwort auf diese Frage interessierte sie alle. Obwohl Frank Sassner immer noch der heißeste, weil einzige Kandidat dafür war, würden sie ihm ohne eine entsprechende Aussage der Attentäterin nichts beweisen können. Vielleicht nicht einmal dann. Sassner würde natürlich leugnen, und es stünde Aussage gegen Aussage, die ohne zusätzliche Beweise nicht erhärtet oder entkräftet werden konnte.

»Wir haben den Ausdruck deiner Aussage morgen fertig«, sagte Zell zu Nica. »Es wäre gut, wenn du im Laufe des Tages vorbeikommen und sie unterzeichnen könntest.«

»Kein Problem. Ruf mich am besten an, wann es euch passt.« Sie blickte ihn fragend an. »Kann ich jetzt gehen?«

»Natürlich. Gegen dich liegt absolut nichts vor. Dass du auf die Frau geschossen hast, kehren wir unter den Teppich. Da die Kugel aus meiner Dienstwaffe stammt, lautet die offizielle Version, dass ich geschossen habe.« Er lächelte ihr beruhigend zu. »Zwar war es in jedem Fall Notwehr, aber so wird keiner unbequeme Fragen stellen.«

»Ist mir recht«, versicherte Nica und stand auf.

»Deine Wohnung ist im Moment ein Tatort und deshalb noch versiegelt«, erinnerte Zell sie und erhob sich ebenfalls. »Ich kann dich in ein Hotel bringen, wenn du willst. – Du kannst natürlich auch bei mir übernachten«, bot er ihr hoffnungsvoll an.

»Okay«, stimmte sie nach kurzem Zögern zu.

Er wertete das als gutes Zeichen. Seifert und Silvia übernahmen es mit einem anzüglichen Augenzwinkern, die Sachen der Attentäterin zu asservieren und anschließend das Büro abzuschließen, bevor auch sie nach Hause fuhren.

Die gesamte Fahrt nach Hause über schwieg Nica und starrte hinaus in die Dunkelheit. Zell hätte eine Menge darum gegeben zu erfahren, was sie dachte.

Als er eine halbe Stunde später seine Wohnung aufschloss und sie einließ, fühlte er sich ausgesprochen unsicher. Es gab einiges zwischen ihnen zu klären. Vielleicht wollte sie aber gar nicht reden. Oder – noch schlimmer – was sie ihm zu sagen hatte, würde ihm absolut nicht gefallen.

»Was kann ich dir anbieten, Nica? Whisky? Ich habe einen hervorragenden Single Malt im Schrank. Oder lieber Wein? Ein Bier?«

Sie schüttelte den Kopf. »Ich könnte einen Tee vertragen, Ralf. Alkohol putscht mich zu sehr auf, und ich brauche jetzt was Beruhigendes. Wenn es dir keine Umstände macht.«

»Absolut nicht«, versicherte er und fügte nach kurzem Zögern hinzu: »Ich denke, ich schließe mich bei näherer Betrachtung dem Tee an. *Man trinkt Tee, damit man den Lärm der Welt vergisst*, rieten schon die alten Chinesen. Oder in unserem Fall den Lärm von Schüssen.« Er strich Nica sanft über die Wange. »Mach es dir schon mal bequem. Wenn du möchtest, kannst du Musik auflegen.«

Er verschwand in der Küche und hörte wenig später die Klänge von Felix Mendelssohn-Bartholdys Violinkonzert Opus 64 in e-Moll. Abgesehen davon, dass das ohnehin sein Lieblingsstück war, hätte er es jetzt ebenfalls ausgewählt. Die Musik bildete ein wohltuendes Gegengewicht zu den aufwühlenden Ereignissen des Abends.

Als er zehn Minuten später mit dem Tee ins Wohnzimmer kam, saß Nica in seinem Lieblingssessel und lauschte mit geschlossenen Augen der Musik. Er setzte sich auf die Couch ihr gegenüber und füllte die Tassen.

»Wie geht es dir, Nica?«, fragte er, nachdem die Musik geendet hatte und sie die Augen wieder öffnete.

»Du meinst hinsichtlich der Tatsache, dass uns vorhin eine Kugel um die Ohren geflogen ist und man uns mit einer Waffe bedroht hat? Trotzdem geht es mir gut. Liegt möglicherweise daran, dass ich Jägerin bin und damit vertraut, dass um mich herum geschossen wird, wenn auch nicht unbedingt *auf* mich. Und wie geht es dir? Immerhin hatte dieses *piece of shit* auf dich gezielt.«

Er nickte langsam. »Da ich das dank dir überlebt und nicht mal einen Kratzer abbekommen habe, geht es mir im Moment einigermaßen gut. Dennoch werde ich in den nächsten Tagen mit unserem Psychologen darüber sprechen. Es war immerhin das erste Mal in meiner Laufbahn als Polizist, dass auf mich geschossen wurde und ich beinahe ebenfalls auf einen Menschen hätte schießen müssen.« Er blickte sie nachdenklich an. »Wolltest du die Frau wirklich umbringen, Nica?«

»Ja«, gab sie unumwunden zu. »Für einen reichlich lang andauernden Moment wollte ich das wirklich. Und ich hätte es hinterher zutiefst bereut, denn du hattest vollkommen recht: Damit hätte ich mich auf dieselbe Stufe gestellt wie sie und wäre in gewisser Weise um keinen Deut besser gewesen. Aber ich war in dem Moment so maßlos wütend, dass sie es gewagt hat auf dich zu schießen!« Diese Wut war ihrer Stimme jetzt noch anzuhören.

»Du hast dich praktisch in die Schusslinie geworfen. Sie hätte dich treffen können.«

Nica zuckte mit den Schultern. »*I didn't care a damn.* Das war mir in dem Moment scheißegal«, gestand sie und sah ihm in die Augen. »Dein Leben ist mir wichtig, Ralf. *Du* bist mir wichtig.«

»Du bist mir auch wichtig, Nica.« Er schüttelte den Kopf. »Dabei kennen wir uns gerade mal eine Woche und haben uns wie oft gesehen? Privat, meine ich. Dreimal?« Und hatte er sich vorhin verhört oder hatte sie ihn tatsächlich *beloved* genannt – Geliebter?

Sie trank einen Schluck Tee. »Mein Diné-Lehrer hat immer gesagt, man muss einen Menschen nicht lange kennen, damit er einem etwas bedeutet. Manchmal genügt schon ein einziger Augenblick, um eine tiefe Verbindung herzustellen, die sich mit dem Verstand nicht erklären lässt. Zu dir habe ich diese Verbindung in dem Moment gespürt, als ich dir im *Magic Song* zum ersten Mal die Hand gegeben habe.«

»Und ich dachte, ich bilde mir das nur ein«, gestand er. »Mir ging es nämlich genauso mit dir.« Er blickte sie ernst an. »Der Besuch, den du vorhin erwartet hast«, begann er. »Ich weiß, es geht mich nichts an, aber solltest du ihm nicht Bescheid sagen, dass du euer Treffen verschieben musst, es dir aber gut geht?

Damit er nicht unverrichteter Dinge vor deiner Tür steht und sich Sorgen macht.« Er beglückwünschte sich, dass er es taktvoll vermieden hatte, wie ein eifersüchtiger Liebhaber zu klingen.

Sie lächelte. »Ich habe auf dich gewartet, Ralf. Ich habe seit Freitag jeden Tag gehofft, dass du vorbeikommst und mir sagst, dass ihr den Fall gelöst habt und du dir eine Beziehung mit mir wieder gefahrlos leisten kannst.«

Er errötete verlegen. »Es tut mir leid, Nica. Das war eine saudumme Formulierung, die gebraucht zu haben ich zutiefst bereue.« Ebenso, dass er sich gerade unangemessen gestelzt ausdrückte. Allerdings tat er das meistens, wenn er verlegen war. »Nica, ich möchte dir erklären, warum ich so gehandelt habe. Warum ich den Fall nicht abgegeben habe. Ich möchte, dass du mich verstehst.«

Sie trank einen weiteren Schluck Tee und nickte ihm aufmunternd zu.

»Es ist einfach nicht meine Art, etwas aufzugeben, das ich einmal angefangen habe. Wenn ich einen Fall bearbeite, übernehme ich damit den Opfern gegenüber – Lebenden oder Toten – eine Verpflichtung, ihnen zu ihrem Recht oder doch zumindest Genugtuung zu verhelfen. Ich käme mir wie ein Egoist vor, wenn ich diese Verpflichtung gerade in diesem Fall auf andere abgewälzt hätte, nur weil ich nicht diszipliniert genug bin, meine persönlichen Gefühle außen vor zu lassen.« Er schüttelte den Kopf. »Dabei hatte ich sogar vor, den Fall Uwe zu übertragen. Aber als es soweit war …« Er unterbrach sich und seufzte tief. »Ich konnte es einfach nicht, nicht einmal dir zuliebe.«

»Du hast getan, was dir ein tiefes Bedürfnis war«, ergänzte Nica.

Er nickte. »Mein Beruf hat immer die oberste Priorität für mich. Ich würde und werde in so einer Situation immer wieder genauso handeln.«

Er sah ihr in die Augen und forschte in ihrem Gesicht, wie sie diese Eröffnung aufnahm, konnte in ihrer ausdruckslosen

Miene aber nichts ablesen. Er hätte eine Menge darum gegeben zu wissen, was sie jetzt dachte.

»Ralf«, sage sie schließlich ernst, »wenn du anders handeln würdest, müsstest du dich verbiegen und so tun, als wärst du ein anderer Mensch als du bist. Das ginge auf die Dauer niemals gut.« Sie stellte die Teetasse auf dem Tisch ab und beugte sich vor. »Ich mag dich so wie du bist, und ich will nicht, dass du dich um meinetwillen veränderst. In dem Fall wärst du irgendwann nicht mehr der Mann, den …«, sie zögerte und seufzte tief, »der mir so viel bedeutet.« Sie nickte nachdrücklich. »Ich verstehe deine Beweggründe, und ich will nicht, dass du jemals gegen deine Natur handelst. Jedenfalls nicht meinetwegen.«

Er lächelte erleichtert. »Nica, du bist wunderbar.« Er ergriff ihre Hand, zog sie zu sich auf die Couch und nahm sie in die Arme. Sie schmiegte sich an ihn, und sie genossen die Nähe zueinander, die keiner weiteren Worte bedurfte. Dieses Gefühl der Verbundenheit hielt auch noch an, als sie sich eine Stunde später schlafen legten. Nach den aufwühlenden Ereignissen hatten beide keine Lust auf Sex. Nica kuschelte sich an ihn und schlief schließlich mit dem Kopf auf seiner Schulter ein.

Zell glitt in einem Zustand wunderbarer Zufriedenheit ebenfalls in den Schlaf hinüber und blendete jeden Gedanken an den kommenden Morgen aus. Denn der Fall Asmund war noch lange nicht abgeschlossen.

Obwohl die Attentäterin in einem Geheimfach ihrer Reisetasche fünf verschiedene Pässe und Ausweise mit unterschiedlichen Namen versteckt hatte, war es Silvia gelungen, sie anhand ihres Fotos zu identifizieren. Sie hieß Elena Thiele, wohnte in Karlsruhe und war von Beruf freie Journalistin. Das lieferte ihr die ideale Tarnung für ihren ungleich lukrativeren Job als Auftragsmörderin. Eine Journalistin reiste viel im Zuge ihrer Recherchen und fand sicherlich auch mehr als einen stichhaltigen Vorwand, Lokalitäten auszubaldowern, ohne Verdacht zu erregen.

Zell war allerdings neugierig auf ihr Motiv, Menschen für Geld umzubringen. Das Metier der Serienmörder war fest in männlicher Hand. Die wenigen Frauen, die sich darin versuchten, gehörten fast ausschließlich zu den sogenannten »Todesengeln«, die kranke oder alte Menschen in Krankenhäusern oder Altenheimen ermordeten, weil sie es nicht mehr ertrugen, deren Leid mit anzusehen. Weibliche Auftragskiller gab es dagegen weltweit nur eine Handvoll.

Nicas Schuss hatte die Frau am rechten Unterarm getroffen, in einem Winkel, der ihr den Ellbogen zerschmettert hatte. Es war unwahrscheinlich, dass die Frau mit der rechten Hand jemals wieder eine Waffe halten könnte. Möglicherweise würde sie den ganzen Arm nie wieder richtig gebrauchen können. Zells Mitleid mit Elena Thiele hielt sich allerdings in sehr engen Grenzen, als er ihr jetzt im Verhörraum gegenübersaß. Sie hatte sich sofort einen Anwalt genommen und schien nicht gewillt zu kooperieren.

»Frau Thiele«, begann er das Gespräch, »Sie wurden in flagranti bei einem Mordversuch an Isabella Asmund erwischt.« Die Untersuchungen in Holbecks Haus hatten eindeutig ergeben, dass sie nicht auf Holbeck geschossen hatte, sondern auf seine Tochter. »Außerdem haben Sie Bianca Holbeck ermordet und stehen in Verdacht, auch Robert Asmund umgebracht zu haben. Warum?«

Sie schwieg und blickte desinteressiert zur Seite.

»Wir wissen, dass Sie nicht aus persönlichen Motiven gehandelt haben, sondern von jemandem beauftragt worden sind. Das können wir Ihnen auch beweisen.«

Das war zwar gegenwärtig geblufft, aber Zell war zuversichtlich, dass er und sein Team ihr das tatsächlich würden nachweisen können. Sobald sie erst einmal alle Fakten zusammengetragen und die Beweise gesichert und ausgewertet hatten.

»Frau Thiele, ich will wissen, wer Ihr Auftraggeber ist.«

Sie warf ihm einen misstrauischen Blick zu, schwieg aber weiterhin.

»Wir haben Ihre gefälschten Pässe, wir haben die Waffe, mit der Sie auf Frau Asmund geschossen haben. Den Mord an Bianca Holbeck können wir Ihnen sogar zweifelsfrei nachweisen. Mordversuch an Polizeibeamten kommt zu allem noch hinzu. Sie kommen aus dieser Nummer nicht mehr raus. Wenn Sie geständig sind und kooperieren, könnte sich das allerdings beim Prozess positiv für Sie auswirken.«

Sie starrte ausdruckslos auf die Tischplatte.

»Diese angeblichen Beweise hätten wir doch gern erst einmal gesehen, Herr Zell«, wandte ihr Anwalt Lukas Bauer ein.

Er war noch recht jung und strahlte eine leichte Unsicherheit aus. Zell vermutete, dass dies einer seiner ersten selbstständigen Fälle war.

»Wir haben Frau Thieles Fingerabdrücke, die beweisen, dass sie die Waffe, mit der Bianca Holbeck ermordet wurde, in Frau Ravenhorsts Haus versteckt hat«, zählte er auf. »Sie haben einen weit verbreiteten Fehler begangen, Frau Thiele, indem Sie die Patronen nicht auch abgewischt haben, bevor Sie die Waffe geladen haben. Anders ausgedrückt, wir können Ihnen den Mord an Frau Holbeck hieb- und stichfest beweisen.«

»Das beweist nur, dass meine Mandantin die Waffe geladen hat, nicht dass sie damit auch geschossen hat«, widersprach Bauer.

»Ferner«, fuhr Zell ungerührt fort, »wurden Sie nach dem Mordversuch an Isabella Asmund bis zum Haus von Frau Ravenhorst verfolgt. Ihre Fingerabdrücke befinden sich überall im Fluchtfahrzeug und auf der Waffe, mit der Sie auf Frau Asmund geschossen haben und die bei Ihnen sichergestellt wurde. Sie sind gewaltsam in Frau Ravenhorsts Haus eingedrungen, haben sie bedroht und Spuren in ihrem Haus gelegt, die sie als Täterin überführen sollten. Das bestätigt Frau Ravenhorsts Aussage.«

»Aussage gegen Aussage«, warf Bauer ein. »Meine Mandantin bestreitet das.«

Zell fand es bewundernswert, wie sehr der junge Anwalt sich ins Zeug legte, obwohl ihm klar sein musste, dass seine Mandantin definitiv überführt war.

»Als das nicht geklappt hat«, zählte er weiter auf, »haben Sie sich der Festnahme widersetzt und einen Beamten angeschossen. Dafür gibt es insgesamt sieben Zeugen. Das sind die Fakten, die wir bisher beweisen können. Ich bin mir sehr sicher, dass wir Ihnen im Laufe unserer weiteren Ermittlungen auch noch andere Morde nachweisen können, zum Beispiel den an Robert Asmund, den Sie gegenüber Frau Ravenhorst schon zugegeben haben.«

»Aussage gegen Aussage«, wiederholte Bauer. »Meine Mandantin bestreitet auch das.«

Zell wartete, ob Elena Thiele sich dazu äußern würde, doch sie blickte ihn nur ausdruckslos an.

»Wenn Sie uns Ihren Auftraggeber nennen, macht diese Kooperation für Sie unterm Strich höchstwahrscheinlich den Unterschied zwischen nur lebenslänglicher Haft und zudem anschließender Sicherungsverwahrung aus«, spielte Zell seine Trumpfkarte aus. »Wenn Sie kooperieren und damit so eine Art tätiger Reue zeigen, können sie eines Tages vielleicht wieder aus dem Gefängnis rauskommen, statt darin zu verrotten.«

Lukas Bauer beugte sich zu ihr hinüber und flüsterte ihr etwas ins Ohr.

»Ich habe so oder so keine Garantie, dass ich jemals wieder entlassen werde«, antwortete sie. »Von mir erfahren Sie kein Wort.«

Lukas Bauer seufzte und schüttelte den kopf.

»Hören Sie«, versuchte Zell es auf eine andere Weise, »Sie wandern in jedem Fall ins Gefängnis. Aber Sie waren nur das ausführende Organ. Sie hätten diese Leute niemals umgebracht, wenn Ihnen nicht jemand den Auftrag dazu erteilt und Sie dafür bezahlt hätte. Ich will Ihren Auftraggeber zur Rechenschaft ziehen. Ich will wissen, wer dahintersteckt und vor allem warum. Wenn Sie schweigen und ihn damit schützen, bleibt der in Freiheit und genießt sein Leben, während Sie für Taten im Gefängnis sitzen, die selbst zu begehen er viel zu feige war. Ich weiß nicht, wie Sie das sehen, aber ich finde das absolut nicht fair.« Er sah sie eindringlich an. »Die Sache ist nun mal schiefgegangen, und ich kann mir nicht vorstellen, dass Sie wirklich die Einzige sein wollen, die dafür die Zeche zahlen wird.«

Bauer nickte ihr auffordernd zu. »Sie haben nichts mehr zu verlieren.«

Sie zögerte immer noch, und Zell ließ ihr Zeit, sich die Sache zu überlegen. Sie zupfte rhythmisch an dem Verband um ihren rechten Arm, was ihm zeigte, dass sie unschlüssig war.

»Ich kenne meinen Auftraggeber nicht«, gestand sie schließlich. »Ich bin ihm nie begegnet. Das ist mein wichtigstes Prinzip.«

»Aber Sie haben eine Möglichkeit, mit ihm in Kontakt zu treten«, war Zell überzeugt.

Sie drehte unschlüssig den Kopf hin und her. »Ich habe die Nummer eines Wegwerf-Handys, über das ich ihn erreichen kann.«

Zell nickte zufrieden. Die schwerste Hürde war genommen. »Berichten Sie bitte von Anfang an. Wie haben Sie den Auftrag erhalten?«

»Über einen Mittelsmann, den ich ebenfalls nicht kenne. Ich erhalte bei jedem neuen Auftrag eine E-Mail, wo ich wann ein Wegwerf-Handy und die Telefonnummer eines anderen Wegwerf-Handys abholen soll, das ich zu einer bestimmten Zeit anrufen muss, um meinen Auftrag entgegenzunehmen. Dieses zweite Handy hat der Kunde vom Mittelsmann bekommen so wie ich meins. Beide sind so programmiert, dass der Kunde nur mich und den Mittelsmann damit anrufen kann und ich nur den Mittelsmann und den Kunden.

Danach vereinbare ich mit dem Kunden einen Übergabeort, an dem er die Informationen über meine Zielperson hinterlegt sowie einen Vorschuss. Ich hole mir beides ab, erledige den Auftrag und gebe dem Kunden telefonisch durch, wohin er den Rest des Geldes zu bringen hat. Nach der Geldübergabe gebe ich ihm und dem Mittelsmann per SMS ein OK durch. Das ist für den Kunden das Zeichen, dass er das Handy entsorgt, und ich vernichte meins. Danach hören wir nie wieder voneinander. Und der Mittelsmann weiß, dass ich für den nächsten Auftrag frei bin.«

Sie schilderte das alles vollkommen emotionslos. Natürlich war sich Zell bewusst, dass jemand, der seinen Lebensunterhalt damit verdiente, im Auftrag Dritter ihm völlig unbekannte Menschen zu ermorden, nahezu vollständig gefühlskalt sein musste. Aber diese Frau war der erste Auftragsmörder, mit dem er es in seiner Laufbahn zu tun hatte, und er fragte sich, wie sie wohl dazu geworden war. Doch das war momentan völlig unerheblich.

»Das heißt also«, resümierte er, »dass der Auftraggeber das Handy noch hat, da Sie ihm noch nicht das abschließende OK gegeben haben?«

Sie nickte. »Er hat auch die zweite Rate noch nicht bezahlt.«

»Hervorragend«, fand Zell und dachte kurz nach. »Wir machen Folgendes. Sie werden Ihren Auftraggeber anrufen und ihn mit dem Geld zu einem Ort bestellen, den wir Ihnen nennen. Und dann wollen wir mal sehen, wer dort auftaucht.«

Er beugte sich leicht vor und sah der Frau in die Augen, in denen er nicht die geringste Gefühlsregung erkennen konnte. »Haben Sie auch Robert Asmund umgebracht?«

Sie würdigte Zell keiner Antwort, sondern heftete ihren Blick demonstrativ auf einen Punkt an der Wand hinter ihm.

»Frau Thiele, in Anbetracht all dessen, was wir Ihnen bereits beweisen können, macht es den Kohl nicht mehr fett, wenn Sie den Mord an Asmund zugeben. Da Sie Bianca Holbeck erschossen und auch Isabella Asmund zu töten versucht haben, ist es höchst unwahrscheinlich, dass Robert Asmund von jemand anderem umgebracht wurde. Spätestens wenn wir Ihren Auftraggeber haben, erfahren wir die Wahrheit ohnehin.« Zumindest hoffte er das.

»Ja«, antwortete sie sachlich. »Ich habe Robert Asmund erschossen.«

»Erzählen Sie uns bitte genau, wie das abgelaufen ist«, forderte Zell sie auf.

»Meinem Auftraggeber hat mich am Nachmittag benachrichtigt, dass er – Asmund – am Sonntagabend voraussichtlich in diesem Lokal sein wird, *The Magic Song*. Ich habe mich vergewissert, dass er wirklich dort war. Danach habe ich mich davor postiert, gewartet, bis er wieder rauskam und bin ihm gefolgt, bis die Gelegenheit für den Schuss günstig war.«

»Warum haben Sie ihn erst an der Bushaltestelle erschossen? Auf dem Weg dorthin müssen Sie doch mehr als eine Gelegenheit gehabt haben.«

Sie nickte. »Was meine Deckung und meinen Fluchtweg betrifft ja. Aber jedes Mal waren entweder Leute in der Nähe oder kamen Autos vorbei, sodass ich warten musste, bis er an der Bushaltestelle war.«

»Und nachdem Sie ihn erschossen hatten, haben Sie ihn ausgeraubt«, stellte Zell fest.

»Das war Bestandteil des Auftrags. Ich sollte es wie einen gewöhnlichen Raubmord aussehen lassen.«

»Was haben Sie mit den gestohlenen Sachen gemacht?«

»Entsorgt. Die Wertsachen habe ich natürlich behalten. Die Uhr und das Geld. Den Rest habe ich später in der Nähe vom Stöckheimer Zoo in die Oker geworfen.«

Wenn sie, als sie Robert Asmund ausraubte, ebenfalls die schwarze Kleidung und vielleicht auch die Goldkette getragen hatte, war ihm diese Frau mit seinem schwindenden Bewusstsein und in Erinnerung an Nicas Lied »Black Lady Death« vermutlich als der personifizierte Tod erschienen. *Schwarze Dame Tod*. Asmund hatte tatsächlich einen Hinweis auf seine Mörderin gegeben. Nur dass es nicht Nica gewesen war.

»Die Waffe haben Sie ebenfalls dort versenkt?«

Elena Thiele nickte. »Nicht an derselben Stelle natürlich, sondern ein Stück weiter entfernt. Ich benutze jede Waffe pro Auftrag immer nur ein einziges Mal. Auf die Weise kann man nicht nachvollziehen, dass ich …« Sie unterbrach sich und schwieg.

»Dass Sie auch noch weitere Morde begangen haben«, ergänzte Zell den Satz. »Das wissen wir. Ich nehme mal an, dass fast jeder Mord der letzten zehn Jahre, der mit einer Makarov PB verübt wurde, auf Ihr Konto geht.«

Sie verzog den Mund. »Die Makarov ist nun mal eine gute Waffe. Außerdem glaubt die Polizei, da es ein russisches Fabrikat ist, dass der Schütze Russe oder zumindest Osteuropäer ist.«

Das stimmte allerdings, wie aus den Berichten des BKA über den »Makarov-Killer« hervorging.

»Hat Ihr Auftraggeber Ihnen eine Begründung genannt, warum er gleich eine halbe Familie auslöschen wollte?«, fragte Zell weiter.

»Nein. Solche Dinge interessierten mich auch nicht.«

Zell war zunehmend davon überzeugt, dass da tatsächlich jemand ganz gezielt Gerhard Holbeck vernichten wollte. Frank Sassner? Oder wer kam sonst infrage? Wenigstens war Isabella Asmund dem Anschlag auf sie entgangen.

»Sie können von Glück sagen, dass Sie gestern bei Frau Asmund daneben geschossen haben«, sagte er aus diesem Gedanken heraus.

»Das war kein Glück – oder Pech –, sondern so lautete der Auftrag.«

»Wie bitte?«, vergewisserte sich Zell verblüfft. »Sie sollten Frau Asmund gar nicht töten?«

»Nein«, bestätigte Elena Thiele. »Mein Auftrag war, auf sie zu schießen, sie aber keinesfalls zu treffen, geschweige denn zu töten.« Sie zuckte mit der Schulter des unverletzten Arms. »Keine Ahnung warum. Darum kümmere ich mich auch nicht. Ich wurde jedenfalls für diesen Schuss bezahlt. Das heißt, ich wäre bezahlt worden«, fügte sie missmutig hinzu.

Zell blickte nachdenklich zur Decke. Falls die Frau die Wahrheit sagte – und er zweifelte nicht daran, da sie keinen Grund hatte, in diesem Punkt zu lügen –, warf das ein völlig neues Licht auf die Sache. Wieso wollte jemand Gerhard Holbecks Familienangehörige umbringen, ließ aber ausgerechnet bei seiner Tochter daneben schießen? Wieso sollte überhaupt der Anschein erweckt werden, dass Isabella Asmund ebenfalls in Lebensgefahr war?

»Hatten Sie auch den Auftrag, den Jungen zu töten? Gerhard Holbecks Sohn?«

Sie schüttelte den Kopf. »Davon war nie die Rede. Nur diesen Asmund, dann die Holbeck, und die Frau von Asmund sollte ich erschrecken. Damit war der Auftrag abgeschlossen. Abgesehen davon, hätte ich sowieso nie ein Kind getötet.«

Zell schnaufte ironisch. »Was denn! Steckt etwa doch ein Funken Menschlichkeit in Ihnen?«

»Herr Zell, ich muss Sie doch sehr bitten!«, rügte Lukas Bauer.

Zell winkte ab. »Kommen wir also zu dem Anruf bei Ihrem Auftraggeber. Wir werden Ihnen genau vorgeben, was Sie zu sagen haben, damit Sie nicht auf den Gedanken kommen, ihn zu warnen.«

Sie schüttelte den Kopf. »Keine Sorge. Wie Sie vorhin schon sagten, ist es nicht fair, dass ich allein für das büßen soll, was er in Auftrag gegeben hat.«

Zell tätigte einen internen Anruf und ließ das Wegwerf-Handy der Frau bringen, das an ein Aufzeichnungsgerät angeschlossen wurde. Silvia hatte inzwischen vergeblich versucht herauszufinden, wem die beiden einprogrammierten Telefonnummern gehörten. Da für Wegwerf-Handys und ihre Nummern keine Käufer registriert wurden, konnte man die Anrufe auch nicht zurückverfolgen.

»Sie rufen Ihren Auftraggeber an und bestellen ihn zu diesem Treffpunkt«, wies Zell Elena Thiele an und schob ihr das Handy sowie ein Blatt Papier hin, auf dem genau geschrieben stand, was sie zu sagen hatte. »Und vergessen Sie nicht: keine Tricks!«

Sie würdigte ihn keiner Antwort, sondern wählte die Nummer ihres Kunden.

»Ja?«, erklang gleich darauf eine geflüsterte Stimme, die kaum zu verstehen und daher auch nicht zu identifizieren war.

»Bringen Sie das Geld zum Broitzemer Holz«, wies Elena Thiele ihren Auftraggeber an. »Elbestraße Ecke Broitzemer Holz, Fahrtrichtung Timmerlah wird um fünfzehn Uhr eine unbedruckte, weiße Plastiktüte an einem Baum hängen. Dort hinein legen Sie das Geld. Sobald ich es habe, erhalten Sie mein OK und können das Handy entsorgen. Aber nicht eher! Verstanden?«

»Ja.« Wieder flüsterte der Unbekannte. »Aber das ist ein anderer Übergabeort als beim letzten Mal.«

»Natürlich. Es ist auch ein anderer Übergabeort als beim vorletzten Mal. Ich muss auf Nummer sicher gehen, besonders nachdem mich gestern Abend beinahe die Bullen erwischt haben. Sie hätten mich verdammt noch mal warnen müssen, dass die das Haus bewachen.«

»Davon wusste ich nichts.«

Elena Thiele ging nicht darauf ein. »Broitzemer Holz, fünfzehn Uhr und keine Minute später.« Sie ließ dem Unbekannten keine Zeit für eine Antwort, sondern unterbrach die Verbindung und reichte Zell das Handy zurück. »Zufrieden?«

»Durchaus. Für den Moment sind wir hier fertig. Ich habe allerdings noch eine persönliche Frage, nur so aus Interesse, und Sie müssen sie mir nicht beantworten. Warum verdienen Sie Ihr Geld mit dem Tod anderer Menschen, die Sie nicht mal kennen?«

Sie lächelte kalt. »Ich kann nun mal verdammt gut schießen. Dazu bekomme ich für jeden Schuss fünfzigtausend Euro. Ich kenne keinen Beruf, in dem man so leicht und so schnell so viel Geld verdienen kann. Außerdem sterben die Leute sowieso irgendwann. Ob früher oder später, was macht das schon für einen Unterschied.«

»Für Ihre Opfer und deren Angehörige macht das einen großen Unterschied«, stellte Zell fest und fühlte sich von der Kaltblütigkeit der Frau zutiefst abgestoßen, die offenbar nicht zu dem geringsten Mitgefühl fähig war.

Sollten sich die Psychologen damit herumschlagen. Er hatte jetzt die Falle für Elena Thieles Auftraggeber vorzubereiten.

•

»Wagen drei! Fahrzeug nähert sich dem Treffpunkt«, meldete Silvia Schneider von ihrem Posten auf der Elbestraße, von dem aus sie das gesamte Gelände an der Weggablung Broitzemer Holz im Blick hatte, wo die Plastiktüte gut sichtbar in Augenhöhe an einen Baum gebunden war. »Silberner Mercedes mit Braunschweiger Kennzeichen.«

»Posten zwo!«, meldete sich Ferudun Özyavas von seinem Versteck hinter einem Holzstapel, der nur ein paar Schritte von dem Baum entfernt war. »Fahrzeug kommt in Sicht. Verlangsamt Fahrt. Hält. Könnte unser Mann sein.«

»Wagen eins! Alle abwarten und erst auf mein Kommando eingreifen«, ordnete Zell an, der mit seinem Wagen hinter der Kurve in Fahrtrichtung Timmerlah außer Sichtweite auf einem Waldweg parkte. Ein dritter Wagen wartete auf dem Hof eines Hauses, welches ein ganzes Stück weiter entfernt lag, auf seinen Einsatz.

»Posten zwo! Fahrer steigt aus. Sieht sich um. Geht zum Baum. Tut unverfänglich. Sieht sich noch mal um. Legt was in die Tüte!«

»Zugriff!«, befahl Zell, schaltete Blaulicht und Sirene ein und gab Gas.

Innerhalb von Sekunden war der Wagen des Verdächtigen von drei Seiten umstellt, an der vierten Seite versperrten in Beton gegossene Begrenzungspfähle den Weg. Der Fahrer versuchte zwar noch, zu seinem Auto zurückzukommen, sah sich jedoch einer Vielzahl von auf ihn gerichteten Waffen gegenüber. In Anbetracht dessen hielt er es für besser, aufzugeben und die Hände über den Kopf zu heben.

Zell stieg aus und baute sich vor ihm auf. »Erwischt!«, kommentierte er befriedigt und fügte mit einem ausgesprochen zufriedenen Lächeln hinzu: »Herr Holbeck, Sie sind vorläufig festgenommen wegen des dringenden Tatverdachts der Anstiftung zum Mord in zwei Fällen. Sie haben das Recht auf anwaltlichen Beistand bei jeder Vernehmung. Und ich bin schon sehr gespannt, was Sie uns zu sagen haben.«

Er ließ es sich nicht nehmen, Gerhard Holbeck persönlich Handschellen anzulegen und in einen Streifenwagen zu verfrachten. Der Bauunternehmer sagte kein Wort, hatte aber die Lippen zusammengepresst und bedachte Zell mit derart hasserfüllten Blicken, wie der sie selten bei einem Menschen gesehen hatte. Das beeindruckte ihn jedoch nicht im Mindesten. Dazu war er jetzt viel zu gut gelaunt.

»Also ganz ehrlich«, sagte Silvia, nachdem der Wagen mit Holbeck abgefahren war und Ferudun Özyavas mit Holbecks Auto hinterherfuhr, »ich habe bis zuletzt gedacht, es wäre Sassner. Auf Holbeck bin ich nicht gekommen. Du, Ralf?«

Zell nickte. »Ich war mir zwar keineswegs sicher, aber ich habe so etwas geahnt, als die Thiele sagte, dass ihr Auftraggeber darauf bestanden hat, dass sie zwar auf Isabella Asmund schießen soll, sie aber nicht treffen darf und auch keinen Mordauftrag für Holbecks Sohn hatte. Sassner hätte, wenn sein Motiv wirklich

Rache an Holbeck gewesen wäre, wohl eher mit dem Jungen angefangen. Machen wir uns also ans ›Aufräumen‹ und schließen den Fall ab.«

Während Silvia noch die Plastiktüte mit dem Geld sicherstellte, fuhr Zell mit Seifert zum Präsidium zurück.

»Ich bin mir sehr sicher, dass ich weiß, wo du heute Abend feiern wirst, Ralf«, meinte Seifert schmunzelnd. »Im *Magic Song* mit Nicki.«

»Wo sonst. Du und Halina, ihr seid beide eingeladen, falls ihr Zeit und Lust habt. Silvia und Ferudun natürlich auch.«

Seifert hob abwehrend die Hände. »Ein andermal gern, aber Halina wird froh sein, dass ich vorläufig nicht mehr jeden Abend bis in die Puppen weg bin oder mir sogar die Nächte um die Ohren schlagen muss. Außerdem, ich gebe es zu, bin ich froh, wenn ich heute mal früh ins Bett gehen und mich ausschlafen kann. Aber grüß Nicki von mir.«

»Werde ich.«

Seifert blickte ihn von der Seite an. »Wie geht es denn nun weiter mit euch? Ich hoffe doch, ihr bleibt zusammen. Oder hat sie dir übel genommen, dass du dir eine Beziehung mit ihr vorübergehend nicht leisten konntest?«

Zell seufzte. Diese Formulierung würde ihm wohl noch eine geraume Weile anhängen, bis sie sich totgelaufen hatte. »Das wollte ich heute oder morgen mit ihr besprechen.«

»Ich drücke dir – euch die Daumen. Ihr passt echt gut zusammen. Es wäre eine Schande, wenn ihr nicht wenigstens versucht, eine funktionierende Beziehung auf die Beine zu stellen.«

Das fand Zell auch, und er hoffte, dass Nica das ebenso sah. Er schob diese Überlegung zur Seite und konzentrierte sich wieder auf den Fall.

•

»Herr Holbeck«, eröffnete Zell das Verhör mit dem Bauunternehmer drei Stunden später, als der ihm zusammen mit seinem Anwalt Karl Winzer gegenübersaß. »Ich sage Ihnen, wie die Sache steht. Wir haben die Mörderin Ihrer Frau und Ihres Schwiegersohnes verhaftet, die uns nachweisen konnte, dass sie die Morde im Auftrag eines Dritten begangen hat. Bei ihr haben wir ein Mobiltelefon gefunden, in das unter anderem die Nummer eines Handys einprogrammiert ist, das wir vorhin bei Ihnen sichergestellt haben. Die Anrufliste beweist, dass Sie mit der Mörderin mehrfach in Kontakt standen.«

Er machte eine Pause und blickte Holbeck fragend an, der eisern schwieg.

»Das ist ja wohl nicht verboten, Herr Zell«, sagte dafür Winzer scharf. »Sicher gibt es dafür eine plausible und ganz harmlose Erklärung.«

Zell hatte schon mehrfach mit Karl Winzer zu tun gehabt, der als scharfer Hund und Schrecken der meisten Vernehmungsbeamten galt und der sprichwörtliche Furunkel im Hintern so manches Richters war. Nicht gerade wenige Leute konnten den Tag kaum erwarten, an dem er endlich in Rente ging. Andererseits musste Zell ihm zugestehen, dass er sein Handwerk wirklich verstand und nahm ihn deshalb insofern als Maßstab für seine Arbeit, dass eine Beweisführung, die auch Karl Winzer nicht aushebeln konnte, vor jedem Gericht des Landes standhalten würde.

»Völlig richtig, Herr Winzer«, bestätigte er deshalb. »Die Dame hat aber ihren Auftraggeber in unserem Beisein angerufen und ihn zur Zahlung der ausstehenden Rate für den Mordversuch an der Tochter Ihres Mandanten zu einem von uns bestimmten Treffpunkt bestellt. Und siehe da: Ihr Mandant ist dort aufgetaucht und hat an exakt dem vereinbarten Ort exakt die vereinbarte Summe in exakt dem vereinbarten Behälter hinterlegt. Falls es dafür auch eine plausible und ganz harmlose Erklärung gibt, so hätte ich die jetzt gern gehört.« Erwartungsvoll blickte er von einem zum anderen.

Holbeck schwieg weiterhin. Winzer schürzte nur die Lippen und trommelte mit der Spitze seines Kugelschreibers auf den Schreibblock vor sich.

»Ferner haben wir das Gespräch mit dem Auftraggeber aufgezeichnet, und eine vergleichende Stimmanalyse wird beweisen, dass dessen Stimme mit der Ihres Mandanten identisch ist«, fuhr Zell fort. »Außerdem haben wir seine Kontenbewegungen überprüft und festgestellt, dass Herr Holbeck in dem fraglichen Zeitraum insgesamt hundertfünfzigtausend Euro in bar abgehoben hat. Wir haben einen Teil dieses Geldes bei der mutmaßlichen Mörderin sichergestellt. Eine Überprüfung der Fingerabdrücke darauf ergab, dass das Geld von Ihrem Mandanten stammt. Wir können ihn also mit der Attentäterin und dem Blutgeld zweifelsfrei in Verbindung bringen. Sollte es Ihrer Meinung nach eine ebenso plausible und ganz harmlose Erklärung dafür geben, so wäre es an der Zeit für Ihren Mandanten, mit uns zu sprechen.«

Winzer warf Holbeck einen auffordernden Blick zu, doch der schwieg immer noch hartnäckig.

»Andererseits«, fuhr Zell fort, »muss ich Ihnen, Herr Winzer, ja nicht sagen, wie vorteilhaft sich ein Geständnis auf die spätere Urteilsfindung auswirkt. Das Motiv kennen wir bereits. Ihr Schwiegersohn, Herr Holbeck, war drauf und dran, Ihre Firma zu verlassen und sich als Gesellschafter bei Ihrem Konkurrenten Sassner einzukaufen, um Ihnen die Lizenzrechte an *Lightwall* vor der Nase wegzuschnappen. Ihre Frau hat Sie mit Ihrem Schwiegersohn betrogen. Der Anschlag auf Ihre Tochter sollte uns dagegen nur Sand in die Augen streuen und uns glauben machen, dass jemand – Frank Sassner beispielsweise – Sie um jeden Preis vernichten will. Sie selbst haben uns mehrfach in seine Richtung zu schubsen versucht.«

»Haben Sie dafür Beweise, Herr Zell?«, mahnte Winzer.

»Die haben wir. Einen Kreditvertrag mit einer Privatinvestorin, den auf Robert Asmund ausgestellten Gesellschaftervertrag mit der Sassner Bau GmbH, den von Frau Holbeck unterzeichneten Mietvertrag für das Liebesnest, in dem sie sich mit Herrn Asmund getroffen hat, sowie etliche Zeugen aus dessen Nachbarschaft, die bestätigen, dass die beiden zwei- bis dreimal die Woche dort zusammengekommen sind. Bis zur Verhandlung werden wir noch weitere Beweise erbringen, beziehungsweise die, die wir bereits haben, zu einer derart lückenlosen Beweiskette schmieden, dass es nicht den Hauch eines Zweifels an der Schuld Ihres Mandanten gibt.« Er blickte Holbeck an. »Wie sieht es nun mit einem Geständnis aus, Herr Holbeck?«

Der Bauunternehmer maß ihn mit einem verächtlichen Blick. »Darauf können Sie lange warten!«

»Ich kann Ihnen in Anbetracht der Sachlage nur dazu raten, Herr Holbeck«, schlug sich Winzer jetzt auf Zells Seite. »Andernfalls wird Ihnen Ihr Schweigen vor Gericht zum Nachteil ausgelegt werden.«

Holbeck funkelte Winzer an. »Sie sind mein Anwalt, Winzer. Sie werden doch wohl noch Mittel und Wege finden, diese Behauptungen zu entkräften!«

»Ich werde zwar mein Möglichstes tun, aber bei den schon jetzt gegen Sie vorliegenden Beweisen dürfte das nahezu unmöglich sein«, stellte Winzer ruhig fest. »Außerdem kenne ich Herrn Zell und seine Arbeit. Aus diesen Beweisen dreht er Ihnen genau den Strick, an dem Sie aufzuhängen der Richter am Ende gar keine andere Wahl mehr haben wird. Ihre einzige Chance auf ein etwas nachsichtigeres Urteil ist ein Geständnis.«

Zell konnte gerade noch verhindern, dass ihm die Kinnlade nach unten klappte. Ein derartiges Lob aus dem Mund des »Schreckens aller Vernehmungsbeamten« war nicht nur das Letzte, das er jemals erwartet hätte zu hören, es war beinahe schon ein Ritterschlag.

Holbeck sah das allerdings ganz anders. »Sie sind gefeuert, Winzer.«

Der Anwalt erhob sich unbeeindruckt und packte seine Sachen zusammen. »Wenn Sie der Meinung sind, dass Sie irgendwo einen Anwalt finden, der Wunder vollbringen kann gegen eine so eindeutige und nicht zu erschütternde Beweislage, dürfen Sie gern Ihr Glück versuchen.«

Bevor Holbeck dazu kam, darauf zu antworten, schaute Ferudun Özyavas herein. Zell wusste, dass er nicht stören würde, wenn es nicht wirklich dringend wäre.

»Frau Asmund ist hier und möchte mit ihrem Vater sprechen.«

»Sie soll verschwinden!«, schnauzte Holbeck.

»Das, Herr Holbeck, entscheiden nicht Sie«, erinnerte ihn Zell, stand auf und begleitete Özyavas hinaus.

Isabella Asmund saß in der Wartezone vor Zells Büro und sprang vom Stuhl auf, als die beiden Beamten herauskamen. »Was ist mit meinem Vater, Herr Zell?«, fragte sie sofort. »Herr Winzer hat mich unterrichtet, dass er verhaftet wäre. Dass er Robert und Bianca umgebracht haben soll, ist doch wohl ein schlechter Witz!«

Zell bedeutete ihr mit einer Handbewegung wieder Platz zu nehmen und setzte sich neben sie. »Nun, Frau Asmund, er selbst hat die Taten nicht begangen, das ist richtig. Aber wir haben unwiderlegbare Beweise dafür, dass er eine Auftragsmörderin dafür bezahlt hat.«

Isabella Asmund wurde blass, schüttelte den Kopf und blickte Zell verzweifelt an. »Das ist unmöglich! Das muss ein Irrtum sein. Ein ganz schrecklicher Irrtum!« Ihre Augen füllten sich mit Tränen, von denen ihr eine unbeachtet über die Wange lief.

Zell nickte bestätigend. »Das ist leider die Wahrheit, Frau Asmund, und es tut mir unendlich leid für Sie.«

Sie wischte sich die Träne mit einer fahrigen Bewegung ab und schüttelte erneut den Kopf. »Das soll er mir selbst sagen, Herr Zell«, verlangte sie. »Das werde ich erst glauben, wenn ich es aus seinem eigenen Mund höre!«

Zell zögerte kurz. Es war nicht üblich, Angehörige während einer Vernehmung mit einzubeziehen. Jedoch mochte die Konfrontation mit seiner Tochter vielleicht Holbecks Zunge lösen. »Gut, kommen Sie.«

Zell führte sie ins Büro.

»Verschwinde!«, herrschte Holbeck seine Tochter an und blickte demonstrativ zur Seite.

»Nicht bevor du mir geantwortet hast, Vater«, konterte sie eisig. Ihre Verzweiflung hatte jetzt einer kalten Wut Platz gemacht. »Ist es wahr? Hast du Robert und Bianca umbringen lassen?«

Holbeck schwieg.

»Hast du das getan?«, schrie sie ihn an. »Hast du tatsächlich mir den Mann und Gereon die Mutter genommen? Antworte mir, verdammt noch mal!«

Wahrscheinlich war es das erste Mal in ihrem Leben, dass Isabella Asmund fluchte. Holbeck starrte sie jedenfalls für einen Moment perplex an. Als er den Mund öffnete, um ihr zu antworten, fuhr sie ihn erneut an.

»Wag es nicht, mich zu belügen, Vater. Wag das bloß nicht! Ich bin deine Manipulationen und Lügen leid. Ich will die Wahrheit wissen! Also rede!«

Offenbar war seine Tochter die Letzte, von der Holbeck eine derart unnachgiebige Entschlossenheit erwartet hatte. Wahrscheinlich war es auch das erste Mal, dass sie sich ihm in dieser Form zu widersetzen wagte. Vielleicht begriff er aber auch endlich, dass ein Geständnis das Einzige war, das ihm noch einen Vorteil verschaffen könnte.

»Dein Mann wollte mich fertig machen, und Bianca hat mich – und dich – mit ihm betrogen.«

»Wie bitte?« Man sah es Isabella Asmund an, dass sie ihm nicht glaubte. »Robert und Bianca? Unmöglich!« Dass sie selbst bereits nach dem Fund des Ohrrings in Roberts Tasche diesen Verdacht gehegt hatte, kam ihr jetzt vollkommen unwirklich vor.

»Das ist die Wahrheit, Frau Asmund«, warf Zell ein. »Wir haben Beweise dafür. Die Frage ist nur, Herr Holbeck, wie Sie darauf gekommen sind.«

Holbeck schnaufte verächtlich. »Ich habe es mir zur Gewohnheit gemacht, die Taschen meines Schwiegersohnes zu durchsuchen, wann immer sich die Gelegenheit dazu ergab. Ich wollte dir, Isabella, beweisen, was für ein unwürdiger Dreckskerl er ist und dass er dich betrügt. Dabei habe ich vor ein paar Wochen Biancas Ohrring in seiner Jacke gefunden. Da wusste ich Bescheid. Ich habe Robert beschatten lassen, lange bevor du auf diesen Gedanken kamst, meine Liebe. Mein Detektiv hat nicht nur Roberts Verhältnis mit meiner Ehefrau aufgedeckt, sondern auch seine geplante Verbrüderung mit Sassner. Ihn und Bianca einfach nur aus dem Haus zu werfen, war einfach nicht genug!«, fuhr Holbeck hasserfüllt auf.

»Und da hast du einfach beschlossen, die beiden umzubringen?«, vergewisserte sich Isabella Asmund fassungslos.

»Sie haben nichts anderes verdient«, meinte Holbeck hart. »Und auch Sassner verdiente einen Denkzettel. Deshalb habe ich alles so arrangiert, dass es aussehen musste, als hätte er meiner Familie aus Rache einen Killer auf den Hals gehetzt.«

»Womit Sie gleich drei Fliegen mit einer Klappe geschlagen haben«, stellte Zell fest. »Sie haben Sassner beinahe das Geschäft ruiniert, sich eine Scheidung erspart und sind Ihren von Anfang an ungeliebten Schwiegersohn losgeworden.«

»Ja«, bestätigte Holbeck. »Es hätte auch alles fantastisch geklappt, wenn diese Schützin nicht so bodenlos dumm gewesen wäre, sich erwischen zu lassen.«

Zell schüttelte nur den Kopf, doch Isabella Asmund war entgeistert.

»Und warum wolltest du auch noch mich umbringen, Vater? Was habe *ich* dir denn getan?«

»Das wollte ich nie, mein Kind.«

»Hör doch um Gottes Willen auf mit deinen Lügen!«, schrie sie ihn an und ballte die Fäuste. Offenbar bereitete es ihr große Mühe, sich wenigstens noch halbwegs zu beherrschen.

»In dem Punkt sagt Ihr Vater die Wahrheit, Frau Asmund«, bestätigte Zell. »Die Attentäterin hat ausgesagt, dass sie den ausdrücklichen Auftrag hatte, Ihnen kein Haar zu krümmen. Das Ganze war ein Ablenkungsmanöver, das uns auf eine falsche Fährte locken sollte.«

Isabella Asmund funkelte ihren Vater wütend an. »Und dass ich mich zu Tode erschrecke und Albträume haben werde bis ans Ende meines Lebens, war dir wohl völlig egal.«

Holbeck antwortete nicht.

»Du bist so ein widerlicher Mensch«, zischte sie, »dass es kein auch nur annähernd passendes Wort dafür gibt. Erst hast du Mama in den Tod getrieben, dann nimmst du mir auch noch den Mann und meinem Bruder die Mutter. Ich bin fertig mit dir!« Sie wandte sich an Zell. »Wenn Sie meine Hilfe brauchen, um noch irgendwelche Beweise zu finden oder wofür auch immer, lassen Sie es mich bitte wissen. Ich werde Sie in jedem mir möglichen Umfang unterstützen.«

Zell registrierte mit immenser Genugtuung, dass Holbeck seine Tochter regelrecht schockiert anstarrte. »Das weiß ich zu schätzen, Frau Asmund. Es gibt da allerdings jemanden, der Ihre Hilfe im Moment sehr viel dringender braucht als wir: Ihr Bruder. Tun Sie Ihr Möglichstes, dass er das Trauma verarbeiten kann und in seiner Entwicklung nicht nach seinem Vater gerät. Sie sind jetzt die einzige Familie, die er noch hat.«

»Und er meine«, bestätigte sie bedrückt und nickte. Ihre Wut war schlagartig verpufft. »Ich sorge dafür, Herr Zell«, versprach sie. »Und als Erstes«, sie warf ihrem Vater einen Blick voller Verachtung zu, »hole ich Gereon zurück nach Hause, wo er hingehört. Zum Glück hat er viel mehr von Bianca als von seinem Vater. Auf Wiedersehen.«

Özyavas begleitete sie hinaus, und Zell wandte sich wieder Holbeck zu.

»Ihr Geständnis haben wir ja nun, Herr Holbeck. Bleiben nur noch zwei Fragen zu klären. Die erste ist, wie Sie den Kontakt zu Elena Thiele geknüpft haben.«

Holbeck starrte stumm auf die Tür, durch die seine Tochter den Raum verlassen hatte. Zell befürchtete schon, er würde wieder in sein verstocktes Schweigen zurückfallen. Sei es, dass er eingesehen hatte, dass Schweigen nach seinem Geständnis keinen Sinn mehr machte, oder dass er, was Zell vermutete, von dem Auftritt seiner Tochter zu erschüttert war, er entschied sich zu antworten.

»Ein ehemaliger Angestellter, den ich entlassen hatte, nachdem ich von seinem kriminellen Lebenswandel und Beziehungen zum Rotlichtmilieu erfuhr, hat mir den Kontakt zu dem Mittelsmann besorgt.«

Zell zog die Augenbrauen hoch. »Und das hat der einfach so getan, nachdem Sie ihn gefeuert haben?« zweifelte er.

»Natürlich nicht«, knurrte Holbeck. »Ich habe ihm versprochen, dass er im Gegenzug seinen Job zurückbekommt und ein exorbitantes Gehalt als Bonus.«

»Hielten Sie das nicht für riskant? Sie hätten in dem Mann einen Mitwisser gehabt, der Sie jederzeit mit seinem Wissen hätte erpressen können.«

Holbeck starrte ihn nur stumm an.

»Oh, ich verstehe«, dämmerte es Zell. »Diesen Mann hätten Sie ebenfalls von Ihrer Auftragskillerin umbringen lassen, bevor Sie in die Verlegenheit gekommen wären, Ihre Zusagen an ihn wahr machen zu müssen.«

Holbeck antwortete nicht darauf. Zell hatte das auch nicht erwartet.

»Jetzt interessiert mich nur noch, warum Sie versucht haben, Frau Ravenhorst zu belasten, indem Sie die Attentäterin beauftragten, die Waffe, mit der sie Ihre Frau erschossen hat, in ihrem Haus zu deponieren.«

»Diese Frau wollte Robert helfen, sich mit meinem Feind zu verbünden, indem sie ihm einen Kredit gab.« Holbecks Stimme klang empört und hasserfüllt zugleich. »Ich dachte, dass die Mordwaffe in ihrem Haus ausreichen würde, ihre Schuld zu beweisen oder sie doch zumindest in erhebliche Schwierigkeiten zu bringen.«

Zell gestattete sich ein dünnes Lächeln. »Sie sind reichlich naiv, Herr Holbeck.«

Der Bauunternehmer warf ihm einem zornigen Blick entgegen.

»Um jemanden in diesem Land wegen Mordes anzuklagen, sind drei Dinge erforderlich.« Zell hob die Hand und zählte an den Fingern auf: »Erstens ein schlüssiges Tatmotiv, zweitens die Gelegenheit sowie die Möglichkeit zur Tat und drittens hieb- und stichfeste Beweise oder doch zumindest starke Indizien für seine Täterschaft. Frau Ravenhorst hatte für keinen der Morde ein Motiv und für den Mord an Ihrer Frau zudem ein Alibi. Außerdem war das von Ihnen inszenierte Indiz derart fadenscheinig, dass nicht einmal der übereifrigste Staatsanwalt auf den Gedanken gekommen wäre, daraus eine Mordanklage zu basteln. Ihre Rechnung wäre in keinem Fall aufgegangen.«

Holbeck verschränkte die Arme vor der Brust und starrte Zell finster an.

»Und am Ende, Herr Holbeck«, konnte Zell sich nicht verkneifen boshaft hinzuzufügen, »haben Sie mit allen Ihren Bemühungen und Plänen genau das Gegenteil von dem erreicht, was Sie wollten. Nachdem Sie jetzt für lange Zeit ins Gefängnis wandern, wird Sassner wahrscheinlich der große Mann in der Branche werden. Ihre Familie haben Sie völlig zerstört. Ihre Tochter will nichts mehr von Ihnen wissen, und sobald Ihr Sohn erfährt, dass sein eigener Vater seine Mutter hat ermorden lassen, dürften Sie ihn nie wiedersehen.« Zell lächelte. »In Ihrem Bestreben, andere zu zerstören, haben Sie nur sich selbst vernichtet. War es das wert?«

Holbecks verächtlicher Blick sagte ihm, dass der Mann nicht begriff oder auch nicht begreifen wollte, wovon Zell eigentlich sprach. Offensichtlich war der Bauunternehmer immer noch der Überzeugung, richtig gehandelt zu haben, und gab die Schuld an dem Fehlschlag seiner Pläne jedem anderen, nur nicht sich selbst. Nun, im Gefängnis würde er viel Zeit haben, darüber nachzudenken. Zell bezweifelte allerdings, dass er sie nutzen würde.

Das war ihm persönlich jedoch vollkommen gleichgültig. Der Fall war bis auf die Nachbereitung und die obligatorische Vorbereitung der Protokolle und Beweise für die Staatsanwaltschaft abgeschlossen. Danach hatte Zell endlich Zeit, sich um die für ihn wichtigen Dinge zu kümmern.

Er konnte es kaum erwarten, Nica heute Abend wiederzusehen und mit ihr zu feiern.

Epilog

Der Duft von frischem Kaffee und frischen Croissants kitzelte Ralf Zells Nase, als er erwachte. Noch im Halbschlaf tastete er das Bett neben sich ab, ehe ihm bewusst wurde, dass Nica natürlich schon längst aufgestanden war, andernfalls es nicht nach Frühstück riechen würde. Er reckte sich wohlig, drehte sich auf den Rücken und schlug die Augen auf. Sein Blick fiel auf die Trockenleine mit den Kräutern, die unter der Decke von Nicas Schlafzimmer hing und ebenfalls ein angenehmes Aroma verströmte. Wie immer, wenn er hier übernachtete, fühlte er sich wie im Urlaub. Widerstrebend stand Zell stand auf und verschwand im Badezimmer.

Er hatte sich den heutigen Dienstag – Nicas freien Tag – Urlaub genommen, um ihn ganz mit ihr zu verbringen. Während der letzten zwei Wochen, in denen sie sich nur sporadisch hatten sehen können, war ihm trotzdem immer mehr bewusst geworden, dass sie die Frau war, mit der er eine dauerhafte Beziehung aufbauen wollte. Er fühlte sich ihr so tief verbunden wie noch keiner anderen zuvor. Die Frage war nur, ob das mit ihren Plänen übereinstimmte. Das wollte er heute klären.

Der Fall Asmund war abgeschlossen, soweit es Zells Arbeit betraf. Gerhard Holbeck und Elena Thiele saßen im Gefängnis und erwarteten ihren Prozess. Das BKA hatte inzwischen auch Thieles Mittelsmann ausfindig machen können und war dabei, über ihn die Auftraggeber sämtlicher »Makarov-Morde« zu eruieren. Doch das Wichtigste für Zell war die Tatsache, dass Nica mit all dem nicht das Geringste zu tun hatte.

Als er in ihre Küche kam, füllte sie gerade die Kaffeebecher und lächelte ihm ausgesprochen liebevoll zu.

»Guten Morgen, Ralf. Stell dir vor, ich habe geträumt, dass ich die Nacht mit einem wunderbaren Mann verbracht habe, der eine verblüffende Ähnlichkeit mit dir hat. Da du keinen Zwillingsbruder hast, musst das wohl du gewesen sein.«

Er legte von hinten die Arme um sie und drückte ihr einen Kuss auf die Halsbeuge. »Ich hatte einen ähnlichen Traum, in dem ich mit einer tollen Frau geschlafen habe, die ganz eindeutig du gewesen bist.«

Sie lachte, stellte die Kanne ab, drehte sich um und küsste ihn auf eine Weise, die ihn augenblicklich erregte.

»Das sollten wir für den Moment lieber lassen«, schlug er vor und schob sie ein Stück von sich. »Sonst wird der Kaffee kalt und die Croissants ebenfalls.«

Sie setzten sich. Zell angelte sich die Butter, die Nica mit einer Gabel liebevoll mit einem Muster verziert sowie mit den essbaren roten Blüten der Kapuzinerkresse und den blauen des Borretsch aus ihrem Garten gespickt hatte. Auch ihre kulinarischen Vorlieben folgten weitgehend demselben Geschmack. Er fühlte sich alles in allem einfach wohl bei ihr.

»Es ist schon verdammt lange her, seit ich mir eine Zukunft vorstellen konnte, in der eine Frau eine Rolle spielt«, stellte er fest, als sie nach dem Frühstück Arm in Arm auf der Bank hinter dem Haus saßen und die Sonne genossen.

»Und die Frau, mit der du dir jetzt eine Zukunft vorstellen kannst, bin ich?«, vergewisserte sie sich.

Er nickte. »Normalerweise gelten wir Männer ja als die Bindungsscheuen, die die Flucht ergreifen, wenn eine Frau nach wunderbarem Sex gleich an eine feste Beziehung denkt. Aber ja, ich denke sehr ernsthaft genau daran. Ich möchte nicht, dass unsere Gefühle in einem Strohfeuer verbrennen, sondern ich möchte mit dir zusammenbleiben und ausprobieren, ob das, was uns verbindet, auch für die Zukunft hält. Das heißt«, fügte er einschränkend hinzu, »falls du das auch willst und mir verzeihen kannst, dass ich damals für einen Moment tatsächlich glaubte, du wärst eine Mörderin.«

Sie winkte ab. »Du hast nur deinen Job gemacht, Ralf. Ich habe dir also nichts zu verzeihen.« Sie sah ihm ernst in die Augen. »Ich habe mir eigentlich nie eine Zukunft vorgestellt, in der ein Mann eine permanente Rolle spielt«, gestand sie. »Bis ich dich kennenlernte.« Sie lehnte den Kopf an seine Schulter. »Vielleicht liegt es daran, dass wir beide keine zwanzig mehr sind und eine gewisse Abgeklärtheit mitbringen, die uns befähigt, manche Dinge klarer zu erkennen. Was ich damit sagen will ist: Ja, wir sollten es unbedingt mit einander versuchen. Ich bin mir ziemlich sicher, dass wir es sonst bis an unser Lebensende bereuen würden.«

Zell konnte sich nicht erinnern, wann ihn eine Antwort zuletzt derart glücklich gemacht hatte. Er zog Nica an sich und küsste sie innig.

»Das wird allerdings keine einfache Beziehung«, warnte sie ihn anschließend. »Immerhin fängt meine Arbeit genau zu dem Zeitpunkt an, wenn du Feierabend hast. Uns bleiben also nur der größte Teil des Wochenendes und der Abend meines freien Tages. Aber natürlich bist du nach wie vor eingeladen, jeden Abend im *Magic Song* vorbeizukommen und dir dein Abendessen dort schmecken zu lassen, wo dann auch meine Pausenzeiten ganz dir gehören.« Sie blickte ihn scharf an. »Ich hoffe doch nicht, dass du erwartest, dass ich meinen Job aufgebe.«

Zell schüttelte den Kopf. »Das fiele mir im Traum nicht ein, Nica. Ich möchte keine Partnerin haben, die ihr ganzes Leben auf mich ausrichtet und ihr Wohlbefinden oder gar Glück von mir abhängig macht.«

Sie grinste. »In dem Punkt kann ich dich beruhigen, Ralf. So gern ich auch mit dir zusammen bin und so sehr ich dich auch mag, ich fühle mich immer noch selbst für mein Glück verantwortlich. Ich kann mir nicht vorstellen, dass ich diese Einstellung mal ändern werde.«

Er seufzte erleichtert.

»Allerdings könnte ich an Tagen, an denen du pünktlich Schluss machst, noch ein Abendessen mit dir in trauter Zweisamkeit einschieben, denn genaugenommen muss ich erst zu meinem Auftritt kurz vor acht Uhr im Lokal sein. Außerdem kann ich mich ab und zu auch mal vor dem Aufräumen drücken und schon kurz nach zehn wieder verschwinden. Wie ich meine Leute kenne, werden sie dafür Verständnis haben.«

Zell drückte sie an sich. »Wir schaffen das schon, Nica«, war er überzeugt.

Nica setzte sich gerade hin und machte ein ernstes Gesicht. »Damit wir wirklich eine Chance habe, ist eines aber unbedingt erforderlich.«

Zell erschrak. »Und das wäre?«

»Ein breiteres Bett natürlich!«

Er musste lachen, und sie stimmte mit ein. »Warum gehen wir nicht sofort eins kaufen«, schlug er vor. »Am besten gleich zwei, denn ich brauche wohl auch ein neues. Außerdem sollten wir Zweitschlüssel für unsere Wohnungen anfertigen lassen, wenn wir schon mal dabei sind.«

Er sah ihr in die Augen und las darin die Antwort, die er sich erhofft hatte. Unvermittelt fiel ihm ihr Lied ein: »Black Lady Death«. Ja, Nica war in gewisser Weise eine »schwarze Dame«: außergewöhnlich, geheimnisvoll und unwiderstehlich. Jedoch eine, die ihm nicht den Tod gebracht hatte, sondern die größte Lebensfreude.

Mehr konnte er sich nun wirklich nicht wünschen.

Danksagung

Für diesen Roman haben mich verschiedene Personen und Institutionen tatkräftig unterstützt. Bei ihnen allen bedanke ich mich herzlich:

Herrn MANFRED JAKOBI von der Pressestelle der Kreispolizeibehörde Kleve für Informationen über allgemeine Polizeiarbeit,

Herrn WOLFGANG KLAGES, Pressesprecher der Kripo Braunschweig, für Informationen zur Arbeit des Braunschweiger Zentralen Kriminaldienstes,

den »MÖRDERISCHEN SCHWESTERN – Vereinigung deutschsprachiger Krimiautorinnen« für Testlesen des Romans, Korrekturen an Exposé und Textprobe, Ermutigungen und Daumendrücken,

Frau INGRID WOLF und Herrn RAINER WOLF für viele schöne (vergangene und künftige) Stunden in »Wolfs Gasthaus«, Große Straße 26 in Braunschweig-Lehndorf, das mir die Inspiration für das »Magic Song« geliefert hat.

Nach dem Motto, dass das Beste zuletzt kommt, gilt mein ganz besonderer Dank:

MEINEM EHEMANN JOHANNES für seine immerwährende Unterstützung und Ermutigung und

MEINER MUTTER RUTH, die mein größter – wenn auch durch und durch befangener – Fan ist.

BLACK LADY DEATH

I'm go - ing to my de-served rest and sleep till I'm re - born.
At the Dark La - dy's lo-ving breast Her black veil now is torn.
And so I see the se - cret truth bright as the sun a - bove:
The La - dy Death, she bears for each the face of his true love.
Her hair is night her eyes are dark, and gold is round her neck.
Her face is veiled, her bo-dy cloaked: Death is a la - dy clad in black.
So fear her not when she comes to you to take your life a - way.
Her hair is night her eyes are dark, and this to you she'll say:
"My face is veiled, my bo-dy cloaked, Life's Gold is round my neck.
But look at me: you're own true love is the La-dy Death all clad in black.
Death is The La - dy clad in black.

Buchhinweise

gar. aus.
Ein ausgekochter Lübeck-Krimi

Michael Mehrgardt und Vera Anders

ISBN 978-3-86680-609-2
12,00 € [D]

Buchhinweise

Abgehakt
Ein Wiesbaden-Krimi

Kerstin Hamann

ISBN 978-3-86680-636-8
12,00 € [D]

Buchhinweise

Die Göring-Verschwörung

Achim Müller Hale

ISBN 978-3-86680-678-8

12,00 € [D]

Weitere Krimis und Romane finden Sie unter:
www.sutton-belletristik.de